愛川 晶
Aikawa Akira
・
谷原秋桜子
Tanihara Shoko

教え子殺し

倉西美波最後の事件

原 書 房

教え子殺し

倉西美波最後の事件

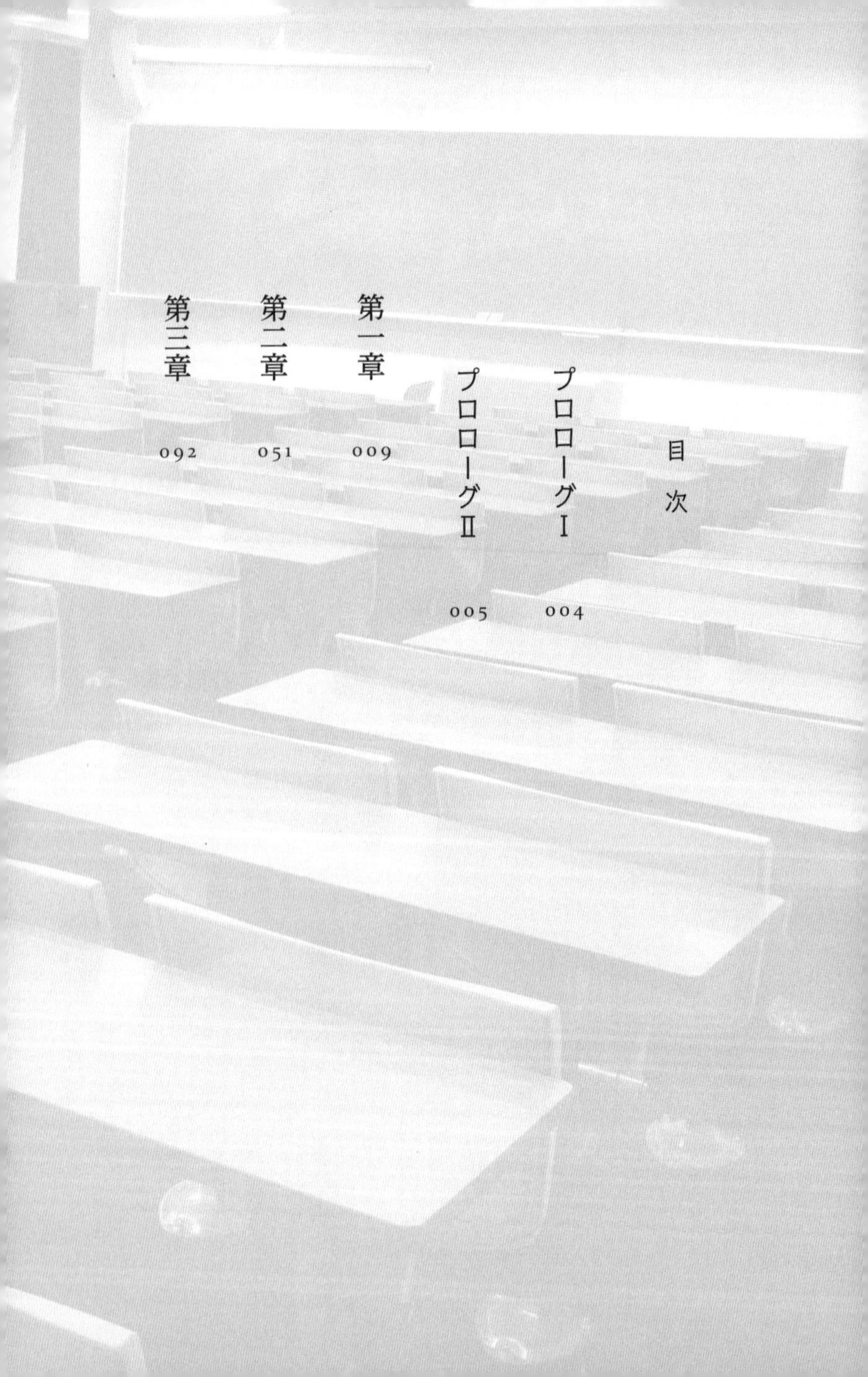

目次

プロローグI

彼女はうつぶせに倒れていた。

両腕をほぼ体側につけ、長い脚を真っすぐ伸ばし、顔だけを左へ向けていた。明らかに不自然な姿勢で、壊れて、捨てられたマネキン人形を思わせた。

透き通るような肌、乱れて床へ広がった長い黒髪。眼を閉じ、唇は微かに開いている。

彼女が倒れているのはフローリングの床の上で、シーツ代わりに敷かれているのは粘度のある赤い液体。そこから、獣《けもの》じみた生ぐさいにおいが漂ってくる。

血だまりの上に横たわっていたのだ。

彼女の白い頬にも血液が付着していた。左の眼尻の横にある黒い点はほくろ。

真っ黒な物体が音もなく、彼女に近寄ってきた。

その正体は猫だ。耳や尾が体とは不釣り合いに大きい。まだ若い猫なのだろう。胸元にツキノワグマと同様の差し毛があった。

黒猫は彼女の顔の脇まで来ると、においを嗅ぎ、さらに、赤い舌を出して、頬についた血をペロペロなめ始めた……

プロローグⅡ

車内は冷えきっていた。

待機状態が一時間を超えても、狙う獲物はまだ現れない。暦の上の春は今日からだが、実際はまだまだ遠い。暖房を入れたいという誘惑に駆られたが、アイドリング状態はやはり人目につく。

(できれば、息子じゃなくて、親父の方をひき殺してやりたかったな)

運転席で震えながら、俺は思った。街灯からできるだけ離れた位置に駐めたが、暗がりの中でも、吐く息が白い。午後十一時を過ぎ、新興住宅地の人通りは完全に絶えていた。

(虎《とら》井《い》勝《しょう》平《へい》……あいつは本物の人間のクズだった。あんなやつが十五年以上も市長の椅子に座っていたんだから、世の中は間違ってる)

虎井は父親の代からの土建屋で、一般住宅から道路や橋まで手広く扱い、業界内はもちろん、地元の経済界全体においても強い影響力をもっていた。

それを利用し、三十代半ばで市議会議員となり、五期連続当選を果たして、副議長まで務めた。そして、五十一歳で市長選に出馬し、金権選挙という批判は受けたものの、対立候補に圧勝し、人口五十万人を超える都市のトップにまで上りつめた。今から二十三年前のことだ。

俺はやつよりも二十歳近く若い。関係は双方の親の時代にまでさかのぼるが、何しろ、しがない軽量屋で、虎井建設の関連会社に下請けの仕事をもらう立場だったから、年に一、二度挨拶する機会がある程度で、ほとんど言葉を交わしたことがなかった。

『軽量屋』といっても知らない人がほとんどだろう。軽量鉄骨という薄い金属の柱を組み合わせ、家屋の壁や天井の骨組みを作るのが仕事で、そうして完成した軽鉄下地に石膏ボードなどが貼られるわけだ。

うちは従業員が十人もいない零細企業で、しかも、跡継ぎである俺が二十七で結婚し、いよいよ仕事に本腰をと思っている時、親父が心臓病で亡くなり、存続の危機に瀕した。

それから、夫婦揃って死に物狂いで働き、どうにか経営が軌道に乗りかけたのだが、そこで悪夢に見舞われた。何と、虎井勝平から妻の体を要求されたのだ。

妻であった佳菜美《かなみ》は俺より三歳下の幼なじみだったが、背が高く色白で、派手さはないものの、確かに美人だった。虎井は親父の葬儀に出席した際、喪服姿の妻に目をつけたらしい。

俺はそんな理不尽な要求には屈しなかったが、仕事の大半をもらっている立場なので、断るにしても言い方が曖昧にならざるを得ない。そこにつけ込まれ、くり返し関係を迫られ、ついには、やつは車で佳菜美を待ち伏せし、無理やり車内へ引っ張り込もうとした。

結局、俺が勝平の前ではっきり拒絶し、諦めさせたのだが、関係を切られただけでなく、他社からの受注まで妨害され、あっという間にちっぽけな会社は倒産に追い込まれた。

あとは、坂道を転げ落ちるようなものだ。家も財産も奪われ、妻とは離婚。俺は市営住宅へ移り、日雇い労働をして何とか母親を養ったが、そのおふくろも倒産から二年後、心労のために亡くなった。ちょうど虎井が市長に当選した直後のことだ。

そうなるまでの過程で警察にも相談してみたが、妻がレイプされたわけでもないし、それに、地元の警察署の連中には虎井の息がかかっていて、俺の言い分に耳を傾ける者など誰一人いない。それはもう、実に露骨な扱いだった。

おそらく、虎井勝平という男は生来の異常性欲者だったのだろう。市長に就任して以降、醜聞を聞かなくなったのは、悪い評判が立つのを恐れ、少しは自重したせいだ。

その証拠に、虎井の異常さはそっくりそのまま息子に引き継がれている。娘ばかり三人生まれたあと、四十代になって授かった跡継ぎだから、やつは一人息子を溺愛した。父親譲りの強い性欲に加え、わがまま放題に育てられたせいで、高校・大学と女性絡みの問題が絶えず、父親もこのせがれには相当手を焼いたらしい。

結局、虎井勝平は四期連続して市長を務め、五期めに入った翌年、体調の悪化を理由に辞任し、建設会社の社長の座も息子に譲った。その後、腹心の部下であった副市長が四年間中継ぎをしたあと、政治には素人だった息子が選挙に打って出て、革新系の無所属候補を破り、三十歳という若さで当選を果たした。一昨年の春のことだ。

親父の勝平は息子の市長就任を見届けた三カ月後、老衰で死に、俺は恨みを晴らす機会を逸してしまったが、まさかこんな形でチャンスが巡ってこようとは思わなかった。しかも、大金まで手に入るのだから堪えられない。

ただし、牢屋に入るのだけは絶対にごめんだ。そうならないよう周到な準備をしてきた。

駐車している道路の左手前方には高い石塀。その向こうに、豪壮な邸宅が鬱蒼《うっそう》とした樹木に埋もれながら建っている。鉄製の門扉《もんぴ》にはもちろんカメラが設置されているし、周囲にもいくつか防犯カメラがあるので、撮影されるのは避けられない。

したがって、犯行にどんな車を使用するかで悩んだが、あらゆる伝《つて》を頼り、やっと理想の車を手に入れることができた。それが今乗っている十三年落ちのカローラセダンだが、実はこれ、すでに廃車手続きを終えていて、ナンバーも偽物。今夜首尾よく請け負った仕事を終え、その足で業者へもち込めば、明日の午前中にはバラバラに解体され、この世から消えてなくなる。

　この街灯の明るさでは、顔がはっきり映るとは思えないが、念のため、マスクをかけ、サングラスも用意した。準備は万全だ。

　今夜、市長はある会合に出席し、その後、支援者たちとの飲み会に顔を出す。こうした場合、帰宅はいつも決まって午後十時から十二時の間で、午前様になることはめったにない。

　依頼者からの指示は、市長の職務が継続不可能になる程度のけがを負わせること。俺も最低限、それくらいしなければ気が済まない。

　静寂の中、背後から車が近づいてくる気配がした。予想通り、それはタクシーで、左ウインカーを点滅させながら、虎井家の正面に停まる。

（……やつだ。よし！　焦るなよ。かすり傷では報酬をもらい損ねるぞ）

　イグニッションキーを回し、エンジンを始動させ、サングラスで顔を隠す。

　タクシーが去ったあと、獲物がすぐ門の内側へ入ることはあり得ない。門扉のロックを解除する必要があるので、よぼよぼの車でも思いきり噴かせば間に合うはずだ。思わず武者震いする。

　タクシーの後部座席の左ドアが開き、スーツ姿の背の高い男が降りてくるのが見えた……

第一章

Mail（2019年7月8日　19時09分）（1）

最初に言っておきたいのだが、私は自分が犯した殺人を正当化したいわけではない。

とうの昔に地獄へ堕ちる覚悟はできている。警察署に名乗って出て、法の裁きを受けることもやぶさかではないが、残念ながら、そうする機会は与えられないだろう。もう、時間がないのだ。

しかし、自己弁護を目的としないのなら、なぜこうしてキーボードに向かっているのか。

その理由は自分でもわからない。そもそも、『君』という存在自体が想定外だったのだ。当初の計画に入っていなかっただけに、とっさに対処方法がわからず、大いに困惑した。

現場での奇妙な話し合いの結果、あのような決着を見たわけだが、こうなった以上、お互いに約束をきちんと守ろうではないか。煎じ詰めれば、このメールで私が言いたいことはそれだけだ。

けれども、マウスを握りながら、私は考え込んでしまっている。

すでにメールソフトは立ち上げた。『新規作成』の画面を表示させ、『宛先』には交換したアドレス、『件名』には『お願い』とすでに入力済み……『あれが他人にお願いをする態度か』と呆れられそうだが、返り血で赤く染まった顔で、血染めのナイフを振りかざしながらでも、私は君の厚意にすがらざるを得なかった。

官庁や学校を中心に普及したソフトなので、おそらく君は使ったことがないだろうが、私は『一太郎』というワープロソフトでこの文章を書いている。ご存じの通り、今はもう学校の関係者ではないが、慣れてしまったので、ほかのソフトへ乗り換える気になれない。

入力を打ち切り、『編集』→『すべてを選択』→『コピー』、そして、メール本文の画面へ移動し、マウスを右クリックして『貼り付け』。あとは、送信ボタンを押せばいい。

では、なぜそうすることをためらっているのか。実は、今回の殺人事件の真相を、私は誰にも明かすつもりがなかった。それに適した人物が思いつかなかったからだ。

しかし、信じられない偶然の作用により、突如、眼の前に君が現われた。閻魔大王の取り調べの予行演習にもならないだろうが、とりあえず打ち明ける相手ができたわけだ。

たぶん迷惑……いや、絶対に迷惑に決まっているし、動機を理解してもらうためには過去にさかのぼって説明する必要があり、長くはなるが、どうか我慢して読んでほしい。

キーを叩きながら、ふと思い出したのだが、昨夜は七夕だった。

新暦になった現在は月齢が年によってまちまちだが、旧暦の七月七日の晩には、もし晴れていれば船の形をした月が南西の夜空に必ず浮かんでいた。

それは、久々に織姫に会うため、急ぐ心を抑えながら天の川を渡る牽牛を乗せる渡し船。一晩遅れではあるが、今夜、私は首尾よくあの女を三途の川を渡す船に乗せることができた。念入りに研いだホールディングナイフで、一気に喉を切り裂いてやったのだ。

頸動脈が切断されると、驚くほどの量の血が噴き出す。そう聞いてはいたが、自分の顔はもちろん、天井まであとわずかという高さの壁にまで血痕があったのには驚いたよ。

刃先が喉の肉をえぐる確かな手応えを感じた次の瞬間、彼女の両眼に浮かんだ深い絶望の色……

あれを見た時、私は心が完全に解放されるのを感じた。

いまさら言うまでもないことだが、私は美夏の殺害に関して、一切後悔などしていない。その理由は……

1

親指の爪の先でキャップをはね上げた瞬間、またちょっといらついた。

今朝、ストローマグを持って出るつもりが、なぜか見あたらず、遅刻しそうだったので、小学校の頃使っていたストラップつきのキッズボトルに麦茶を注ぎ、家を飛び出した。

ステンレス製の直飲《じかの》み式《しき》で、キャップが青。黒いボディには『ドラゴンボール』の孫悟空《そんごくう》とフリーザが描かれている。どう見ても高校生の持ち物ではない。

（そもそも、なぜこんなものが引っ越し荷物の中に紛れ込んでいたんだろう。必要最低限の物以外は捨てたはずなのに……まあ、あの時は、突然母さんに親権を切られ、パニクってたからな）

吸い口を唇で挟み、残り少ない麦茶を飲むために顔を上げると、玉砂利《たまじゃり》がめり込んだ地面から、杉の古木、梢《こずえ》、快晴の空へと視界が変化していく。

六月二十八日、金曜日。関東地方はまだ梅雨の最中だが、今日は夏を思わせる強い陽射《ひざ》しが降り注いでいる。二人が並んで掛けているベンチは庇《ひさし》の下に置かれていたから、小雨くらいはしのげるが、日除けの役割は果たしていなかった。

残っていた麦茶を全部飲み干し、空のボトルを自分の脇に置きかけて、思わず顔をしかめる。

小学校時代の持ち物に名前シールがあるのは当然だが、よりにもよって、スーパーサイヤ人に変身した悟空のブルーの髪から額にかけて斜めに貼られていた。この無神経さがいかにも母さんらしい。太い黒マジックで記された文字は『五十嵐智《いがらしとも》』。独特の癖のある筆跡を眺め、苦笑する。母親に捨てられたのは半年前だが、何だかはるか昔のような気がした。

（毎晩のように殴られ、蹴られ、罵《ののし》られ続けて……あの頃は、死ぬことばかり考えていた。本当に、とんでもない母親だよなあ。厄介払いするだけではもの足りなくて、自分がお腹を痛めた子供をロリコンの中年男へ売り渡そうだなんて……）

「あのねえ、トム」

「えっ……？　あ、ああ、ごめん。何だか、ぼんやりしちゃった」

「トムは常にそう。ぼんやりがデフォルトの人だから」

にこりともせず、フルサが言った。すぐ隣に座る彼女の膝には、分厚い本が開かれたまま載っていた。

「あなた、ここにハクタクがいるの、知ってた？」

「ハクタク、というと……ああ、なるほど。白沢か」

『白沢』は古来、人間の言葉を理解し、万物に精通するとされる聖獣だが、最近はアニメやゲームキャラクターなど、身近なものにも盛んに取り入れられていた。

「へえ、そうなんだ。江戸時代の妖怪図絵でも開かないと、見られないものだと思っていたけど、こんな身近な場所にねえ」

ここは高校から北へ五百メートルほどの位置にある美森《みもり》神社の境内。二人が通う知水《ちすい》学院高等部があるＨ市は、都内とはいえ、豊かな自然にあふれていた。

校舎が建っているのは小高い丘の上。校門を出て、ゆるやかな坂を下ると、両側は雑木林で、裾野付近にブルーベリーの果樹園、その先に住宅地が広がっている。これとは別に、敷地の西の外れにも道があるが、勾配《こうばい》が急な上、三百メートルほどで行き止まりになってしまう。しかし、実はその途中に別れ道があり、しばらく進むと、この美森神社の裏手に出られるのだ。

表へ回り、参道を下れば五分ほどで国道だが、そこは田んぼの真ん中で、どの方面へ向かうにも遠回りになる。したがって、このルートを選んで下校する生徒はほとんどいなかった。

「毎日来てるのに、気づいてなかったでしょう。ほら、あそこよ。よく見て」

そう言って、フルサが指差したのは、小ぢんまりとした社殿の屋根のあたりだった。

「えっ、どこ？　もしかして、シャチホコの代わりだとか……」

「困った人ねえ。お城じゃないのよ。屋根じゃなくて、その手前の柱。キバナがシシハナじゃなくて、ハクタクになってるでしょう」

もはや完全に解読不能。何しろ相手は学年で常にトップの頭脳に加え、学校図書館の司書の先生が呆れるほどの読書量。会話が噛み合うはずがない。

素直に降参すると、フルサは木の葉形の紙の栞《しおり》を挟んで本を閉じ、解説してくれた。それによると、『木鼻』とは『頭貫《かしらぬき》』と呼ばれる横木の先端が柱の外へ突き出た部分の名称で、社殿の正面に立つ柱には手の込んだ装飾が施されているものが多い。

「そう言われて見ると、確かに繊細に彫り込まれているな。で、シシハナというのは？」

「唐獅子《からじし》を象《かたど》っているわけ。獅子鼻、龍鼻《りゅうはな》、そして貘鼻《ばくはな》は神社の定番ね」

獅子、龍、貘はすべて中国古来の神獣だ。

「でも、ここの木鼻には角《つの》があるのよ。その上、額にも眼があった」

「ははあ、わかった。そういうことか」

白沢の絵は、顔は人間の老人、体は獅子に似た姿に描かれることが多いが、角が二本とヤギに似た顎ひげ、そして額の中央に眼がある点がその両者とは異なる。感心しながら眺めていると、

「柱の木鼻だけじゃなくて、もっと近くにもいるわよ。ほら、あっちの玄関のところを見て」

フルサが新たに指差したのは、庇を借りている家の玄関。古い平屋だが、以前は駄菓子屋さんだそうで、地面から五十センチほどの高さの細長い台は商品を並べていた名残りだ。

こちらにも近寄り、確認してみたが、何の変哲もない民家の玄関だとしか思えない。

「変だな。彫刻なんて、どこにも……ああ、あった。いや、ちゃんと、いました」

格子戸《こうしど》の右脇に掲げられた木製の表札に『白沢』。そして、郵便受けには『白沢充哉　梅子』と、どちらも達筆な筆文字で記されていた。

「ハクタクじゃなくて、シラサワだ。『シラサワミツヤ』と読むのかな。ここって、もしかして、神主さんの家？　この間、駄菓子屋さんだったと聞いたけど」

「どっちも正解。最初はお札とかお守りを売ってたんですって。時期によっては、千歳飴や破魔《はま》矢《や》もね。参詣客が減り、商売が成り立たなくなったので、境内を遊び場にしていた子供相手にお菓子を置くようになったと、梅《うめ》さんが言ってた」

「梅さん？　ああ。表札に名前のある、神主さんの奥様だね。その方、今は……」

「七年前に亡くなったわ。それで、店も閉めちゃったの。その時は、とても悲しかった。よくここに来て、すごくかわいがってもらったから」

口調が湿っぽく変化し、フルサは眉をひそめる。

フルサは自分の家庭について語りたがらないので、これまでの会話で自然に判明したのは、この神社から徒歩圏内に自宅があることと、現在は母子家庭だということくらいだ。

同級生といっても、八月生まれの彼女は二歳も下で、まだ十六歳なのだが、『美少女』という言葉はすでに似つかわしくない。面長で、色白。整った顔立ちは大人の気品を感じさせた。いかにも『深窓の令嬢』といったタイプだが、実際、その通りで、例えばピアノの腕前はプロ並みらしい。身長が百七十センチ近くあるが、その半分以上は脚。胸のふくらみも大きく、体育の授業の時など、眼のやり場に困るほどだ。長い黒髪が背中に少しかかっていた。

下校途中なので、身につけているのは高校の夏服だ。十六年前、共学化の際にリニューアルされたそうだが、女子はクレリックシャツにチェックのプリーツスカート。クレリックシャツの制服は珍しいが、白襟のついた淡いブルーのブラウスで、胸元に紺のリボンをつける。

ちなみに、校内に三割ほど生息している男子の場合、生地の色は同じで、スカートがパンツに、リボンがネクタイに変わるのだ。

「さてと……そろそろ、行きましょうか」

フルサが本をトートバッグにしまう。手製のカバーが掛けられているが、中身は『暴力の人類史』。上下巻あるうちの上巻で、彼女がこれを読むのは三回めくらいのはずだ。

「うん。そうだね。天気は……あやしいな。このまま降らなければいいけど」

先に立ち上がり、通学用に使っている黒いリュックを背負う。

「買い物に行く店がちょっと遠くて……ちは自転車だからさ」

「あのねえ、トム。いつか、はっきり言おうと思ってたんだけど、あなた、一人称をどうにかした方がいいわよ」

2

（一人称……？　怖い顔をしてるけど、一体何が言いたいんだろう）

　相手の意図が読めず、黙り込んでいると、フルサが立ち上がり、こちらを見下ろした。身長は向こうの方が十五センチ以上高い。

「だって、そうでしょう。『私』でもないし、『僕』でも『俺』でも、『あたし』でもない。めったに聞く機会はなかったけど、強いて挙げれば『ち』よね。たちつてとの『ち』」

　ずばりと指摘されてしまった。まさにその通りで、ちゃんと自覚もしている。

「一人称をもたない相手とはコミュニケーションが取りづらくなる。これはかなりの問題よ」

　トートバッグを取り上げ、ストラップを肩に掛ける。

「例えば『熱がある』と言われても、あなたの体温が高いのか、手に持ったスマホが熱をもっているのか、言葉だけでは判断できない。だから今、決めちゃいましょうよ。あなたの一人称を」

「そ、そんなこと、急に言われても……」

「安心して。現状を追認するだけだから。つまり、あなたの一人称を『ち』に統一するの。ただし、ひらがなじゃだめよ。カタカナの『チ』にして」

　また謎の発言だ。相手の頭脳が明晰《めいせき》すぎるせいで、こういう場面に度々遭遇する。

「ええと、この場合、ひらがなの『ち』とカタカナの『チ』で、何か違いがあるの」

「逆にききたいんだけど、私があなたを『トム』と呼び始めた時、違和感を覚えなかった？」

「違和感……まあ、本名が『智』だからね」

「だったら、『トモ』のままでいいはず。『トム』に変える必要はない。あなたの一人称を聞いて、

『トム』と呼ぼうと決めたの。それとカタカナの『チ』を合体させればどうなるかしら」

「えっ？　意味が、わからないな。『チ』と『トム』を合わせて……ああっ！　なるほど。そういうことか。あははは」

一つの漢字が頭に浮かび、思わず笑い出してしまった。

「ありがとう。実は困ってたんだ。じゃあ、これからは『チ』で統一するよ」

チが言った。長い長い迷路から抜け出したような気分だった。

「これで一人称は決まったけど、二人称……というか、こちらから呼ぶ場合には、今まで通り『フルサ』でいいのかな」

「あなたは歴史上、私にあだ名をつけた最初の人物よ。意外に大胆なのね」

「い、いや、だって、それは、本名で呼んだら睨まれたせいさ。もし気に入らなければ、何か違うニックネームを考えるけど」

「別にいいわよ、いまさら。お世辞にもいいネーミングセンスだとは言えないけど。それよりも、トムはこれから買い物なの」

「うん。夕飯の食材が何にもないんだ」

「毎日二人分作るのでは、大変よね。豊《ゆたか》さんて、食べ物の好き嫌いが激しかったりするの」

「それが……よくわからない。尋ねてみたことはあるんだけど」

話題に上った人物は菱谷《ひしや》豊さんといって、チは毎日、彼のために夕飯を作っているが、『家族』とは呼べない。そのあたりの事情は秘密なのだが、フルサにだけは打ち明けていた。

「何も言われなければ、偏食ではなかったということじゃ……あっ、こんにちは！」

急に口調が変わり、顔には満面の笑み。見ると、社殿の方から歩み寄ってくる人影があった。

作業着姿の年配の男性だ。フルサよりもさらに背が高く、しかし、ひどくやせている。白く長いひげを蓄え、頬には老人特有の黒いシミがたくさん浮いていた。

　茶色いチューリップハットを被っているが、伸び放題の白髪が周囲にあふれ出していた。

「どうも、すみません。おじゃましてます」

　フルサが立ち上がってお辞儀をすると、相手は口元に微笑を浮かべ、

「やあ、久しぶりだねえ。元気だったかい」

「はい。最近、こちらに伺っても白沢さんをお見かけしないので、心配していました」

（シラサワさんて……ああ、そうか。この人が神主さんなんだ）

　服装に惑わされ、言われるまで気づかなかったが、長身に長髪、高い鼻に尖った顎。衣装を着替えて頭に烏帽子《えぼし》を載せ、手に御幣《ごへい》を持てば、神職としての威厳は充分だ。

「体調がよくないので、家にこもっていることが多いが……まあ、だましだまし、やってるよ。今日はお友達も一緒なんだね」

「あ、はい。五十嵐智と申します」

「どうだね。二人とも、よかったら中でお茶でも。散らかっていて、恥ずかしいんだが」

「ええと……せっかくですが、次の機会にさせていただきます」

　フルサが首を横に振る。どうやら、買い物に行くチに気を遣ってくれたらしい。

「そうかね。じゃあ、今度来た時には遠慮せず、チャイムを鳴らしておくれ。何か、甘いものでも用意しておくから」

　軽く右手を振る白沢さんに挨拶し、二人揃って背中を向ける。歩き出した瞬間、普段の無表情に戻ったけれど、教室にいる時とは違う一面を見てしまった。

境内の隅に駐めておいた二十六インチの白のクロスバイクを押して、並んで歩き出す。チがわざわざこんな脇道を通学路として選んだ理由がこれで、嘘の現住所を届け出ているせいで、許可ステッカーがもらえないのだ。

「今の人、この神社の神主さんだよね。作業着姿だったから、わからなかった」

「参拝客があまり来ないから、お賽銭も少ない。普段は交通警備員をされているみたい」

「ああ、それで……でも、とってもやさしそうなおじいさんだね」

「すごくいい方よ。それに、物知りなの。年は七十一歳だけど、まさに万物に精通してるわ」

「確かにあの顎ひげは白沢《はくたく》そのものだ。帽子を脱ぐと、額に眼があったりしないだろうな」

「トムもたまには気の利いたことを言うのね。でも、白沢さんが博識なのは間違いない。さらに、鋭い洞察力を備えていて、私にとっての名探偵……そうだ。名探偵で思い出したわ」

フルサがふと足を止め、眼を見張る。

「トムの担任の旦那様は本職の探偵さんらしいよ。知ってた？」

「いや、全然知らなかった。そもそも、独身だと思ってたし」

「事実婚だから公表はしてないけど、かなりの凄腕なんだって。ぜひ一度、名探偵ぶりを見せてもらいたいものよね」

「フルサはそんなこと、誰から聞いたの」

「学年主任。あの先生、調子に乗ると、何でも喋るから」

そんな会話をしながら何気なく下を向くと、自分が着ている制服が視野に入ってきた。

白襟のついた淡いブルーのブラウスに紺のリボン。やや丈の長いチェックのスカートが、歩く度に膝頭《ひざがしら》に押され、生き物のように揺れ動いていた。

3

教科出席簿と教材を抱え、廊下を歩いていた時、授業開始のチャイムが鳴った。

大あわてで担任しているクラスへ駆け込み、教壇に上がって、「それでは始めます」と宣言したのだが……いつまで待っても、ホームルーム長の『起立、礼』の号令が聞こえてこない。

おかしいなと思って前を見ると、室内に生徒の姿はなく、中央付近の机の上に猫が一匹お座りしている。金色の眼と黒い瞳。やや青みがかったグレーの毛先が銀色に輝いていた。

『あら、ケンゾウじゃない。あなた、なぜＥ組の教室に……』

ロシア皇帝が愛したとされる高貴な出自をもつルシアンブルー。その猫が後ろ足だけでひょいと立ち上がり、いきなり前足二本を器用に使って踊り出したのだ。

呆然としながら眺めていると、今度は大きな体の黒い犬が乱入してきた。

その昔は狩猟犬、現在では盲導犬や警察犬としても活躍しているラブラドールレトリバー。そして、二匹は手振りを合わせ、一緒に教室内を踊り回る。

（モ、モネまで！　あなたたち、死んだはずじゃなかったの……えっ？　死んだはずって……）

その時、世界がくるりと回転する感覚があり、意識が覚醒した。

すぐ眼の前にあったのはノートパソコンのディスプレイ。いつの間にかデスクへ突っ伏し、眠っていたらしい。見ると、Ｗｏｒｄが開かれていた。

（おかしな夢……そうか。体験授業のコース設定で悩んでいたから、あんな夢を見たんだ）

今年度の二学年は十一月十一日から四泊五日の日程で台湾への修学旅行に出発する。その三日め。台湾北部の新北市《シンペイ》にある私立の高級工業家事職業学校との交流が決定し、すでに準備が始まっていた。高級職業学校は、日本で言えば実業高校にあたるが、交流相手に決まった学校には情報処理、美術、美容、食物、音響など、さまざまな学科があり、中でも特に有名なのが芸能学科で、現地のスターを数多く輩出していると聞いた。

(それで……ダンスの夢か。頭の構造が単純よねえ。まあ、なかなか体験授業のプランが具体化しないから、焦ってるのは確かだけど)

交流の担当者となった私がメールのやり取りをしている相手は劉《りゅう》先生といって、やはり英語科。とても好意的に対応してくださっているのだが、こちらの経験不足のせいで、なかなか話が先へ進まない。ちょうど今、作成しているのもその関係のメール本文だ。

目玉となる選択別体験授業に関する提案もすでに受け取っていたが、講座のサンプル数が三十を超えていて、そこから何をどう選ぶかが大問題。何ともありがたい話なのだが、選択肢が多すぎるというのもやはり苦労の種だった。

両手を組んで小さく背伸びをし、前方にある教頭席の真上の時計に目をやる。午後四時五十九分。勤務時間終了の四時四十五分までは記憶があるから、眠っていたのはせいぜい十分ほどだ。

(……モネとケンゾウか。夢に出てきてくれたのはうれしいけど、うたた寝なんかじゃなくて、もっとゆっくり会いたかったな)

モネは以前、私の実家で飼っていた雌犬で、ケンゾウは隣の家に住んでいた水島《みずしま》のじいちゃんの飼い猫だったが、ケンゾウは十七年前、モネは十年前に、それぞれ虹の橋を渡っていった。

(モネちゃんはいい子だったけど、愛嬌がありすぎて、番犬の役には立たなかった。ケンゾウは前世が人間じゃないかと思うほど利口で、勇敢。私の命を救ってくれたことだって——)

「居眠りするなんて、ずいぶんお疲れのようですねえ、倉西《くらにし》先生」

はっとして、右隣の席を見ると、声をかけてきた人物は巨体で日焼けした肌。髪は七三に分け、鼻の下にひげを蓄えていた。

「あ……ああ、武熊さん」

「えっ、タケクマ？　そりゃ、また……」

細い両眼をぱっと見開き、その直後、弾けるように笑う。

「あははは。懐かしいねえ。もう何年も聞いた覚えがなかったな」

「あっ、すみません！　昔のことを思い出していたもので、つい、そんなふうに……」

大あわてで頭を下げ、弁解に努める。相手は自分より十歳も年上で、しかも学年主任なのだ。あだ名で呼んでいいはずがない。

場所は二人が勤務する知水学院高等部の校舎北棟一階にある職員室。

「いやあ、別に謝る必要はないさ。全然、気なんか悪くしちゃいないから」

国語科の野々《のの》垣《がき》武《たけ》志《し》教諭はメロンパンの袋を破り、大口を開けてかぶりつく。

「だったら、こっちも昔の呼び方をさせてもらおうか。あの頃はいろいろな事件に巻き込まれたりしたけど……思い返してみると、実に楽しかったなあ。そうだろう、美波《みなみ》ちゃん」

4

「いろいろな事件……まあ、言われてみれば、その通りですね」

今から二十年近く前、私が高校生の時に遭遇した奇怪な事件の数々が脳裏に蘇ってきた。

「殺人犯に襲われて、危うく命を落としかけたり、逆にこの私が犯人ではと警察から疑われ、ひどいめに遭ったこともありました」

「うんうん。あったあった！」

野々垣先生は満面の笑みになり、三角パックの牛乳をストローですする。服装は白ワイシャツにグレーのパンツ。ネクタイはしていなかった。

「美波ちゃんが容疑者にされた殺人事件か。たしかあれ、深夜の病院が舞台だったなあ」

「はい。そして、私が事件に巻き込まれる原因を作ったのは、いつも決まって誰かさんでしたよね。女子高生には似つかわしくない、あやしげなお仕事を紹介してくださって」

「そうそう。俺が美波ちゃんにバイトの身代わりを頼むと、なぜか必ず怪事件が起き……ううっ！　ウォッホホホホ」

最後の奇声は牛乳にむせたせいだ。野々垣先生は右手で口元を押さえる。

「そんなにあわてなくても大丈夫ですよ。恨んでなんかいませんから」

デスクの上のコーヒーカップを取り上げ、精一杯の愛想笑いをしながら、

「まあ、高校時代にはあまりいいお仕事は回していただけませんでしたけど、大学卒業後、何をしても長続きせず、フラフラしていた私が本校に勤務できたのは武熊さん……失礼しました。何もかも主任のおかげなんですから」

改めて考えると、武熊さんとこうやって机を並べていること自体、不思議でたまらない気がした。二十年前には、顔の下半分が密生したひげで覆われ、風貌もまるで別人だった。

私が本校を卒業したのは二〇〇三年三月。もう十六年も前のことで、当時は校名も知水女子学院高等部だった。共学になったのは次の年度からである。

卒業後は好きな英語をスキルアップして、それが活かせる仕事に就こうと考え、都内の私大の英文学科へ進んだのだが、三年生後半からの就職活動で大きな壁にぶつかってしまった。当時はまだ就職氷河期がやっと明けたばかりで、そんな状況の中、外資系企業、貿易会社、商社、ホテルと、手あたり次第に出願したものの、あっちで落とされ、こっちではねられ、何とか合格できたのは小さな旅行代理店一社のみだった。

（決して悪い会社じゃなかった。春とか秋の観光シーズンは目が回るほど忙しかったけど、社長さんもいい人だったし……でも、一年半しか続かなかったなあ）

すっかり温くなったブラックコーヒーを口に含む。

（生まれついての人見知りだから、いくら努力してみたところで、添乗員という仕事には向かなかった。その後、短期のアルバイトでつないでいるうちに、武熊さんから声がかかったんだ。『母校の教壇に立ってみる気はないかい』って）

ふと脇を見ると、野々垣先生は神妙な顔で、パソコンに向かっていた。彼のお父さんは野々垣欽造《きんぞう》先生といって、七年前に定年退職するまでは、知水学院中等部で体育の先生をしていた。中学校時代の私の恩師であり、武熊さんとも、その関係で知り合ったのだ。

当時、武熊さんは大学で留年をくり返しながらインドをはじめ世界中を旅していた最中で、その資金稼ぎのため、アルバイトに精を出し、そのおこぼれが私のところにも回ってきていた。

そんな野々垣先生が知水学院高等部の教員になったのは二〇〇六年、三十二歳の時で、その年に国際文化科一クラスが創設された。放浪の成果でフランス語と英語、さらにはスペイン語まで堪能。国際文化科には第二外国語としてフランス語の授業もあるので、新学科にとっては最適の人材だったのだ。

それ以来、本校で勤務を続け、現在では生徒からの信頼も厚い。二年C組の担任に加え、学年主任も務めているが、四十四歳を迎えた現在もまだ独身で、その点だけはご高齢の欽造先生を嘆かせていた。

（八年前、武熊さんから誘われた時には、すごく迷った。一応、英語の免許は取っておいたけど、人と接するのが苦手な自分に教員なんて仕事が勤まるわけないと思っていたから。例の調子で強引に口説かれなければ、絶対に引き受けてなかっただろうな）

最初は産休代替として四カ月間のみの臨時雇用だったが、その先生が育児休暇を取ることになり、一年間延長。それ以降、常勤講師として雇用され、五年前、教諭として正式採用された。

その翌年、普通科一年の担任になり、三年間無我夢中で駆け回って、何とか無事に送り出すことができた。昨年度は学年から外れていたが、今年の四月、同じ英語科で二歳年下の女性教諭が産休に入ることになり、代わりに国際文化科二年E組を任されることになった。できれば一年生から担任したかったのだが、校内人事の都合だから苦情は言えない。

他の校務分掌としては演劇部と新聞委員会の顧問。どちらもサブで、演劇は会計や文書発送、新聞は主に掲載する写真の集約を担当している。愚痴を言うようだが、後者は結構気苦労が多い。遠足やスポーツ大会などの際、生徒が撮影した写真を集めるのだが、今の生徒たちはほとんどスマホで撮るため、デジカメのようにカードを借りてリーダーで読み込むことができない。やむを得ず、自分のパソコンのメールアドレスを教え、送信してもらう方式を取っていた。

（とんでもない大失敗を何度もやらかし、周囲の先生方にフォローしてもらって、何とかここまで来た。今でも不安だらけだけど、生徒たちがかわいいから、何とか長く続けられれば……）

「いやあ、二十年前は俺も若かった。懐かしいなあ。そうだ。懐かしいと言えば……」

そこまで聞いて悪い予感を覚え、身振りで制止しようとしたのだが、

「懐かしいと言えばさ、修矢《しゅうや》のやつ、どこでどうしているんだろうなあ」

5

「……さあ、どこでどうしてるんでしょうねえ」

歓迎できない話題に内心うんざりしながら、返事をする。

「まるで見当もつきません。たぶん、地球上のどこかでは生息してると思いますけど」

「おいおい。ＵＭＡ《ユーマ》じゃないんだから、『どこかで生息』はないだろう」

野々垣先生はお気楽に笑う。『ＵＭＡ』はUnidentified Mysterios Animalという和製英語の略で、ネッシーや雪男など未確認生物を指す。

「だけど……そうかい。すると、しばらくやつから連絡がないのか」

私の渋い表情を見て、さすがにまずいと思ったらしく、相手は急に真顔になる。

「考えてみれば、昔から放浪癖があったもんな。俺ほどではないにしてもさ。まあ、あの風貌だから、日本にいるよりギリシアかトルコあたりにいた方が似合うかもしれないけど……」

話題の人物は藤代《ふじしろ》修矢。年齢が三十九歳で、私と野々垣先生の年齢を足して二で割ると、ちょうどだ。私と彼との関係を説明するのはひどく骨が折れるが、配偶者、あるいは夫。婚姻届が未提出のままの事実婚だが、とりあえず家族を含め、周囲からは夫婦だと認識されていた。

初めて会ったのは二〇〇〇年三月。Ｈ市内にある私の実家の隣は古い洋館で、主《あるじ》は水島啓輔《けいすけ》さんといい、私にとっては幼い頃から実の祖父も同様の存在だった。

水島のじいちゃんは私が中学三年生の時、脳溢血《のういっけつ》で亡くなったが、翌年の春、その家に住みついたのが、当時大学二年生の修矢。身寄りのなかったじいちゃんが遺言状を作成し、以前から縁のあった修矢に自分の遺産を相続させたのだ。

野々垣先生と修矢は大学の学部・学科がたまたま同じ。年が違うから、本来は出会うはずなどなかったのだが、武熊さんが浪人、留年をくり返したせいで同級生になり、なぜか二人は意気投合してしまった。

「さて、腹ごしらえも済んだし、ちょいと部活に顔出ししてくるか」

立ち上がった野々垣先生は壁のハンガーからジャージの上着を取り、袖を通す。高校時代に競技経験のある男子ラグビー部の監督を務めているのだ。知水学院は陸上の伝統校で、私の高校時代の親友もインターハイの百メートル競技で全国優勝を果たしたが、のんびりした校風のせいもあって、そのほかの部の成績はもう一つ。近年では、女子テニス部の活躍が目立つ程度だ。特に男子は人数が少ないため、地区大会止まりの部がほとんどで、ラグビー部も例外ではなかった。

「あいつらさあ、俺がいないとドッジボールして遊んでやがるんだよ。ひでえもんなんだ」

愚痴をこぼしながら、野々垣先生は職員室を出ていった。

退勤時刻を三十分以上過ぎたが、職員室の『島』には二、三人ずつが残り、仕事をしていた。教務部や各学年など、校務分掌ごとに机をいくつか向かい合わせにした状態をそんなふうに呼ぶ。

一学年の島は職員室の後方、教頭席から最も離れた位置にあるが、ちょうど今、デスクにいるのは一人だけ。コーヒーカップを手にしたまま、私は修矢のことを考え始めた。

（確実に言えるのは……もし修矢がいなければ、自分は今、この世に存在していないということ

だ。とっくの昔に、殺人犯に命を奪われていた）

毒舌で皮肉屋。性格的にやや大人気ないところがあり、五歳も年下の私に本気で突っかかってくるから、出会ってすぐの頃は喧嘩ばかりしていた。

修矢は百八十センチを超える長身で、日本人離れした美形だが、外見など、私にとってはどうでもよかった。運命のいたずらとはいえ、いくつかの難事件に協力して立ち向かううちに連帯感が芽生え、少しずつ惹かれていったのだ。そして、高校一年生の春休みには、そう簡単には返すことができないほどの恩を、私たち一家は彼から受けた。

それもこれも類いまれなる洞察力の賜物。そもそもは亡くなった水島のじいちゃんが凄腕の名探偵で、修矢もその薫陶を受け、同じ能力を身につけたのだ。こちらから告白したことはないし、コクられたこともないけれど、気がついた時には何となく交際が始まっていた。

大学卒業後、彼は就職せずに、これまた水島のじいちゃんに手《て》解《ほど》きされたストーンヒーリングを生業《なりわい》とした。さまざまな石を使って心や体を癒す術《すべ》を、じいちゃんは若い頃に鉱山技師をしながら身につけたそうで、全国に大勢いる顧客を修矢が引き継ぐ形になったのだ。

私が就職して忙しくなると、会う回数が減り、退職すると、また復活。そんな中途半端な交際が延々と続き、ちょうど十年前、ようやく一緒に洋館で暮らし始めた。

その二年後、知水高校に正式採用されたので、二人の関係もはっきりさせようと考えたが、そううまくはいかなかった。結婚の意思はお互いに確認し合っていたものの、ちょうどその前後から、修矢が外国へ出かける機会が増えた。滞在期間は短くて三カ月、長い場合には半年以上、家を留守にしたこともある。

最初は貴石を探す旅だと思っていたが、水島のじいちゃんと同様、ストーンヒーリングと探偵を兼業していることが、あとでわかった。さまざまな依頼にまつわる調査が目的で、頻繁に海外へ出向いていたのだ。事実を知って驚いたけれど、仕事に口を挟まれるのが嫌いな人なので、私は何も言わなかった。そして、そのまま、今日に至っている。

今回の不在も相当長期間で、出かけたのが二月六日だから、もうすぐ五カ月になる。中南米の国々をいくつか回るそうだが、詳しい旅程は知らない。よほど辺鄙《へんぴ》な地域へ入り込んだらしく、ここ一週間はメールの返信も途絶えていたが、その直前に『しばらく連絡できなくなる』と予告されたため、警察に捜索願いを出すわけにもいかなかった。

（事実婚が嫌ではないし、ウエディングドレスにも文金高島田《ぶんきんたかしまだ》にも執着なんかないけど、やっぱりちゃんと籍を入れて、みんなに『おめでとう！』って言われたいなあ。何しろ、婚姻届にサインをする夢まで見たんだから）

思い出し、苦笑してしまう。あれは去年の暮れだ。お酒に弱い体質なので、めったに口にしないのだが、クリスマスイブにワインを飲み、前後不覚になるまで酔っ払ってしまった。

その晩、修矢が突然婚姻届をテーブルに広げ、二人でサインした……と思ったけれど、翌朝目を覚ましてみたら、ただの夢。自己嫌悪に陥ってしまった。

妄想を払い、Ｗｏｒｄの画面に目をやる。できることなら、今日中に送信してしまいたかった。後半の文章を整理して、何とか格好をつけ、さてメールソフトに貼ろうと思ったのだが、ふと見ると、いきなり用件から始まっていて、挨拶文が抜けていた。これでは相手に対して失礼にあたるので、一昨日送信したメールを呼び出し、冒頭の一文をコピペした。

『Thank you very much for your reply』。私は首を傾げる。通常はこれでいいが、前回、劉先生は私が焦っていると察したらしく、送って二時間も経たないうちに返信してくれた。

そこで、画面左上のツールボックスにマウスのアイコンを向け、『元に戻す』機能を使って、さっきの文を消してから、改めてキーボードを叩く。

『I appreciate your quick response』。そこまで入力し終えた時、ブルーのジャージを着た背の高い男性が職員室に入ってきて、私の真向かいの席に座った。二年Ｂ組担任の佐藤《さとう》 誠《まこと》 先生だ。教科は理科で、専門が生物。年齢は私と同じ三十四歳だ。

椅子に腰を下ろした誠先生は太い眉をぐいと寄せ、深く息を吐く。

「どうしたの、誠先生。バスケ部で何かあった？」

同い年という気安さがあるため、学年の中で誠先生とだけはため口で会話していた。彼は中学時代にバスケットボールの経験があり、男子バスケ部の副顧問をしている。

「いやあ。僕はサブなんだから、部活で悩んだりしないさ。学年内の問題だよ」

先生は左右を確認し、唇を舌でなめる。苛立っている時の彼の癖だ。

「実は山崎《やまざき》先生と意見が対立しちゃってさあ。彼女はああいう性格だから、落としどころが見つからず、困ってるんだ」

6

「山崎先生と……？　あら、そう。それは、本当にお疲れ様です」

なるべく首を突っ込みたくなかったが、切り出されれば、話を聞かないわけにはいかない。

「まあ、教育に対する考えは、人それぞれでいいと思ってるんだけどね」

熊本県出身で、いかにも南国風の顔立ち。性格も底抜けに陽気なはずの誠先生が、今日に限って、別人のように暗い眼をしていた。

「彼女はとにかく独善的で、他人の意見を聞こうとしない。進路指導に関しては、特にそうだ。係として、やりづらくてしょうがないよ。野々垣先生は……グラウンド？」

私がうなずくと、誠先生は背もたれに体重を預け、天井を仰ぐ。

「肝心な時にいないんだから。まあ、いても、すごく頼りになるってわけじゃないけどね」

二学年の島は机が六つ。私の向かいがＢ組の誠先生で、右隣が学年主任、そして、私の斜め向かいがＡ組担任の山﨑奈保子《なおこ》先生だ。

野々垣先生の右はＤ組担任・渋谷《しぶや》朗《あきら》先生の机だが、普段はずっと美術準備室にいて、朝の打ち合わせや学年会の時だけやってくる。そのため、机上にはほとんど物がない。彼と向かい合っている副担任の中村《なかむら》ひとみ先生も、体育科なので同様だった。

現在の二学年で、今年五十八歳の渋谷先生だけは私が在学中にも高等部の教壇に立っていたが、私は音楽選択者だったので、当時はほとんど接触がなかった。

二年Ａ組担任の山﨑先生の担当教科は数学で、年齢が四十歳。学年主任は最年長者が務めるのが本校の慣例だが、それに該当する渋谷先生は五十八歳で、しかも、芸術科。彼が固辞したため、二番めに年齢が高い野々垣先生にお鉢が回ってきた。ちなみに、渋谷先生は三年前に奥様をご病気で亡くされていたので、二学年は副担任を含め、全員が戸籍上は独身だ。

本校普通科の場合、二年次以降のクラス分けは進路別で、Ａ・Ｂ組が四年制大学の文系と理系、Ｃ・Ｄ組が短大・専門学校。ただし、それでは人数調整がうまくいかないので、推薦入試で大学進学を希望する生徒の一部をＣ組に加えていた。例年、就職希望の生徒はほとんどいない。

また、主任を除く学年内の係分担は、私が教務で、誠先生が進路指導、山﨑先生が生徒指導、渋谷先生が保健厚生となっていた。したがって、誠先生は大学進学者向けの指導のため、Ａ組担任と緊密に連絡を取り合う必要があるのだが、それが苦労の種らしい。

「で……意見が対立したというのは、具体的に何の問題だったの」

学年主任は不在中だが、つい怖いもの見たさで、きいてしまう。

「山﨑さんが、模試の結果を教室前の廊下にずらりと貼るっていうんだよ。時代錯誤も甚だしい。昭和の時代ならともかく、平成も終わり、先月から令和になったんだからね」

「ええっ？　それはまずいわよ。最下位の子なんて、不登校になっちゃうかも」

「もちろん全員分を公表するわけじゃない。Ｃ・Ｄ組を含めて文系・理系の上位四十名ずつ。だとしても問題だから反対したけど、向こうも強硬なんだ。『それくらいしないと、うちの生徒はやる気を起こさない。係にその気がなければ私が学年会に提案します』……で、交渉は決裂」

憤懣《ふんまん》やるかたない誠先生の表情を見て、考え込んでしまった。

私が高校生の時代には、ベネッセや河合《かわい》塾《じゅく》が主催する外部模試の結果が届く度に、成績優秀者の一覧が廊下に貼り出され、生徒たちが群がって覗き込んでいた。しかし、その頃と今とでは時代が違う。定期テストの成績とは違い、模試の結果は絶対の秘密というわけではないが、少なくともこの数年、本校では部分的にも公開していなかった。

「本音としては、こんなことで気まずくなりたくないんだよ。僕は部活の関係もあるから、もしこじらせると、面倒なんだ」

「そうでしょうねえ。山﨑先生はハンド部の監督で、同じ体育館で練習しているわけだもの」

知水学院高等部には体育館が二つあり、第一でバレー、バスケ、ハンドボール、第二では卓球とバドミントンの練習が行われている。けれども、これでは第一体育館内が過密になり、やれるメニューが限定されるため、顧問同士が話し合い、平日と土日にそれぞれ休みを設定していた。今年度、ハンド部が月曜、バレー部が水曜、バスケ部が金曜のはずだ。

　ただ、それはあくまでも原則で、大会の日程次第ではお互いに譲り合う必要が生じる。バスケ部がハンド部に頭を下げることもあり得るから、事を荒立てたくないという誠先生の気持ちはよくわかった。

「山崎さんの能力の高さは認めるよ。去年の春の卒業生の進路先がいい意味で様変《さまが》わりしたのも彼女の指導の成果だし、ハンド部も着実に力をつけている。実績については文句のつけようがない。実に立派な先生さ」

　これには深くうなずくしかなかった。

　学習に関しても知水の生徒はのんびりしている。四大進学者の大半は推薦希望で、一般入試にチャレンジする生徒は少ない。ところが、昨春の卒業生は例年とは異なり、国立大学や難関私大の合格者が大幅に増えた。その現象は理系だけで見られたので、その学年で三年Ｂ組を担任した山崎先生の功績が大きいと考えられた。

　彼女が知水学院高等部に講師として来たのが六年前。それ以前は他県で教員をしていたらしいが、詳しいことは知らない。翌年教諭に採用され、翌々年には一学年担任、そして、卒業生を出すと同時にまた一年の担任になった。

　部活動に関しても指導力は抜群で、部員が少ないため、目立った活躍こそまだないが、都の大会でも確実に順位を上げてきている。山崎先生は高校・大学とハンドボール部に所属していて、しかも東京都の選抜メンバーに選ばれるほどの名選手だったと聞いた。

「ただねえ、山﨑さんの場合、部活指導が熱心すぎて、例えば練習についていけなくて退部したいと申し出ても、そう簡単には許可しないんだ。保護者はクラス担任に苦情を言うから、板挟みになって、ひどいめに遭った人が何人もいるよ。中には、これでは埒《らち》が明かないというので、強硬に申し入れた担任もいたけど、それに対して彼女、どんな行動に出たと思う？」

「……一体、何をしたの」

「噂だけど、部の生徒をけしかけて、自分の気に入らない担任にわざと反抗的な態度を取らせたらしい。とんでもないだろう。うちの生徒は素直だから、顧問に命令されれば、たとえ悪いことでも逆らわずにやってしまう。これだけは口に出すまいと思ってたんだが……教頭から二学年担任の打診があった時、はっきり断ればよかった。まあ、倉西先生も俺と同じ立場だから、愚痴をこぼされても返事に困るだろうけどさ」

　そうなのだ。現在の二学年は一年次とは二人、担任が入れ替わっている。誠先生も私と同様、同じ教科の教員の代わりとして学年に加わった。ただし、少し違うのは、一年Ｂ組を担任していた理科の教諭が昨年度末、急に退職してしまったことだ。

「春休み中、教頭に呼ばれ、何が何だかわからないまま、二Ｂの担任を押しつけられた。野々垣先生がＡ組担任になるのかと思ったら、『自信がない』と言って逃げちまったから、数学と理科で四大進学クラスをもつなんて、おかしなことに……」

　語尾が消えてしまったのは、カツカツカツという特徴のある靴音が聞こえてきたせいだ。

7

すぐに職員室後方の引き戸が開き、話題の主《ぬし》が入ってきた。本校では、教員も生徒と同様、サンダルを上履きにしている例が多いが、山崎先生だけは常に高めのヒールのパンプスだ。

そして、二学年の島へ。身長が百六十七、八センチあり、背筋がぴんと伸びている。

真っすぐな黒い髪を耳より少し下で切り揃え、やや吊り上がった眼、高い鼻。きつい印象はあるが、個性的な美人と表するのが妥当だろう。指導しているのは室内競技なので、日焼けもしていない。服装は黒いTシャツとグレーのスウェットパンツ。部員と一緒にプレーしていたらしく、胸元に汗がたまっていた。

「あっ……どうも、お疲れ様です」

私が声をかけると、山崎先生は無言でうなずき、タオルで顔や首筋のあたりを拭く。

そして、自分の椅子に腰を下ろすと、にこりともせずに、

「学年会前の根回し？　国際文化科担任を味方に引き入れようというわけね」

「ええっ？　いや、そんな……人聞きの悪いこと言わないでください。単なる雑談ですよ」

「隠さなくてもいいわ。どうせ模試の成績の件なんでしょう」

ずばりと指摘され、誠先生は微かなうなり声を発し、黙り込んでしまう。

「学年の総意で決めることだから、無理に押し通すつもりなんてないけど、ここの生徒たちは呑《のん》気《き》すぎるから、勉強させるための動機づけが必要よ。そうでしょう、美波ちゃん」

「え……あのう、それは、おっしゃる通りだと思います」

紛れもない事実なので、否定はできない。生徒がそばにいない限り、山崎先生は私のことを『ちゃん』づけで呼んでいた。

（まいったなあ。これ……正式に議題になったら、どっちの肩をもてばいいんだ？）

学年会は毎週木曜の五校時め。何だか憂鬱になってきたが、ただし、私は別に山崎先生のことが嫌いではなかった。好きというのとも違い、『憧れている』と表現するのが最も近い。あたらず障らずといった風潮の強い中、自分の意見をはっきり主張するのを煙たがる人もいたが、たとえ意見が対立しても感情的になることはないし、決定が下されればちゃんとそれに従う。

部活の指導だけでなく、授業のうまさにも定評があった。態度が悪い生徒に対して厳しく接するため、生徒たちには恐れられているが、その反面、信頼されているのも事実で、一般入試希望の三年生たちは習ってもいない山崎先生のところへよく質問に来る。

向かい側の二人は揃ってパソコンに向かい、会話を再開する気配はない。重苦しい沈黙に戸惑っていると、職員室の戸が二回ノックされた。

「二年E組の尾木《おぎ》沙織《さおり》です。倉西先生に用があって来ました」

現われたのは赤い縁の眼鏡をかけた小柄な女子生徒。私のクラスのルーム長だ。

「あら。いらっしゃい、尾木さん。今日は、書道部の練習？」

自分のクラスの女子生徒については、下の名前で呼ぶことが多いが、彼女は例外だ。

「そうですけど……先生にお話ししたいことがあって」

何となく嫌な予感がした。成績は常にクラスでトップだし、頼んだ仕事は完璧に仕上げてくれるが、他人と適切な距離を取るのが苦手で、女子の中では浮いている。また、真面目なのは結構だが、正義感が強すぎて、クラスメイトの瑣末な校則違反を見逃せず、担任へ告発しに来ることがあるのだ。対応しないわけにはいかないから、内容によってはかなりの労力が必要になる。

「わかったわ。で、どんな話かしら？」

「ええと、ここでは、ちょっと……」

他のクラスの担任がいると、まずいらしい。私は尾木さんを連れ、職員室前の廊下に出て、少し離れた場所で向かい合った。

「あのう、実は、五十嵐さんについてなんですけど」

「イガラシさんて……もしかして、五十嵐智さんのこと？」

相手は無言でうなずく。Ｅ組に同じ姓が二人いるわけではない。『もしかして』と言ったのはあまりにも意外だったせいだ。

（だって、五十嵐さんと言えば模範生で、服装や髪形も地味だし、校則違反なんて何もないはず。ただ、彼女にはちょっとした秘密があるけど……）

「五十嵐さんに関して、私に何を話したいのかな」

努めて平静を装い、そう質問すると、

「五十嵐さんは、許可をもらってないのに自転車で登校しています」

「えっ？　そんな……いや、そういうことだったのね」

内心安堵して、つい『えっ、そんなことで』と言いそうになってしまった。

校則では自宅から高校までの直線距離が二キロ以内の場合、徒歩通学と定められていた。しかし、これはあくまでも建て前であって、無断乗り入れがあとを絶たない。

年に一度、生徒指導部主催で検査があり、後輪に校章入りのステッカーが貼られていない自転車はすべて鎖でつながれるが、実質的指導はそれだけ。そんな状態を放置していながら一人だけ厳しく対処できないので、口頭注意で済ませることにしよう。私は心の中で、そう考えた。

「確かに、それも校則違反だから……あれえ？　でも先週、自転車点検があったけど、五十嵐さんはチェックされなかったわ。あの日だけ乗ってこなかったのかしら」

「以前のことは知りませんが、最近は神社の境内に自転車を駐めてくるみたいです」

「神社って……美森神社？　あそこからだと、結構歩かなくちゃならない。なぜ、そんな面倒なことを……あっ、そうだ。五十嵐さんはそもそも電車通学のはずよ。四月に面談した時、一時間近くかかるから大変だと話していたもの」

「ええと、実は、今の件に関連して、もう一つお話ししたいことがあるんですが……」

尾木さんが何か意味ありげに私を見る。どうやら自転車の件は前置きに過ぎず、ここからが本題らしい。安心するのが早すぎたなと反省しながら、私は黙ってうなずいた。

8

自転車の前カゴがグラグラ動き、落ち着いてペダルを漕いでいられなかった。

エコバッグの中には卵や豆腐、ブリーベリージャムの瓶も入っている。万一カゴごと落下したら、目もあてられないが……しかし、文句なんか言ったら罰《ばち》があたる。

何しろ、この自転車が新品だったのは今から二十年以上前。現在居候中の菱谷家には自転車が三台あり、これより新しいものも使用可能だったが、問題は乗り手の脚の短さ。二十七インチには怖くて乗れず、豊さんが小学校時代に乗っていたお古を使わせてもらっていた。

入学式以降、ずっとこの自転車で通学していたのだが、六月に入り、近々取り締まりがあるという噂を聞いてからは、高校の敷地内への乗り入れをやめ、神社の境内に駐めて、そこから歩くことにした。面倒ではあったが、ほかの生徒とは違い、チは校則違反が見つかると、そこから芋づる式に嘘がばれ、とんでもないことになってしまう。

ＪＲの駅から真南へ延びるトチの並木通り。途中の坂を上りきったあたりが、ちょうど京王《けいおう》線の駅との中間点付近で、そこに地物野菜が格安のスーパーがあり、買い物を済ませての帰り道だ。

（それにしても、ずっと悩んでいた一人称の問題が、まさかこんな形で解決するとはな）

空を見上げながら、つい笑ってしまう。午後六時を少し過ぎたが、まだ周囲は明るかった。

（チとトムを合わせて『私』。最初からそのつもりだったなんて、やっぱりフルサは頭がいい）

カタカナの『チ』と『トム』を続けて書けば、『私』という漢字になる。確かにその通りだが、かなり露骨に示唆されるまで気づかなかった。

これまでフルサの耳に『チ』と聞こえたのは、一応『こっち』と言っているつもりだったのだ。しかし、自分自身でもしっくり来ないため、発音が弱くなってしまったのだろう。

実際に顔を合わせたことは一度もないが、同じ悩みをもつ人は多いらしい。日本語には英語の『Ｉ』にあたるシンプルな一人称がない。『俺』『僕』『私』『あたし』『うち』……全部、性別と結びついている。運動部でもないくせに『自分は』では滑稽だし、名字や名前を使って『五十嵐は』『智は』と言うのも不自然。そのせいで、いつの間にか、なるべく主語を避けて会話をする癖がついてしまった。それも友達ができない原因の一つだった気がする。

コンビニエンスストアの角を左へ曲がる。この道は市の南部に広がる丘陵地帯を貫いていて、知水学院高校もその一角にあった。

（以前と比べれば、今の暮らしは天国だ。お金で売られてきたくせに、肝心の約束は果たさず、だらだらと居座る。普通なら針のむしろのはずだけど、それでも、以前とは段違いに居心地がいいのは菱谷さんのやさしさのおかげ。あとは、母さんがとんでもない毒親だったから……）

そう考えた瞬間、耳元で怒鳴り声が聞こえた。

『リセットよ、リセット！　何もかもリセットしたいの』

赤く染めた髪を振り乱して叫ぶ表情までが鮮明に蘇ってきた。張った頬骨、尖った顎。吊り上がった眼の周囲の隈《くま》がひどいが、本人が常々自慢していた通り、化粧映えが抜群の顔立ちなのだ。

『お前が私をこれほど不幸にした。罪滅ぼしだと思って、ここに名前を書きなさい。判子《はんこ》はもう押してあるから、簡単よ。さあ、早く！　何も考えなくていいの！』

（……去年の十二月十九日の晩だ。あの時、母さんは右手に包丁を握っていた。もし嫌だと言ったら、確実に刺されていただろうな。幼い頃から罵詈雑言《ばりぞうごん》と暴力で支配され、完全な洗脳状態。あの時も最終的には命令を拒否できず、言われるままサインしてしまったんだ）

罫線や文字がピンクで印刷された白い紙が眼の前に浮かんできた。婚姻届の用紙だ。

左側の一番上、『妻になる人』の欄には自分自身の筆跡で『五十嵐智』。右側に二つある証人の欄の一つが『吉岡妙子《よしおかたえこ》』。こちらは母さんの名前だ。

未成年の婚姻には最低でも片方の親の同意が必要だが、ここに署名すれば同意書代わりになるらしい。もう一人の証人の欄は『五十嵐譲《ゆずる》』となっていて、これが義父。養子縁組は解消していないから、戸籍上はまだ親子だが、すでに縁は切れていた。

その翌日には届け出用紙のコピーと引き換えに、母さんは紹介者からお金を受け取った。五十万か百万……具体的には知らないけれど、チがついに諦めてサインした時のあの喜び方から推《お》して、相当な額だったことは間違いない。実の母親がそんな大金を手にしてしまった以上、もう逆らえない。泣きながら運命を受け入れる覚悟をしたのだが、その後に思いがけない展開が待っていた。

少しでもお金を稼がなくてはいけないと思い、年明けから駅前のパン屋さんでアルバイトを始め、四月以降も放課後に続けていたのだが、先月の末、生活指導部の先生に見つかってしまい、辞めざるを得なくなった。

校則では許可さえ取れば認められることになっているが、手続きをする際、担任が保護者に確認のための電話をかけると聞き、二の足を踏んでいる。書類上、チの保護者は義父だが、それは名目に過ぎない。知水学院の出願書類に押印してもらう条件が『今後、一切連絡をせず、迷惑もかけないこと』。もし担任に電話なんかされたら、間違いなく騒ぎが起きる。

（その上、同級生には年までごまかしていて……本当に嘘で塗り固めた高校生活だな。でも、とにかく一日一日を生き抜いていくしかない）

両手でハンドルを握り直すと、チは懸命にペダルを漕ぎ始めた。

9

チが居候している菱谷家が近づいてきた。路線バスの停留所を過ぎたあたりから急に家並みが古めかしくなり、八百屋や雑貨屋、クリーニング店などが軒を連ねる。

左手に豆腐屋さんの茶色い幟《のぼり》。ここは遠くから買いに来るお客さんも多い店だそうで、お豆腐も油揚げも確かにおいしいが、買いに行ったことは一度しかない。店のおじさんはとても愛想がよかったが、詮索好きらしく、うっかり『最近、近所に越してきた』と漏らしたところ、『だったら、菱谷という家には気をつけなよ』と言われてしまった。

『もう十五年も前の話だけど、豊って名前の一人息子が高校生の時、警察に逮捕されたんだ。それ以来、引きこもったままだが、あんたみたいな若い娘を見たら何をするかわからないよ』……これでは二度と寄れやしない。

その店の角で左へ折れ、小道を進む。右側の四軒めが目指す家だ。

敷地は竹に似た植物の生け垣で囲まれ、道路からはかろうじて二階の屋根が見えるだけ。

瓦屋根つきの門があり、門柱に掲げられた石の表札には『菱谷豊』の文字。左右対称の字体を眺めているうち、脳裏に顔が浮かんできた。

左右へせり出した頬と分厚い唇、太い眉。何かに驚いたように両眼を見開いている。癖のある髪を額の真ん中で分けていた。身長百八十四センチ、体重はたぶん百キロ超。風貌はすぐに浮かんでくるけれど、どんな声で話すのかは知らない。声を聞いたことが一度もないからだ。

門の左手が自転車置き場になっていて、すでに二台ある脇に自転車を駐める。

木製の門扉を押して中へ入ると、すぐ左手は竹垣、その向こうが庭。

郵便受けに平たい段ボール箱が入っていた。貼られたシールを見ると、差出人は『トレイン出版』で、その下に『鉄道情報七月号』と印字されていた。豊さんは熱心な鉄道ファン。これともう一つの関連雑誌が毎月送られてくる。引きこもりには似合わない趣味のような気もするが、自分が外へ出られないことの埋め合わせだったのかもしれない。

玄関はガラスのはまった木の格子戸。家は古く、壁は土壁で、崩れてワラが覗いているところもあった。窓もアルミサッシではなく、すべて木枠の格子窓だ。

ロックを解除して玄関の戸を開け、広い三和土《たたき》でスニーカーを脱ぎ、家へ上がる。

正面に短い廊下があり、右手にトイレと台所、浴室、奥に二階への階段。そして、玄関から左手には庭に面した長い廊下があり、障子で隔てられた右側に二間、突きあたりにもう一間ある。

二間のうち手前はテレビやサイドボード、座卓などのある居間で、チは普段そこで寝起きをしていた。その次の部屋には洋服簞笥《たんす》や和簞笥、仏壇などが置かれている。一番奥の部屋はもともと茶室だったそうで、来た翌日に覗いてみると、掛け軸や茶道具らしき箱がずらりと並んでいた。高価な品かもしれないと思うと、何だか怖くなり、それ以来、近づかないようにしている。

二階の二間は豊さんの部屋で、チは一度も入ったことがなかった。

エコバッグとリュックを両手に提げて台所に入り、調理台の上に中身を取り出す。買い物は野菜が中心で、ジャガイモ、タマネギ、レタス、トマト。そして、卵と豆腐、食パン、アジの干物。

（冷蔵庫にベーコンがあるから、ジャーマンポテトを作ろう。あとは、豊さんはアジが好物みたいだから、干物を焼いて、レタスとトマトのサラダ……これで、品数は問題ないな）

食べ物の好き嫌いについては、何度かＬＩＮＥで問い合わせたが、その度に『何でも大丈夫です』という返信。チを気遣ってくれているのだろうが、そもそもレパートリーが乏しいので、はっきり言ってもらった方が楽。やっと聞き出したところでは、鶏肉とピーマンが苦手らしい。

（ここに来るまで、料理なんてしたことがなかったからなあ。というより、まともなものを食べてなかった。二、三日、食事を与えられないこともあったし……振り返ってみれば、あの母さんの子として生まれて、死なずに済んだのが不思議なくらいだ）

母さんの生まれは千葉県銚子《ちょうし》市。実家は港の近くで居酒屋を経営していた。客はもちろん漁師が中心で、一番の上客は遠洋漁業船の乗組員。陸に上がった彼らはとにかく気が荒い。昔は喧嘩による流血がほぼ毎晩で、畳の上にこぼれた血を雑巾で拭いていると、折れた歯や肉片をよく見つけたそうだ。

中学卒業と同時に家を出て、まずは都内の工場で働いたが、地味な仕事が性《しょう》に合わず、すぐに辞めて、池袋《いけぶくろ》の夜の街で働き始めた。それ以降、そこが母さんにとっての地元になり、チが物心ついたのも豊島区内のアパート。その後、何度か引っ越したが、全部その近辺だった。

　夜の仕事をするといっても、未成年だったので、昼間、別な仕事をして、夕方から店へ出る。運送会社でも働いたことがあり、その時に運転免許を取得したと言っていた。夜は居酒屋などが多かったらしい。

　二十歳を過ぎて、キャバレーのホステスになり、ここ十年ほどはスナックで働いていた。二十六歳の時にチを産み、現在四十四歳。

　母さんの仕事は深夜にまで及び、しかも毎晩のように泥酔して帰宅するから、昼間はいつも寝てばかり。だから、チが食べていたものは食パンに菓子パン、カップラーメン、パックのご飯、レトルトカレー……コンビニ弁当は最高のご馳走だった。

　当然、栄養バランスは最悪で、大きな病気こそしなかったものの、発熱や皮膚炎を頻繁に起こしたし、身長百五十二センチ、体重三十九キロという現在の体はスリムを通り越して、貧相だ。

　八年前、三歳年下の五十嵐さんと入籍したあと、しばらくの間は母さんも多少料理らしいことをしていた。チは婚外子だから、三十七歳で初婚だったのだ。

　しかし、その三年後の夏、五十嵐さんがトラックで交通事故を起こし、運送会社を解雇されると、また台所に立たなくなってしまった。ちなみに、戸籍上は今でも父親だし、チ自身も同じ姓を名乗っているから、『五十嵐さん』では不自然なのだが、すでに縁切りを宣言されている以上、『お義父《とう》さん』とも呼びたくない。

（今後、ずっと養子のままでいるわけにはいかない。それは自分でもよくわかっている）

　台所に立ち尽くしたまま、その問題について考え始める。

（チが豊さんと入籍して菱谷姓になったあとで、養子縁組は解消する。それが、離婚するにあたって、五十嵐さんと母さんが交わした約束の中身だったが、チの結婚については予想外の展開になってしまった。だけど、二人の離婚の方はそのまま成立して、母さんは横浜《よこはま》に住むお金持ちと再婚……実際に結婚できたかどうかは知らないけど、五十嵐さん独りが残された）

チとは縁が切れたと思っていたようで、一月末、最後に会った時、『高校二年生からやり直すから、保護者として名前だけ貸してほしい』と言ったら、露骨に嫌な顔をされた。

（それでも渋々引き受けてくれたのは、まだ中学二年生だったチを犯そうとした件を蒸し返されたくなかったからだろう。あれは……交通事故を起こした三カ月後、十一月の半ばくらいだった）

　住所は北大塚《きたおおつか》四丁目。ＪＲ大塚駅の北側に建つ古くて汚いアパートで、六畳二間に形ばかりのキッチン。チは奥の部屋で寝ていたが、明け方まで母さんが帰らない日もあったので、念のため、簡易ストッパーで間の襖を内側から固定していた。

　ところが、ある日、夜中に目を覚ますと、酔った五十嵐さんに組み敷かれ、パジャマの上着を脱がされかかっていた。とっさに腕に嚙みつき、難を逃れたが、本当に危ないところだった。あとで確認すると、襖がストッパーごと敷居から外されていた。その晩の出来事が弱みになり、五十嵐さんはチからの頼みを条件つきで受け入れざるを得なかったのだと思う。

　いつまでも、もの思いにふけってはいられない。毎晩、二人分の夕食を作ることが居候させてもらう条件なのだ。手をつけられていない料理は翌日の弁当に回せるから、ありがたい。

　まずは着替えと思い、自分の部屋へ向かいかけたが、台所の出口で、ふと足が止まる。そこに食器棚があり、側面に縦長の鏡が鎖で吊られていた。その鏡に映った自分の顔……やせているくせに輪郭は丸く、頬が下《しも》ぶくれ。何かにおびえるような眼でチを見返していた。
（ひどく醜い顔だけど、あの女《ひと》には似ていない。それだけは、運がよかった）

髪を短く刈っているせいもあって、女性らしさは感じられない。

（……チは男性でも女性でもない。誰にも打ち明けられず、ずっとそのことで悩み抜いてきたけど、菱谷さん、そしてフルサのおかげで、やっと自分が何者かを見極めることができたんだ）

そういう意味では毒親に感謝すべきなのかもしれないが、それは単なる結果論だ。

母さんが借りてきたレンタカーに荷物を積み込み、この家へ来たが、車中でもチはずっと泣き続けていた。実の母親に刃物で脅され、十四歳も年上の男性の妻になることを承諾させられたのだ。これで泣かなかったらどうかしている。

チがお金で売られるまでの経緯についてはよく知らないが、母さんが働いていたスナックの常連客の一人が話を持ちかけてきたらしい。母さんも『なぜお前なんかに目をつけたんだろうね』と不思議がっていた。

鏡の中の自分と別れ、廊下へ出る。そこから玄関を眺めると……去年の十二月二十日、この家に初めて来た時の記憶がまざまざと蘇ってきた。

10

（途中で道に迷ったりしたせいで、この家に着いた時刻は午後十一時を過ぎていた。門の前にレンタカーを停めた母さんは菱谷さんに電話をして、指示された通り、郵便受けからキーを取り出し、自分独りでどんどん家の中へ物を運び込んだ。そして、作業が終わると、泣きじゃくっているチを車から引きずり出し、無理やり玄関まで連れてきて……）

『ほらあ、ぐずぐずしてないで、早く上がって！』

少しかすれた独特な声音《こわね》が耳元で聞こえた。

『すぐそこの部屋で待ってるってさ。ちゃんと言うことを聞いて、かわいがってもらうんだよ』

上《あ》がり框《がまち》に積まれた荷物を、呆然と見下ろしている自分の姿がはっきりと見えた。

（もちろん怖くてたまらなかったけど……その時点で、もう帰る場所なんてどこにもなかった）

嗚咽《おえつ》を漏らしながら廊下を歩き、かなり長い時間ためらってから、母さんの指示に従い、手前の障子を震える手で開けてみた。そこに自分の結婚相手がいるものとばかり思い込んでいたが、待っていたのは座卓の上に置かれた一台のスマホ。五インチ画面のＡｎｄｒｏｉｄ端末で、白いケースに収められていた。

定時制高校入学後、バイトで必要に迫られ、スマホを購入していたから、一通りは使いこなせた。メモの類いは添えられていなかったので、とりあえず手に取り、ホーム画面で目についたＬＩＮＥを起動。すると、『トーク』に一人だけメンバーが登録されていた。

名前もアイコンの写真も、何と『ムック』。『ひらけ！ポンキッキ』で人気を集めた、あのムックだ。あとで調べたところ、もともとは雪男《イエティ》という設定で、身長百八十五センチ、体重百十キロ……それらの数字は豊さんのものとほぼ一致する。

戸惑いながら、全身が真っ赤な毛で覆われた写真をタップすると、十分前に一つだけメッセージを受信していた。

『五十嵐智さん、はじめまして。これは君のために用意したスマホです。ＬＩＮＥは扱えると聞いてるけど、もし大丈夫だったら、メッセージを送ってください』

成り行き上、返信しないわけにはいかなかった。

『はい。大丈夫です。こちらこそ、はじめまして』

『よかった。ちょっと訳があって、直接会って話ができないから、必要なやり取りはすべてここでさせてもらうよ』

『わかりました』

『では、今日からこの家で生活してもらうにあたり、知っておいてほしいことがいくつかあるので、用意しておいた文書を貼りつけます。少し長いので、読み終わったら教えてください』

その直後、送信されてきたのは確かに長文で、内容は、まず銀行のキャッシュカードの在処《ありか》と暗証番号、お米や食料品、洗剤、掃除道具、タオルなどの収納先、ゴミの分別方法とそれぞれを出す曜日、場所……その他もろもろ。

チは困惑してしまった。引きこもりだと聞いていたので、見知らぬ人間に会いたがらないのはむしろ当然。電話も嫌い、ＬＩＮＥのトークで済まそうとする気持ちも理解できる。

しかし、実際に会いもしないのなら、なぜ大金を払い、チを自宅へ招き寄せたのか。ひどく矛盾した行動のように感じられたのだが……考えてみれば、一切会話などしなくても、セックスはできる。そのことに気づいた瞬間、全身に鳥肌が立った。

義父にレイプされかけた体験で身に染みていたが、襖や障子で仕切られた部屋は外敵に対して無防備だ。ぐっすり寝入った深夜に突如襲われ、自分の三倍近い体重で組み敷かれれば、間違いなく体を奪われてしまう。お金で買われた身では思いきり嚙みつくわけにもいかない。

どこにも逃げ場のない状況に追い込まれ、金縛りに遭っていると、十五分以上経ってから、メッセージが送られてきた。

『急《せ》かすわけじゃないけど、そろそろ読み終わったかな』

『遅くてすみません。読みました』

『何か、質問は？』

『特にありません』

『不明の点があれば遠慮なくきいてください。すぐには無理かもしれないけど、必ず返信します。ところで、婚姻届を持参してくれたと思うので、写真を撮り、送ってください』

　チはいよいようろたえた。相手の意図が察知できた気がしたからだ。無理やり犯せば強姦罪が成立するのは当然だが、婚姻届を提出し、正式な夫婦になってしまえば罪に問われる心配はほぼなくなる。

　逆らえる状況ではなかったので、絶望感に打ちひしがれながら婚姻届の入った封筒を捜し始めたのだが、そう簡単には見つからなかった。

　放心状態で荷造りをしたため、どこに何を入れたか、まったく覚えていない。次から次へと段ボール箱を開け、やっと出てきた時には玄関の床は荷物だらけになっていた。

　そこに婚姻届を広げ、撮影した写真を送ったのだが、数分後に届いた返信は、チにとって思いがけないものだった。

（あの時、チの運命は激変したんだ。まさか、あんなものが役に立つなんて……）

　スマホを取り出し、ＬＩＮＥを起動する。トークの画面が表示されてから『ムック』をタップ。あの晩のやり取りを読み返そうと思ったのだ。

　ＬＩＮＥのトークにはメンバーが二人。『ムック』とフルサ。ただし、あだ名をつける前だったので、フルサは本名で登録されていて、アイコンの写真はない。彼女は自分の顔を嫌っていて、カメラを向けると怒り出すのだ。

（考えてみると、不思議だよな。あれほどの美人なのに……特に左の眼尻のところにある、あのほくろが気に入らないらしい）

占いサイトを見ると、眼頭や眼の真下の泣きぼくろは吉相だが、眼尻の場合は運勢がよくない。ただし、それが毛嫌いする理由かどうかはわからなかった。

（そうそう。今日、フルサから『ネーミングセンスが悪い』なんて言われちゃった。あの時は突然、『あだ名をつけろ』なんて命令され、うろたえてたからなあ）

会話を交わすようになって、まず困ったのは、彼女が本名で呼ばれるのを嫌がることだ。何気なく『ちゃん』づけにしたら、怖い顔で睨まれてしまった。

『えっ、だめなの？　じゃあ、ほかの友達からは、何て……』

『友達なんていない。とにかく、それ以外の違う呼び方を、今すぐ考えて』

追い詰められ、とっさに口から飛び出したのが『フルサ』。さすがの彼女も意表をつかれたらしく、異議は唱えなかった。

彼女の名前を直訳すれば『ビューティフルサマー』だが、そのままだと長すぎるので、そこから三文字を抜き出して、『フルサ』。

渡部《わたべ》美夏。それがチのたった一人の親友の本名だ。

第二章

Mail（2019年7月8日　19時09分）（2）

……私は美夏の殺害に関して、一切後悔などしていない。その理由は、あいつが私を破滅させたからだ。人生をすべて台なしにされた恨みを晴らさない限り、死んでも死に切れない。いったんは忘れていた恨みではあるが、ここに来て、暗い情念が私をつき動かした。

襲撃に成功し、存在をこの世から消し去ることができて、本当にほっとしている。偽らざる本音だ。つけ加えれば、なお、死んでくれてありがとうと心から言いたい。死ぬ時だけ素直だったことには、心から感謝している。

ただ、君が意識を取り戻した直後、口にした台詞には、さすがの私も動揺したよ。極度に混乱した状況だったから、もしかすると、記憶が飛んでしまっているかもしれないが、血まみれで床に倒れている死体を見下ろし、唇を震わせながら、私に向かってこう尋ねたんだ。

「なぜ、こんなことをしたのですか？」

当然の質問だと思ったので、事情を手短に説明すると、今度は私を睨むように見据え、

「だったら、あなたがした行為は教え子殺しですよね」

あの瞬間、背中に冷水を浴びせられた気がした。私も教壇に立っていた一人として、あれは最も

骨身に堪える断罪の言葉だったが、しかし、ここで少しだけ弁解させてもらいたい。

試しに『教え子殺し』で検索してみてほしい。一九七〇年代に立教大学で起きた事件や八〇年代の岐阜の事件、あるいは今から四年前に福井県で……すべて高校・大学の男性教員が不倫の末、女性の教え子を殺害した事件がヒットするだろう。そんな連中と一緒にされたくないなどと言えば、きっと君は呆れるだろうが、それが今の正直な気持ちだ。

現職時代、天地神明に誓って、私は何もやましいことなどしなかった。それなのに猥褻教師の汚名を着せられ、教育現場から追放されたのは、すべて美夏の手によって罠にはめられたせいだ。

まさか自分のクラスの生徒があれほど卑劣なまねをするとは、夢にも思わなかった。

ただし、振り返ってみれば、私の側にも反省すべき点はあった。ほんの一瞬魔が差して、あんなことさえしなければと、悔やんでも悔やみきれない気がするのだが……ただし、それは美夏が入学する前の出来事だ。自分の教え子をこの手にかけておきながら、いまさら懺悔するなんて滑稽極まるが、少しだけ耳を傾けてもらえればありがたい。

私が美夏と最初に会ったのは、勤務していた高校の入学試験の日で、細かく言えば、初日の学力検査ではなく、二日めの面接の時だった。

面接会場がいくつに分かれていたのかは忘れてしまったが、私は四月から普通科一年のクラスを受け持つ予定だったから、普通科の面接班の一つに加わっていた。

あの日の記憶は、まるで昨日のことのように鮮明だ。都内とは思えないほど、その季節にしては寒い日だった。

面接は集団で行われたが、美夏はそのグループの最初の一人として入室してきた。

あらかじめ用意された椅子の前に全員が立ったところで、司会役である私が「では、向かって左端の方から受検番号、中学校名、氏名を言ってください」と指示する。そういう段取りだったのだが、しばらくの間、口から言葉が出てこなかった。お恥ずかしい話だが、美夏の美しさに目を奪われてしまったのだ。

仕事柄、毎日大勢の女子生徒と顔を合わせるのは当然で、中には美少女と呼ぶにふさわしい者も何人かいたが、心を動かされたことなど一度もなかった。ところが、美夏を見た瞬間、私はしばらくの間、陶然となってしまったのだ。

もちろん、実際の時間はせいぜい五、六秒のはずで、両隣からの視線を感じて我に返り、予定通り指示はしたが、その班の面接を終えるまで胸の動悸が鎮まらなかった。

相手はまだ中学生だ。いい年をした男がなぜそこまで……おそらく、君はいぶかしがるだろう。ロリコンの性癖などないつもりだったから、その時、一番戸惑っていたのは自分自身で、なぜそんな気持ちになるのか、理解できなかった。

美夏の容貌については君も熟知しているはずで、すらりと背が高く、顔立ちも整っていて、十五歳にしてすでに貴婦人としての風格を備えていた。しかし、ポイントはそこではない。

これはあとになって判明したことで、この事実を知った時、心の中の霧が多少晴れた気がしたのだが、美夏は両親のどちらともまったく似ていない。つまり、美夏のあの顔は、放った無数のサイコロの目がすべて『一』で揃うような神の悪戯の産物で、それ特有の危うさに満ちていた。

入試二日めの午後とその翌日、採点作業が続いたが、私は美夏の点数がずっと気がかりだった。もし不合格になれば、そこで縁が切れてしまい、おそらく二度と会う機会はないだろう。私は赤ペンを動かしながら、ひたすら彼女の合格を祈った。

今になって振り返ってみると、自分のお人好しさ加減にうんざりするよ。私は悪魔のためにひたすら祈りを捧げていたのだからね。
そして、入試の判定会。出席した私は、自分心配がまったくの杞憂であることを知り……

1

黒板の上に設置された時計の針は午後一時四十九分を指している。それを見ながら、チは窓際の一番前の席で小さなため息をついた。

(……やっぱり、出てこないか。まあ、期待する方が無理だったのかもしれないな)

二年Ｅ組の教室。教壇に立ち、五校時めの『現代文化論』の授業をしているのは、クラス担任の倉西美波先生だ。

「じゃあ、そろそろまとめに入ります。今日の学習内容をよく確認しておいてくださいね」

教科は英語。年齢は三十二、三だろう。身長は私より少し高いくらいで、大きな眼と形のよい鼻、内巻きのボブヘアがよく似合っていた。服装はギンガムチェックのシャツにグレーのパンツ。

「まず、ＬＧＢＴとは何か。プリントにも書いてある通り、これはレズビアン、ゲイ、バイセクシュアル、トランスジェンダーという四つのセクシュアリティの頭文字を合わせたものです。セクシュアリティは『性のあり方』という意味なので、ＬＧＢＴはいわゆる性的マイノリティを包括して表す言葉だと言えます」

知水学院高等部国際文化科の教育目標は『高度な国際感覚を身につけ、世界で活躍できる人材を育成する』だが、チはそこに魅力を感じて、この学科を選んだわけではない。

四年で卒業を迎える定時制高校は一日四時間授業なので、二年分の修得単位があれば、全日制二年次への転入は可能。そう聞いたのだが、定時制の担任に照会してもらったところ、知水高校の普通科は数学の単位数などの関係で難しいことがわかった。

それを聞いて落ち込んでいるチを見かね、担任の先生が再度連絡を取ったところ、『できる限り単位の読み替えをして、国際文化科ならば』という返事が来た。

しかし、学科希望を変更した結果、美波先生に担任してもらえたわけだから、人生は何が幸いするかわからない。先生はやさしいし、剽軽《ひょうきん》なところもあって、何か失敗をすると、まるで少女のような恥じらいを見せる。

普通科とは違って、国際文化科には通常の教科に分類されない独自設定の科目が多く、一年次で『異文化理解』、二年次で『現代文化論』、三年次は選択で『日本文化史』か『地域文化研究』を履修する。これらはすべて二単位だ。

現代文化論の内容としては、まず担任の先生が選んだ問題に関する講義を聞いてから、英語で書かれた資料を読み、さらに、クラス内でディスカッションをする。

これまでに取り上げられたテーマは『国際交流のあり方』と『ネット社会』で、今日から新たに『ジェンダー研究』が始まったが、事前に予告されていなかったので、うろたえてしまった。

「今から七年前、七万人を対象に行われた調査によれば、日本国内では人口の五・二パーセント、二十人に一人がＬＧＢＴだと報告されています。つまり、この教室に今いる四十人のうち、あくまでも計算上の話ですが、二人はＬＧＢＴがいるということになります」

すると、教室内がざわめき、背後からは「えっ、そうなの」「本当かなあ」という声。国際文化科は普通科よりも男子が少なく、二年Ｅ組には七人しかいないため、聞こえてくるのは女子の話し声ばかりだ。

それらを聞き、つい顔を伏せてしまう。チはクラスメイトに対して、二つ隠し事をしていた。

まず一つめは年齢について。合格発表後の面接で、美波先生からこう言われたのだ。

『うちの高校にはあなたの中学校の出身者が誰もいないから、もし言いたくなければ、〈二歳年上です〉と明かす必要はないわよ。友達づき合いをする上でも、その方が楽かもしれない。もちろん、私は何も言わないわ』

あれこれ詮索されるのが嫌だったから、ありがたく提案を受け入れた。転入後、この事実を打ち明けた相手はフルサ一人だが、『敬語は使わないからね』と言われただけだった。

（そして、二つめ。これは美波先生にも、まだクローズのままだけど……）

心の中のつぶやきが止まったのは、先生の話が問題の核心に迫ってきたせいだ。

「はい。静かにしてください。いつも言っている通り、『多様性の尊重』は国際文化科の重要な学習内容の一つですから、もしこのクラスにＬＧＢＴの仲間がいたとしても、からかったり、差別したりしてはいけません。

話を続けますが、性のあり方……セクシャリティには三つの要素があります。体の性、心の性、そして、『好きになる性』です。体の性が性染色体や性器の形など生物学的な要素で決定されるのに対し、心の性はその人自身が性別をどう認識しているかで決まります。いわゆるジェンダー・アイデンティティですね。心の性と好きになる性が同じ場合を同性愛と呼び、女性ならレズビアン、男性ならゲイです。好きになる性が男女両方である場合がバイセクシャルで、バイは英語で『二つ』という意味。二つの言語を話す人を『バイリンガル』と呼ぶのと同じです」

時計の針に目をやる。授業終了まで、あと五分。少なくとも今日の授業では、チが最も聞きたい内容には触れられそうもない。

「トランスジェンダーの『トランス』はラテン語で『反対の』という意味で、体の性と心の性が一致しないと自覚している人たちを指します。出生時の体の性が男性で心の性が女性の人を『ＭｔＦ』、出生時の体の性が女性で心の性が男性の人を『ＦｔＭ』と呼びますが、心の性と好きになる性が同じこともあるので、その場合をそれぞれ『ＭｔＦレズ』、『ＦｔＭゲイ』と呼びます。さらに、男性も女性も愛するケースがあって、これが『ＭｔＦバイ』と『ＦｔＭバイ』。少し複雑で、耳で聞いただけではわかりにくいと思うので、プリントをよく見てください」

このあたりの内容については、一時期、本やネットで懸命に調べたので、それなりの知識をもっていた。生物学的には紛れもなく女性の肉体だが、性自認は男性で、しかし、好きになるのは男の子ばかり……これがＦｔＭゲイで、ＭｔＦレズビアンはその反対ということになる。

「日本ではまだ性同一性障害という言葉が一般的ですが、最近ではこのような症状を精神疾患ととらえること自体が差別につながるという考えから『性別違和』と呼ぶことが増えてきました。実際のところ、性別違和をもっていても、全員が体と心の性を一致させるための性別適合手術を受けたり、戸籍を変更したりすることを望んでいるわけではなく、別な方法で自分がもつ性別違和を軽減したり、解消している人たちもたくさんいて……」

と、ここで、五校時め終了のチャイムが鳴った。

（この先が聞きたかったんだけど……仕方ない。金曜日の授業に期待しよう）

先生が授業の終了を宣言する。椅子を引く音が響き、ルーム長の号令でクラス全員が一斉に立ち上がった。

ＬＩＮＥ（２０１８年12月20日〜21日）

（既読23：41）「婚姻届の画像をお送りしました。私の署名と捺印、証人欄に母の分もあります。ご確認をお願いします。」
「確認しました。これで結構です。ただ、少し気になったことがあります。写真の隅にドラゴンボールのキャラクターが描かれたマグボトルが写っていました。これは智さんの持ち物ですか？」（23：47）
（既読23：50）「はい。小学校の時、使っていました。古いし、汚れているので、捨てるつもりでしたが、なぜか荷物に交じってしまいました。」
「もしかして、お兄さんか誰かのお古？」（23：51）
（既読23：54）「いいえ、違います。兄弟はいません。小学一年生の遠足の前に、母に買ってもらいました。お店で選んでいる時、赤いボトルにするよう言われましたが、『どうしても嫌だ』と私が泣いたので、最後には呆れて買ってくれたのです。」
「だったら、せっかくだけど、そちらの手元にある婚姻届は廃棄にしてもらった方がいいね。」
（23：55）
（既読23：55）「なぜですか。」
「それはどう見ても男の子の持ち物だ。男と男は結婚できない。」（23：56）
（既読00：05）「正直、とても混乱しています。そもそも、今回の件はすべて母がやったことで、私は何も知らされていませんでした。訳もわからず、母に連れられてここへ来ましたが、もし婚姻届を廃棄すると、これからどうなるのでしょう？『お前をこの家に置いておけないから、出ていけ』とおっしゃりたいのですか。」

「心配させてしまい、申し訳ない。そういう意味ではありません。事情を説明しようと思いますが、百聞は一見にしかずと言いますから、とりあえず、隣の部屋へ移動してもらえますか。そうすれば事情がわかるはずです。」（00：11）

2

起立、礼が済み、座り直す者、教室から出ていく者、仲間同士でお喋りを始める者と、それぞれが思い思いの行動を取る。

校舎が高台にあり、二年生の教室は三階なので、眺望は良好。立ったまま、坂の途中の果樹園の緑とその向こうに広がる市街地を眺めていると、

「あの、ちょっと、五十嵐さん」

いつの間にか、美波先生がすぐそばに立っていた。

「少し話があるんだけど……今、いいかしら?」

「あ、はい。大丈夫です」

先生のあとについて、教室を出る。二年Ｅ組はフロアの東の端に近く、隣は視聴覚室と視聴覚準備室だが、普段はあまり使われていない。

準備室の手前で、美波先生が立ち止まり、こちらへ向き直る。

「昼休みに来てもらえばよかったんだけど、簡単な確認だけだし、それに、二人きりで話をした方がいいと思ったの」

顔には笑みが浮かんでいたが、チは少し緊張した。何か面倒な話題らしい。

「五十嵐さんはお義父さんと同居していて、そこからうちの高校へ通っているのよね。だから……」

先生が常に持ち歩いている紺色のファイルを開き、『豊島区北大塚』から始まる住所を読み上げ、「間違ってない？」と尋ねる。内心動揺したが、チは懸命に平静を装い、

「合っていますけど、なぜ今、確認する必要があるのでしょうか」

「ええと、それは……うーん。困ったわねえ」

逆に質問すると、眉間《みけん》にしわを寄せ、少し黙る。まさか開き直られるとは思っていなかったのだろう。

「詳しくは明かせないけど、あなたが大塚じゃなくて、この市内のどこかから通学している。そんな噂が耳に入ってきたものだから」

「そうでしたか。その情報は間違いではありませんが、あくまでも一時的なものです」

とにかく、どんなデタラメでもいいから、言い逃れなければならない。

「入学式前の面接でもお話しした通り、義父《ちち》は長距離トラックの運転手をしていますが、仕事の関係でしばらく北海道に滞在することになりました。それだけならまだよかったのですが、不在の間、アパートの部屋を知り合いのご家族に貸すと言われて……住むところがなくなってしまったので、仕方なく、今は母方の遠縁のお宅に間借りをしています」

「お母様の……まあ、そうだったの」

すべてはとっさの出任せだったが、先生はすぐにうなずいてくれた。

「確かにお仕事柄、長期間東京を離れることもあるでしょうけど、あなたを追い出すなんて、ず

いぶん乱暴ねえ。でも、それならそうと、なぜ教えてくれなかったの。自宅以外から通学する場合には、止宿届を提出してもらうのが決まりなのよ。生徒手帳にも書いてあると思うけど」

「すみません。又貸しは賃貸契約に違反するので、口止めされてしまったのです。『もし大家さんに知れると、大変なことになる』と言われました。それに、遅くても来月中には義父が帰ってきて、元の生活に戻るはずです」

「事情はわかったわ。で、遠縁のお宅というのはどのあたりなの？」

　これもデタラメでごまかそうかなと一瞬考えたが、思い直し、正直に答える。今後の展開次第で、本当に届を出すような事態もあり得る。そこで嘘がばれると、よけいに面倒だ。

「……なるほど。じゃあ、もし長引くようなら、止宿届を……保護者の署名・捺印が必要だけど、お義父さんはずっと北海道なのか。なかなか難しいわねえ」

　顔をしかめかけた先生が、急に大きく眼を見張り、白い歯を見せると、

「そうだ。五十嵐さん、いざとなったら、私の家に来なさいよ」

「えっ？　美波先生のお宅に、ですか」

「ええ。同じ市内だし、余裕で自転車通学できるわ。古い洋館だから、部屋に余裕があるの。庭も広くて荒れ放題だから、休みの日に草むしりをしてくれれば、下宿代はただでいいわよ」

「あの……あ、ありがとうございます」

　決して口先だけでないことは、澄んだ瞳を見ればわかった。やさしすぎて、時には頼りなさを感じることもあるが、心から尊敬できるすばらしい先生だ。

「本当に遠慮しなくていいからね。それはそうと……あなた最近、Ａ組の渡部美夏さんと仲がいいんですってね」

「え……あ、はい。確かに、よく話はしていますけど」

「彼女は飛び抜けて優秀で、海外に滞在した経験がないのに、英語の発音なんか完璧だけど、他《ひ》人《と》を寄せつけないところがあるでしょう。この間、中等部の時の担任と会ったんだけど、その先生がすごく心配されてたのよ。そもそも彼女は都立を希望していたそうなの」

「へえ。それは、初めて聞きました」

「お願いだから、美夏さん本人には黙っていてね。まあ、お姉さんもうちの高校だったし、結局は専願で受験したんだけど」

「えっ？　お姉さん……がいたのですか」

「知らなかった？　二つ上で、今年の三月に卒業したばかり。アキホさんといって、とてもいい子だったけど、理系を選んだのが合わなかったみたいで、欠席がちになっちゃって。美夏さんも頑固なところがあるから、少し心配だったの。よかったわ。あなたが友達になってくれて」

「まあ、私なんかでは、全然釣り合いが取れませんけど」

「そんなことないわよ。だけど、不思議ね。二人とも帰宅部なのに、なぜ五十嵐さんがクラスも違う美夏さんと……あっ、ごめんなさい！」

　左手首の時計を見た先生が、右手で口元を押さえる。

「つい話し込んじゃった。もしかして、次は数Aの授業じゃなかった？」

「あっ！　その通りです。忘れてました。失礼します」

　一礼し、大急ぎで廊下を戻る。六校時めを担当する数学科の山﨑先生はとても厳しくて、もし授業開始時刻に席についていなかったりすると、きつく注意されるのだ。

3

廊下を駆け戻り、個人ロッカーから数学Ａの教科書と問題集、プリントを綴じたＡ４判のファイルを取り出し、教室の中へ。

　時計を見ると、午後二時七分。もっと長話をしていたら危ないところだった。

（よくも、まあ、あんなデタラメが次から次に出てくるもんだ。できれば、美波先生には嘘をつきたくなかったんだけどな）

　苦い思いが湧いてきたが、事情が事情だけに、よほどの覚悟がない限り、すべてをさらけ出すわけにはいかない。

（でも、フルサが知水ではなく、都立を希望していたというのは意外だったなあ。彼女の実力なら、都心の超有名私立だって余裕で手が届いたはずだけど、そっちは考えてなかったのか）

　知水学院もこの地域の伝統校で、チが転入試験に合格できたのが不思議なくらいだが、都心の有名私立のレベルとは比べられない。一年生の最初から成績が常に学年トップだと聞き、『もっと偏差値が上の高校に行こうとは思わなかったの』ときいてみたことがあるが、返事は『別に』の一言。それ以上は突っ込めなかった。

　もしかすると、フルサが知水高校を嫌う、何か特別な理由があったのかもしれない。興味が湧いたが、美波先生から口止めされてしまったので、もう尋ねてみることはできない。

（考えてみれば、チだって、この高校を選んだ動機は不純そのものだ。高卒の資格は必要だと思っていたので、菱谷さんから復学を勧められた時にはすごくうれしかったけど……）

　そんな思いがけない提案を受けたのは去年の十二月二十日の深夜、ＬＩＮＥで行われたやり取りの中でのことだ。署名・捺印した婚姻届の写真を送ったあと、予想外の内容の返信をもらい、困惑している最中に、テレビのある居間から隣の部屋への移動を指示された。

　すると、そこには想像を絶する光景が広がっていた。あまりのことに、全身が脱力し、へなへなとその場に座り込んでしまったのを今でもよく覚えている。

（……それから、しばらくメッセージ交換が続いたあとで、急に復学の件を切り出されたんだ）

　その時のやり取りは、勉強を怠けたくなった時など、今でもたまに見返すことがある。初心を忘れてはいけないと思うからだ。お金で売られた身分では二度と高校には戻れないと諦めていたので、スマホを握る手が震えるくらい興奮した。

（そして、その後の展開も意外だった。もちろん学費の安い都立を選ぶつもりだったのに、まさか、あんな理由で知水の転入試験を受けることになるなんて……）

　家庭の事情を唯一打ち明けたフルサにも、これだけは話をしていない。隠したというより、何となく言いそびれてしまった。

「数Ａはヤだなあ。もう、マジ勘弁してほしい」

「ホントホント。週に二回だけど、ある日は朝からブルーだもの」

　すぐ後ろの席の女子二人の会話が耳に入り、心の中のつぶやきが中断させられる。

「ナマナリはマジ性格悪いもんねえ。うちらのクラス担任じゃなくて、よかったよ」

「Ａ組の友達が言ってたけどさ、何か気に入らないと、どんな小さなことでもネチネチネチネチ、泣くまでいじめられるって」

「そうそう。しかも、それで終わりじゃなくて、親を呼び出したり、速攻で家に来たりするんでしょ。家庭訪問が趣味らしいよ。ホント、Ａ組の子たちはかわいそうだって。ほら、バレー部のユミ、知ってるでしょう。あの子なんか、あんまりしつこく服装を注意されたから、ほんのちょっと口答えしたら、その日の夕方、予告なしでやってきたんだって」

（A組には、フルサもいるんだ。二人の間では一度も話題にならなかったけど、絶対に気が合うはずがない）

去年はクラス分けも平等で、フルサの担任も違う先生だったが、二年生になり、山﨑先生のクラスに入ってしまった。ちなみに、『ナマナリ』は漢字で書けば『生成』。三、四年前に卒業した先輩がつけた山﨑先生のニックネームだと聞いた。お能で使われる女の鬼の面のうち、般若《はんにゃ》に変身する前の、角が生えかかっている状態のものを、そう呼ぶらしい。

「学校の中でいつもヒールの靴ばかり履いてるしさ、乗ってる車も赤いボルボ。もういい年なんだから……あっ、来た、来た」

「やばい、やばい。いい子のふりしなくちゃ」

姿勢を正す気配。それに続いて、カツカツという音が廊下から響いてきた。

足音が教室内に入ってくる。この先生の場合、教材や教科出席簿をスーパーの買い物かご、つまりマイバスケットに入れてくる。生徒のノートも定期的に回収・点検しているので、それらを運ぶのに都合がいいらしい。

先生が教壇の中央で立ち止まると同時に、六校時開始を告げるチャイムが鳴り出した。

ルーム長の尾木さんの号令で、『起立、礼』。

「では、授業を始めます。欠席は……石川《いしかわ》さんの公欠だけですね」

普段の口調は淡々としていて、感情の起伏をまるで感じさせないが、何かで気分を害すると、これが豹変する。

「では、教科書の三十四頁を開いてください。『二次関数』。昨日はその二時間めですね」

年齢は四十歳で、独身だという噂。身長が百七十センチ近くあり、かかとの高い靴を履いているから、女性としては相当に上背《うわぜい》がある。服装は白いブラウスに黒のパンツ。顔が般若のお面に似ていないことはないが、それは彫りが深い顔立ちのせいだろう。

「前の時間には、二次関数とは何かを説明しましたが、今日はそれに続いて、定義域と値域《ちいき》についてお話しします。では、プリントを見てください。まず用語の意味についてですが、簡単に言えば、定義域は x の範囲、値域は y の範囲。では、例題に入る前に、その部分に青でラインを引いてください」

　数学Ａの授業では全員が赤と青のマーカーを用意していて、指示された部分に即座に下線を引くことになっていた。遅れると、叱られるので、クラス中が一斉に手を動かす。定時制ののんびりした授業とはまったく違う緊張感があった。

（だけど、頑張らなくちゃいけない。せっかく転入させてもらえたんだから。まあ、自分の父親を捜すという転入の目的は達成されそうもないけど……）

　びっしり文字や数式が並んだプリントの該当部分に定規をあてながら、チはもう一度、あの日のＬＩＮＥのやり取りを思い出していた。

ＬＩＮＥ（２０１８年12月20日）

（既読00：31）「菱谷さんのお気持ちはよくわかりました。あの光景を見て、びっくりはしましたが、事情を伺い、納得しました。ただ、正直、戸惑っています。婚姻届を廃棄すれば、私がここにいる意味がなくなってしまいますが、私には、もうほかに行くところがありません。」

「こちらこそ、君を振り回してしまい、申し訳ない。理解してくれて、ありがとう。

帰る家がないと言われて、こちらも困惑しています。空いている部屋に住んでもらうのはかまわないけど、許可する前に、帰れない事情を少し説明してもらえませんか。」(00:36)

(既読00:41)「ずうずうしいお願いで申し訳ありません。とりあえず家庭の事情についてご説明して、あとはご判断にお任せします。長くなってしまいますが、お許しください。」

(既読00:59)「まず私は父親の顔を知りません。親子三人で暮らした期間が生後一年もなかったらしいので、記憶がないのは当然ですが、写真を見たこともありません。

婚外子として生まれ、認知もされず、実は今日まで父の名前さえ知りませんでした。

物心ついた時、私はすでに母から虐待を受けていました。母は私の存在自体が許せなかったのです。深夜に帰宅すると、寝ている私を叩き起こして、大声で罵倒し、殴り、蹴り、髪をつかんで引きずり回し……こんな話はご不快ですよね。今まで誰にも打ち明けたことがないので、どう書けばいいか、わかりません。」

「こちらは問題ないので、書くのがつらくなければ、そのまま続けてください。」(01:13)

(既読01:29)「ありがとうございます。お言葉に甘えさせていただきます。

私に対する虐待は、幼い時より、むしろ中学生以降の方が激しさを増しましたが、それにはきっかけがあったのです。

私が小学五年生の時、母は五十嵐さんという三歳年下でトラックの運転手をしている男性と入籍し、私も養子縁組されて姓が変わりましたが、それからわずか三年後、五十嵐さんが酒気帯び運転で交通事故を起こし、免許は取り消し、会社もクビになってしまいました。

母は激怒しましたが、その時点では離婚という道を選びませんでした。さんざん頭を下げられ、『二年経てば免許を再取得できる』と説明されたせいですが、この日から私への虐待がまた始まりました。」

（既読01：41）「母の頭の中では、新婚生活をたった三年で破綻させた元凶は私だったらしく、鬼のような形相で『全部、お前のせいだ。お前が疫病神なんだ！』。時には包丁を持ち出し、『これで喉を突いて自殺しろ』とわめき散らし、私が泣きながら拒否すると、五十嵐さんに『こいつが死ねば幸せになれるんだから、刺し殺してくれ』と迫ります。殴る蹴るなどの暴行も続いていたので、私は追い詰められ、完璧に母に支配されるようになりました。何を命令されても、抵抗することさえ考えられなくなってしまったのです。」

（既読01：51）「本当は中卒で就職して家を出たかったのですが、実際には難しく、卒業後は池袋にある都立定時制高校の商業科に進みました。志望校を決めたのは母です。『資格があると将来役に立つ』というのは表向きで、私を早く働かせ、稼ぎを吸い上げるのが目的でした。

高校は午後五時半からだったので、昼は大塚《おおつか》の弁当製造工場、夜中にはコンビニで働きました。どちらも立ちっぱなしの仕事なので、とにかく体がきつく、二年生になってからは、だんだんと学校を休みがちになりました。それでも何とか二年生までの単位は取得できましたが、三年に進級すると同時に高校へはほとんどいかなくなり、二学期の途中で休学の手続きを取りました。

そのことに関して、母は何も言いませんでした。世間体があるので一応高校には行かせたものの、本音はもっと稼がせたかったのでしょう。アルバイトの給与はすべて母が管理する通帳へ振り込まれることになっていたので、時間に縛られなくなるのは大歓迎の様子でした。

母は買い物中毒で、ブランド物の服やバッグ、アクセサリーなどを買いあさるので、お金はいくらあっても足りません。注文しただけで飽きてしまうことも多く、宅配便の段ボールが開けられないまま、部屋の隅に積み上げてありました。」

（既読02:03）「いつの間にか午前二時を過ぎてしまいました。本当にごめんなさい。なるべく早く終わらせます。私がこの家に来るようになったいきさつについては、たぶん菱谷さんもすべてはご存じでないと思うので、最後に少しだけ触れさせていただきます。

先月の初め、母が『好きな人ができたから、離婚してほしい』と言い出したのが騒ぎの始まりです。母の話によると、交際相手……つまり、不倫の相手は十歳年上で、横浜に一戸建ての家があるお金持ち。マッチングアプリで知り合ったそうですが、何をしている人かは聞いていません。家庭内での母の権力は絶大でしたから、私はもちろん、五十嵐さんも反対できませんでした。あるいは、もしかすると五十嵐さんの方でも母に嫌気が差し、慰謝料なしで離婚できるのを、内心喜んでいたのかもしれません。

ただし、問題が一つありました。離婚する前に未成年の子供の親権者を両親のどちらかに決めなければなりません。実母と義父ですから普通ならもめる要素などないはずですが、母は無理やり五十嵐さんに押しつけようとしました。再婚のじゃまにならないよう、親権を切ってしまおうと考えたのです。」

（既読02:13）「母の身勝手な提案に対しては、さすがに五十嵐さんも反対しました。離婚するのであれば、その時点で養子縁組は解消すべきだ。ごく当然の主張なので、母も強引には押し切れず、苦し紛れにひねり出したのが、私を誰かと結婚させてしまうという手でした。

未成年者でも、結婚すれば成人とみなされますから、その時点で保護者は必要なくなり、そのあとで養子縁組を解消すれば、五十嵐さんと私の縁も切れる。そんな知識が本人にあったとは思えないので、きっと誰かに教えられたのでしょう。

そんな時、勤めているスナックのお客さんから菱谷豊さんのことを聞き、『お金まで手に入れれば一石二鳥だ』と、ニコニコしながら家へ戻ってきました。

その話をされた時、はっきり『嫌だ』と言えればよかったのですが、当時の私は完全に母にマインドコントロールされていて、『人生をリセットしたいから、今までの罪滅ぼしだと思って、婚姻届に名前を書け』と迫られ、従うしかないと思ってしまいました。しかも、母は手に包丁を握っていましたから。母のわがままのせいで、ご迷惑をおかけしてしまい、本当に申し訳ありません。ただ、このような事情があるため、私が帰る家はもうどこにもないのです。」

「事情はわかりました。さぞつらかったでしょう。あまり好きな言葉ではないけど、早い話が『毒親』だから、これで縁が切れたのなら、むしろよかったよ。

この家にいてもらうのはかまわないけど、最悪の場合、未成年者誘拐罪に問われる危険性がある。まあ、事情が事情だから、本人並びに監護者（保護者のこと）の意思に反していなければ問題ないはずだけど、念のため、お義父さんには書面で同意を得ておくべきだと思います。大変だけど、もう一度だけ、会いに行ってもらえないかな。

ついでと言っては何だけど、その時、高校に復学するにあたっての保証人になってもらうことも頼んでください。やっぱり高校は卒業しておいた方がいいよ。

まだ籍のある定時制に戻る手もあるけど、ここから池袋まで通うのは大変だし、できれば全日制の方がいいと思うので、どこか、この近辺にある高校への転入を検討してみてください。学費に関しては心配無用です。私立でもかまいません。四年制の高校で、すでに半分の単位をもっているわけだから、三年生は無理でも二年生になるのは可能なはずです。

それと、さっきは場合が場合だったので、ドラゴンボールのマグカップだけを根拠に断定してしまったけど……君はジェンダーに関して揺らぎがあるんじゃないかな。」（02：13）

4

（……お母さんの遠縁のお宅に、か。考えてみれば、それが当然の成り行きかもしれないな）

　職員室の戸を開けながら、私は心の中でつぶやいた。

（そもそも両親の離婚後、実の母親ではなく、義父と同居しているというのが不自然だもの。個別面談の時、そのあたりの事情をきいてみたかったけど……結局、口に出せなかったなあ）

　五十嵐智さんは、今年度、私のクラスへ転入してきたが、家庭環境が複雑で、まだ充分に把握できていなかった。ご両親は今年一月に離婚されたが、現在の保護者である父親とは血のつながりがない。養子縁組はされているから、手続き上、何も問題はないが、義父といってもまだ四十過ぎの若さなので、二人きりでアパートで暮らしているのは、やはり違和感を覚えた。

（とにかく、自転車の件に関しては、これで尾木さんに説明できるわ。ただ、それと同時に、周りの生徒たちの行動についても、あまり神経質にならないようアドバイスしなくちゃ）

「やあ、お疲れ様。午後の授業は眠い生徒が多いから、テンション上げるのが大変だろう」

　自分のデスクに戻ると、隣の学年主任がコンビニのカルビ焼き弁当を広げていた。

「現代文化論だったんですけど、英文を読ませる前の講義でしたから、反応はまあまあで……それよりも、今頃、お昼ですか」

「衛生委員会が長引いて、そのまんま五校時めに突入したからね。名目上は休憩でも、飯も食えないんだからひでえ話だ」

私立学校の教員も労働者なので、労働基準法に従い、本校でも昼に四十五分間の休憩時間が設定されていたが、実際には生徒が質問に来たり、会議が入ったりして、休んでなどいられない。

「ところで、前の授業が終わったあと、ふと見かけたんだけどさ」

野々垣先生は、タレの染みたご飯を口へ放り込み、

「視聴覚室前の廊下に、五十嵐智と二人でいたよね。何か、面倒な話でもあったかい」

思いがけない指摘をされ、どきっとする。大ざっぱな性格のようだが、意外と細かい点まで気が回り、生徒たちの動きも実によく観察していた。

「いいえ。特にそういうわけではないんです」

外出する予定があったので、この場で正直に事情を説明する気になれなかった。

「ちょっとした確認でしたけど……やっぱり、気になりますか、彼女のこと」

問いかけると、先生はちょうど焼き肉をつまんでいた箸の先を宙で止め、

「そりゃ、そうさ。あたり前じゃないか。別に邪心があって言うわけじゃないが、あれだけの美形はめったにいない。並のアイドルなんか、裸足で逃げ出すぜ」

「智ちゃんは主任のお気に入りですからねえ。まあ、ありがたいことですけど」

私は苦笑した。おおっぴらには口に出せないが、この手の話題は職員室での定番で、智さんは転入生なので、特に注目度が高かった。体が小柄なせいもあって、ぱっと目を惹くことはないが、すっきり整った、本当にきれいな顔立ちをしていた。自称『美少女評論家』の野々垣先生によると、『二重の大きな眼と憂いを秘めた瞳が何ともたまらない』のだそうである。

「そうそう。野々垣主任にとって、耳寄りの情報がありますよ」

すぐに出るつもりなので、椅子には腰を下ろさず、スマホや財布をバッグに詰めながら、

「智ちゃん、最近、渡部美夏さんと仲よくなったみたいです。あの子も先生のご贔屓《ひいき》でしたよね」

「えっ？　そりゃ、すご……いや、まあ、友達が増えるというのは、いいことだよな」

辺りをはばかり、まずは無難なコメントを口にしてから、

「二人とも甲乙つけがたい美形だからなあ。しかもタイプが正反対……だけど、待ってくれよ。その二人組が一緒にいるところなんて、一度も見たことないぞ」

「ああ、そうでしょうね。私も全然知らなくて、ついこの間、クラスの生徒から噂を聞いたんです。『毎日、二人連れ立って帰っています』って」

「なるほど。それで……でも、よかったじゃないか。五十嵐智に友達がいないのは、転入してきたばかりだから当然だが、美夏は去年も今年もクラスの中で浮きまくってる。まあ、本校開闢《かいびゃく》以来の秀才だから、周りの生徒とはレベルが合わないのかもしれないが……あっ、そうだ！」

　そろそろ世間話を切り上げようかと思った時、ご飯を頬張った野々垣先生が急に眼を見張る。

「えっ？　どうしたんですか」

「今朝、誠さんにつかまってさ、さんざん愚痴をこぼされたんだよ。模試の結果を廊下に貼るかどうかで、山崎先生とぶつかったって」

「その件でしたか。私も聞いてはいましたが……これから、演劇部の書類を届けに行かなければならないもので」

　面倒な案件から逃れるための口実ではない。教頭席の後ろの黒板にも『１４１０〜　外出倉西』と記載されていた。すでにその時刻を数分過ぎている。

「すみません。用事が済んだら、すぐに戻ってきますから。では、行ってきます」

会釈をすると、私はスクエアバッグと書類の入った茶封筒を両手に持って歩き出した。

5

外出する用事の中身は、来週の週末に開催される地区の高校演劇発表会の参加申込書を、今年度事務局が置かれている都立高校まで届けに行くこと。来場者用プログラムの原稿作成に生徒たちが手間取ったせいで、提出締切当日に副顧問の私が駆り出されるはめになった。

職員室は北棟一階の東の端に近く、右隣が保健室、左隣には事務室と校長室があるだけだ。

(もし向こうの顧問が授業中だったら、事務員さんにでも書類を預けて、すぐ引き上げよう。それなら、三時半までには体が空くな)

頭の中で、これからの段取りをする。移動手段は四年めになるシルバーのラパンだ。

(帰りのショートホームルームは副担のひとみ先生にお願いしたから、あわてる必要はない。さすがに直帰するわけにはいかないけど……あれ？　ちょっと待ってよ)

本校では正面玄関が職員用昇降口を兼ねていて、手前が玄関ホールになっていた。

そこで、私は立ち止まる。右手は事務室、奥が校長室。両者はドアでつながっていた。

外出の目的地である高校から、智さんが現在寝泊まりしている親戚のお宅は目と鼻の先。その事実に、ふと気づいたのだ。

(ちょうどいい機会かもしれないから、ちょっと寄って、様子を見てこようかな。どんなお宅か、外から見るだけでも、智さんの家庭環境を知る手助けになるわ)

そう心に決め、歩き出そうとした時、校長室のドアが開いた。

中から現れたのはグレーのスーツを着た人物。校長の吉村《よしむら》順也《じゅんや》先生だ。年齢が五十六歳。男性にしてはやや小柄だが、柔道の有段者だそうで、胸板が厚い。薄くなった髪をオールバックに整え、黒縁の眼鏡をかけていた。眼が合ったので、お辞儀をすると、

「倉西先生、これから、どこかへご出張ですか」

体形からは想像もできないほど低く、太い声。

「え……あのう、すみません。ちょっと演劇関係の書類を事務局へ届けに行ってきます」

質問された理由はすぐに呑み込めた。出張伺に押印した覚えがないと言いたいのだ。

「今朝、外出記録簿には記入させていただきました」

「なるほど。わかりました」

校長先生は無言でうなずいたが、硬い表情は崩さない。

「なるほど。移動手段は……ああ、車ですか。では、交通事故には充分お気をつけください」

そう言い残し、去っていく。言外の意味は『だったら、事故を起こせば、全部お前の責任だ』。

（……どうも苦手だなあ。前の校長先生とは大違いだ）

小さなため息をつく。私を採用してくれた前任者は神奈川県立高校の校長を定年まで勤めた方で、教科が同じ英語だったせいもあり、新米の私にいろいろと有益なアドバイスしてくれたが、三年前、七十歳を機に退職された。その後を引き継いだのが現在の校長先生だが、こちらは経歴が異色で、何と元刑事。八年前まで、都内のどこかの署に勤務していたらしい。

知水学院のオーナーである理事長は上田《うえだ》あや先生といって、もう八十歳近い高齢のため、入学式や卒業式など、特別な時にしか顔を見せないが、吉村先生は理事長の実の甥にあたる。大学は法学部だが、たまたま地歴公民科の教員免許を取得していたため、警視庁を退職して本校で政治

経済と現代社会を教え始め、やがて教頭、三年前からは校長を務めていた。

　両開きのガラスドアを開ければ、職員昇降口。来客用と職員用の下足入れが向かい合う形で、両側にずらりと並んでいる。ちょっと不思議だなと感じたのは、玄関ホール側のこのドアとは別に、校長室側にも片開きのガラスドアがある点だ。おそらく、校長先生専用に設けられたのだろう。

　サンダルから靴に履き替え、自動開閉のガラス引き戸を通って、外へ。そして、駐車場に向かおうとした時、養護助教諭の浅井《あさい》真知子《まちこ》先生に会った。

　浅井先生は二年前に都立高校で定年を迎えたあと、一年間、別の都立で再任用教諭として働き、この四月から本校で勤務するようになった。養護助教諭という身分は初耳だったが、臨時雇用の養護教諭という意味。穏やかな人柄で、面倒見がよく、早くも生徒から信頼されていた。私のクラスにも不登校傾向の生徒が何人かいるが、そういった子たちも保健室内では話がしやすいらしく、浅井先生からの情報提供はとても有益だった。

　スリムで長身、色白。観音様のように柔和な眼をして、白髪交りの髪にパーマをかけていた。

「あら、美波先生、これからお出かけですか。ご苦労さまです」

「はい。演劇部の用事で。ちょっと、行ってきます」

　そのまますれ違おうとした時、浅井先生が小さな声で「あっ」と言った。

「えっ……？　あの、どうかされましたか」

「いいえ。思いついたことがあって……お急ぎのところ、足をお止めして申し訳ありません。実は、先生のクラスの五十嵐智さん、保健委員なのでお話しする機会が多いのですが、彼女のことで、お耳に入れておきたいことがあるんです」

内心動揺したが、ちょうど出かけるところだし、ここではゆっくり話ができない。

「本当にいつもお世話になってしまって……午後五時前には戻れると思いますから、保健室にお伺いしましょうか」

「いえいえ、そんな。とんでもありません」

尋ねると、相手は即座に首を大きく振る。

「別に急ぐ話ではないんです。もしお時間があれば、美波先生のご都合のよろしい時に……」

「そうですか。わかりました。では、明日、お伺いします」

漠然とした不安を抱えたまま、私は浅井先生と別れた。

6

「……はい。今日の授業の内容をまとめます。まず初めに定義域と値域についてお話ししました」

月曜日六校時め。山崎先生の数学Ａの授業も終わりに近づいていた。

「そのあと、二次関数のグラフの説明をしましたね。中学校で習った一次関数の直線グラフとは異なり、二次関数のグラフは放物線を描きます。そして、$y=ax^2$ の ａが0より大きい場合には『下に凸《とつ》』、ａが0より小さい場合には『上に凸』のグラフになる。ここまでは大丈夫ですか？もしわからない点があれば、遠慮なく質問してください」

　嫌っている生徒も多いが、先生の授業は理解しやすく、数学が苦手なチでも、今のところは何とか落ちこぼれずに済んでいた。定時制の数学担当は佐々木《ささき》治《おさむ》先生といい、クラス担任でもあった。五十代の穏やかな先生で、転入試験を受ける際にもお世話になったのだが、山﨑先生と比べると、説明の手際が悪かったなと思う。

「では、残った時間で、皆さんが今のうちに読んでおくと、来年必ず役に立つ本を紹介します」

月に一、二回、授業の最後に推薦図書を紹介してくれるのも山﨑先生の授業の特色の一つで、数学に関係のある本とは限らない。『来年』はもちろん大学入試、特に推薦入試を指していた。

「今日の本は、本当の図書館にももちろん収蔵されている名著ですが……」

先生が封筒から取り出した分厚い本の表紙を一目見て、思わず息を呑んだ。

「書名は『暴力の人類史』。著者はスティーブン・ピンカーというアメリカ人の心理学者で、これは上下巻のうちの上巻です」

それは、チとフルサの間を取りもってくれた、不思議な力を秘めた本だった。

先生が持参したのは自分で購入した本らしいが、帯にはこう書かれていた。『わたしが読んだなかでもっとも重要な本の一冊。それも〈今年の〉ではなく〈永遠の一冊〉だ』。マイクロソフト社の創業者であるビル・ゲイツの言葉。お世辞にも読書家とは呼べないチが図書館で見かけ、難解そうな本を借りる気になったのも、たまたまこの文を目にしたせいだったが、無理な背伸びはするものではない。上巻だけで六百頁以上あるうち、百頁も読まずに挫折してしまった。

「なぜこの本を推薦したいのかを説明する前に、まずは冒頭の部分を読んでみます。『ほとんどの人は信じないに決まっているが、長い歳月のあいだに人間の暴力は減少し、今日、私たちは人類が地上に出現して以来、最も平和な時代に暮らしているかもしれないのだ』……これを聞いて、違和感をもたない人がもしいたら、指定推薦でも合格は危ないと覚悟してください。社会的関心が低すぎます」

　先生がそう宣告すると、教室内が微かにざわめいた。大学・短大の指定推薦入試は、一般推薦とは違い、めったに不合格者が出ない。そう聞いていたので、『それでも危ない』と言われ、さすがに動揺したらしい。

「世界中で起きた悲惨な戦争や内戦、テロなどのニュースが毎日のように報道されているのに、そんな時代が歴史上、最も平和だなんて、到底信じられない。そう思うのが普通でしょう。ところが、調べてみると、第二次世界大戦で亡くなった人の数が世界の人口の二パーセント程度だったのに対し、先史時代の戦争による死亡率は六十パーセントを超え、近代以前の人類を平均しても十五から二十パーセントがほかの誰かに殺害されていたと推定される。つまり、人が殺されて大騒ぎになる現代こそが例外で、歴史的には、殺人行為は日常茶飯事だったのです」

　本が刊行されたのは二〇一五年で、本校の図書館がいつ購入したかは知らないが、一昨年度末までに収蔵されたのは確かで、フルサは入学から一週間後に早くも借りている。

（あれは、先月……いや、今日から七月だから、先々月か。五月最後の金曜の放課後だ）

　山崎先生の話はまだ続いていたが、顔だけ正面へ向け、チは別なことを考え始めた。

（ショートホームルームが終わり、美波先生が教室を出た直後、フルサがこの教室へ入ってきて、『五十嵐智さんはどなた？』って……あの時は、クラス全員が目が点だったな）

　フルサは校内でも一、二を争う有名人。そんな彼女がよりにもよって存在感皆無の転入生を指名したのだから、驚かれるのが当然だ。拒絶する理由はないので、言われるまま図書館まで同行すると、人気《ひとけ》のない一角へ連れていかれ、いきなり『スマホは持ってるわよね』ときかれた。

『えっ？　スマホ……持ってはいますけど』

『ＬＩＮＥで連絡が取れるようにしたいの。もし今なければ、すぐに教室から持ってきて』

『そんなこと、急に言われても……』

『私、どうしても友達が必要なの。詳しい説明はＬＩＮＥで送るから、早くスマホを用意して』

『友達が……何か事情はあるんでしょうけど、なぜこの私なんですか。渡部さんとは一度もお話ししたことがなかったはずだけど』

『選んだ理由はこれよ。これを見て、あなたに決めたの』

フルサが取り出したのは貸し出しカードだった。図書館の本の表紙裏に貼られた袋の中にあり、それまでに借りた生徒全員の学年、クラス、氏名が記載されている。そこに新たに書き入れ、当番の図書委員のいるカウンターへ持参するのが決まりだ。

見ると、それは『暴力の人類史』のカードで、名前が『渡部美夏』と『五十嵐智』の二人だけ。

苦笑してしまった。同じ本を借りているから趣味が合うと考えたのだろうが、上下巻全体の十分の一も読まずに放り出した人間が友達としてふさわしいはずがない。

けれども、事情を説明しても、フルサは納得してくれない。結局、押し切られる格好で、ＱＲコードを使い、連絡先を交換させられた。

そして、最初に送られてきたＬＩＮＥのメッセージ。短い文面なので、今でも覚えている。

『緊急事態の際にはここに重要文書を貼りつけます。一日に一度、必ず確認してください。さらに、念のため、私の電話番号は暗記しておいてください』

スマホを水没させ、アドレス帳が消えてしまったという話を時々聞くが、だからといって、用心のために番号を暗記しろと要求するとは神経質すぎる。その一方、緊急事態とはどんな状況を指すのか。重要文書とは何か。説明なんて一切なかったが、とりあえず『わかりました』と返信した。その時の疑問二点については、いまだに問いただせないままだ。

そんな不自然な関係が長続きするわけない。そう思ったのだが、翌週の月曜、授業が終わると、何と向こうから迎えにやってきた。フルサの性格から推して、義務感からの行動だった可能性が高い。強引に友達になれと強要したのは自分だから……たぶん、そう考えたのだ。

たまたま帰り道が同じなので、その日から連れ立って帰ることにしたが、まず驚いたのはフルサが意外なほど話好きだったことだ。素《そ》っ気《け》なさそうな顔をして、次から次へと新たな話題を振ってくる。会話をする相手に飢えていたせいらしいが、実はチもまったく同じ心境だった。

（あれは……一緒に帰るようになって三日めだから、六月六日か。きっかけはもう忘れたが、何となく例の話題になり、チが心の中にたまりにたまっていたものを吐き出した。すると、フルサは難しい顔になり、『考えをまとめて、あとで送るから』。その日の深夜、ＬＩＮＥに長文のメッセージが送信されてきて……）

「すみませーん！　先生、質問です」

背中がビクンと跳ね上がる。水を打ったようだった教室内がざわめき、「カルロスだ、カルロス」というささやきがさざ波のように広がっていった。

そっと後ろを振り返ると、手を挙げたのは私の列の一番後ろの席にいる軽野《かるの》伸治《しんじ》君。彼も私と同様、今年四月にこのクラスへ転入してきた。『カルロス』はメキシコで暮らしていた時のニックネームで、日本でもそのまま踏襲されていた。

お母さんはすでに亡くなっていて、お父さんは今も現地で日本料理店を経営していると聞いた。つまり、カルロス君は独りで帰国し、お祖父さんの家から本校へ通っている。

身長が百九十五センチあり、向こうの学校でもバスケットボール部のレギュラーとして活躍していた。彼が入部したおかげで、ずっと予選落ちが続いていた本校バスケ部が、今年の春、都大会まで進出することができたのだ。国際文化科は帰国子女を積極的に受け入れていて、ほかにも欧米や中国からの帰国組がいた。

　褐色の肌。端正な顔立ちで、二重で丸い眼が女の子のようにやさしげだ。髪形はサイドを短く刈り上げ、長く伸ばしたトップを七三に分けたツーブロック。ネクタイが嫌いらしく、毎朝のように美波先生から注意され、渋々取り出すのだが、締め方はごくゆるかった。

「質問……？　話の途中だけど、まあ、いいでしょう」

　山﨑先生もカルロス君が相手だと、少しやりづらそうだ。疑問は即解決が彼の基本ポリシーで、五校時めの授業中にも何度か発言していた。

「で、軽野君は何がききたいのかな」

「メストコーヒーって、何ですか」

「メスト、コーヒー？　そんなこと、言ってないと思うけど……」

　教壇の上で、山﨑先生が小首を傾げる。珍しい仕種だった。

　カルロス君はお父さんの仕事の関係で、小学五年生の時、一家でメキシコへ移住した。そのため、スペイン語と英語がペラペラだが、日本語に関しては難しい漢字が苦手で、日常の会話でも聞き違いをすることが時々あった。

　別なことを考えていたため、二人の会話の意味がわからず、戸惑っていると、ややあってから、

「オスメスのメスだよ」

「コーヒーじゃなくて、コウビだろう」

そんな男子の声が聞こえ、笑い声が起こった。

「……ああ、なるほど。わかりました。それなら、確かに言いました」

山﨑先生が黄色いチョークを取り、黒板に『雌と交尾』と書く。そして、粉受けにチョークを置いた山﨑先生はにこりともせずに、

「人類に最も近いと言われるチンパンジーの行動についてですね。ほかの生徒ならば授業妨害だと解釈しますが、軽野君に悪意はないと思うので、問題にはしません」

ひやかすような笑い声が一瞬にして消え去る。

「では終了時刻が来たようですので、これで終わります」

チャイムが鳴り響き、生徒全員が起立する。挨拶が済むと、先生は教室から出ていった。

椅子に腰を下ろしてから、黒板の黄色い文字を見つめ、考え込んでしまった。はっきりとは覚えていないけれど、チが読んだ部分にはサルの話など出てこなかったと思う。

（放課後、フルサにきいてみようかな。間違いなく知っているはず。記憶力が確かなだけじゃなくて、そもそも、高校生とは思えない博識だから……）

六月六日の夜、彼女から送られてきたＬＩＮＥメッセージを、チは思い出していた。つき合い始めてから間もない時期なので、今とは違って、文章が堅苦しい。

（ジェンダーに揺らぎがあることは、菱谷さんから指摘され、自分も間違いないとは感じていたけど、相談できる仲間が誰もいなかった。ずっと悩み続けていた問題がすっきり解決したのは、やっぱりフルサのおかげだなあ）

ＬＩＮＥ（２０１９年６月６日）

「ＬＧＢＴについての詳しい説明はリンクを貼るので、参照してください。ただし、最近はＬＧＢＴＱＩＡということが多いです。『Ｑ』『Ｉ』『Ａ』はそれぞれクエスチョニング、インターセックス（半陰陽）、アセクシュアル（無性愛者）ですが、最近はこれらすべてを合わせてクィア（Ｑｕｅｅｒ）と呼ぶことも増えてきました。

智さんのケースがどれに該当するか。家に戻ってから、ネットで調べてみましたが、この中にはぴったりあてはまるものがないという結論に達しました。最も近いのはクエスチョニングで、これは『性自認（心の性）や性志向（好きになる性）を模索する人』という意味ですが、昼間、あなたは私にこう言いましたよね。

『こんなことを言うと呆れられるだろうけど、その時の気分によって、自分が男だとも思えるし、女だとも思える。例えば、親にねだって、無理にドラゴンボールの水筒を買ってもらったのに、翌日はなぜキティちゃんの方にしなかったのかと後悔する。そんな経験ばかりしてきた。』

その時、直感しました。智さんはＸジェンダーだ。それが私の見解です。」（22：11）

「性同一性障害について誤解があるようなので、訂正しておきます。ＧＩＤは普通、『体の性と心の性が一致しないため、自分の意識通りの性を求め、時には適合手術を望むことさえある状態』と定義されます。このうち、『時には』と『さえある』に注目してください。ＧＩＤと診断された中にも、適合手術や戸籍の変更を望まない人たちがたくさんいます。

普段は男性として生活していて、職場で男性として扱われることに不満もなく、時々女装することによって、解放感や満足感を得る人もいれば、家庭内でだけ女性として扱ってもらえば充分という人もいる。職場と家庭においてジェンダーを使い分ける例は珍しくないそうです。外見を心の性により近づけるための手段であるホルモン療法をしないケースも多いと聞きました。あれは体に悪影響を及ぼします。私自身はシスジェンダー（体の性と心の性が一致している）なので、ＧＩＤの人たちの苦しみはわかりませんが、どんな選択をするかは個人の自由で、ホルモン療法もしないから悩みが切実でない、などと他人が判断するのは間違いです。」（22：28）

「Ｘジェンダーの説明に入ります。性同一性障害が医学的疾患であるのに対し、Ｘジェンダーは現時点では疾患とはとらえられていません（まれに『性別違和』という診断が下る場合がある）し、ほぼ日本独自の概念です。

Ｘジェンダーの性自認としては『男性としても女性としても違和感をもっている』『男性の体になりたいとも思わないが、女性の体にも違和感がある』『女性扱いされることにある程度の不快感があるが、男性になりたいわけではない』などが代表的ですが、特に『不定性Ｘジェンダー』と呼ばれる人たちは『その時々によって、性自認が揺れる』『性自認が入れ替わる』と証言しています。やや極端ではありますが、朝起きた時には『自分は男性だ』と認識していたものが、午後になると、『自分は女性だ』という認識に変化する。そんなケースも報告されています。」（22：41）

「さらに、セクシャリティの問題ですが、これは極めて多様です。手間を省くために、私たちと同様、『体の性が女性』の場合に限定して説明しますが、心の性も女性で男性を好きになる『異性愛の女性』、心の性も女性で女性を好きになる『レズビアン』、心の性は男性で女性を好きになる『異性愛のＦｔＭ』、心の性は男性で男性を好きになる『ＦｔＭゲイ』。クエスチョニングやＸジェンダーを除いても、とりあえずこれだけあります。

そして、恋愛や性愛の対象が異性の場合も男性の場合もある『バイセクシャル』、すべてのセクシャリティが恋愛や性愛の対象となる『パンセクシャル』、いかなる他者も恋愛や性愛の対象とならない『アセクシャル』……私自身はたぶん最後のこれだろうと、自己認識しています。

さらに、他者に対して基本的に性欲を抱くことはないものの、強い愛情や深い友情をもった相手に対しては恋愛感情を抱くこともある『デミセクシャル』……智さんはこれにあてはまるんじゃないかなと思いますが、この点については確証がありません。

もしそうだと仮定すれば、すべてを総合して『FtXデミ』ということになります。ただし、とらわれる必要はありません。あなたはあなたで、ほかの誰でもないのですから。」（23：00）

7

演劇部関係の書類を都立高校の事務室に預け、すぐに帰るつもりだったのだが、玄関のところで顔見知りの英語科の先生と会い、つい話し込んでしまった。

東京都高等学校英語教育研究会という組織があり、セミナーや研修会などを主催していて、私も過去に何度か参加したおかげで、知り合いの先生が増えた。そういう場では、公立と私立の間の垣根も感じない。もちろんすべての教科に同様の組織が存在する。

ラパンのハンドルを握りながら、ダッシュボードの時計に目をやると、『16：05』。予定よりは遅れたが、私は五十嵐智さんの止宿先を一目見ないうちは学校へ戻れない気分になっていた。道路からでいいので、どんな家かを確認すれば、それで気が済む。

今日の放課後、クラスの生徒たちが集まり、校内スポーツ大会の参加メンバーを決めることになっていた。したがって、家の周辺をうろついていても智さんに会う可能性は低いが、万一顔を合わせたとしても、『近くまで来る用事があったから』と言えば特に問題はない。

今日も重苦しい梅雨空だが、今のところ、雨が降り出す気配はなかった。

市の人口は六十万人近いものの、面積が広い分、密度が低い。ＪＲの駅周辺も北口には昔からの繁華街があるが、南口方面で高いビルが建ち並んでいるのは再開発された駅前だけだ。駅から離れた地域には急速な都市化に伴って発展した新興住宅地が多いが、よく見ると、あちこちに古い家並みが点在していた。智さんから教えられた地点もそうで、たぶん、その昔は独立した一つの集落だったのだろう。

(左折する目印は、たしか茶色い幟……ああ、あれだな)

左前方に茶色の幟が二本。『自家製豆乳』『名代　寄せ豆腐』と白く染め抜かれていた。

(えっ、寄せ豆腐……聞いたことがあるな。そうか。ここ、結構有名なお店だ)

ニガリを加えた豆乳を容器へ流し込み、自然に固まらせた豆腐で、濃厚な豆の風味が味わえる。

(母さんの大好物だから、買って帰ろうかな。駐車場もあるようだし)

そんなことを考えながらウインカーを出し、左へハンドルを切る。

道幅が狭くなったので、目一杯徐行し、四軒めの家の前で停車する。ドアを開け、外へ出た。

灰色の瓦が見えているのは二階の屋根らしい。生け垣のキョウチクトウが伸び放題で、竹に似た細い葉が家屋の大半を覆い隠していた。時期なので、白い花がちらほら咲き始めている。

(困っちゃったなあ。せっかく来たのに、これじゃ、様子がわからないわ)

まさか垣根の隙間から中を覗くわけにもいかない。お巡りさんが来たら面倒だ。

門に掲げられた表札は『菱谷豊』。智さんから名字は聞いていたが、フルネームは初めてだ。太めの隷書体《れいしょたい》の三文字を眺めながら、耳を澄ましてみたが、何の物音も聞こえない。誰かが家の中にいる気配は感じ取れなかった。期待外れの結果に終わりそうだが、素人の探偵ごっこはこのあたりが限界かなと思い、車へ戻ろうとした時、

（おやっ？　あれは……まさか、そんなはずないよな）

私が目を留めたのは門扉の左。そこだけ生け垣がとぎれ、板塀で仕切った自転車置き場になっていたが、周囲からキョウチクトウの葉に攻められ、サドルと後ろの車輪だけが見えていた。二台あるうち、向かって右の自転車は後輪の荷台がなく、泥よけに赤い反射板。ここまでは普通だが、反射板のすぐ上に貼られた赤いステッカーの形状に見覚えがあった。

縦長の長方形の下部だけ角を丸める。それが知水学院のステッカーの特徴で、色は年度ごとに違うが、この形だけはずっと昔から変わらない。近寄ってみると、相当古いらしく、校章の一部がはがれ落ちていたが、黒のゴシック体で横に『平成15年度　知水高０３２』。

（平成十五年というと……十六年前か。うちは基本的に三年間同じステッカーだから、入学時に許可を取ったのだとすれば、十四年度卒の私では入れ違い。つまり今、三十一歳か二歳）

もちろん、この自転車の持ち主が表札の名前の人物だとは限らないが、珍しい名字なので、調べれば何かわかるかもしれない。

スマホを取り出し、表札と自転車のステッカーの写真を撮影して、私は車へ戻った。

道幅が狭いので、少し先の空き地を見つけ、Ｕターン。智さんに見つからないうちに消えようかとも考えたが、寄せ豆腐の誘惑には逆らえず、豆腐店の駐車場にラパンを入れる。

引き戸を開け、中へ入ると、カウンターの下のガラスケースに木綿と絹の豆腐はもちろん、油

揚げ、厚揚げ、がんもどき、おからといった製品がずらりと並んでいたが、お目あての寄せ豆腐はない。売り切れかなと思い、がっかりしていると、物音を聞きつけ、奥から店主が出てきた。

　年齢は六十代半ばくらい。頭に白い手ぬぐいを被り、紺色の前掛けを締めている。

「はい。いらっしゃい。何を差し上げましょう」

「あのう……表の幟にあった寄せ豆腐は、もうなくなりましたか」

「いえいえ、まだ売るほどありますよ。豆乳と寄せ豆腐はね、そっちに置いてあるんです」

　ご主人が店内の右奥に置かれた縦長の冷蔵ショーケースを指差す。見ると、確かに豆乳の入った大小のボトルとともに、寄せ豆腐の丸い容器がいくつも並んでいた。

「あっ、なるほど。じゃあ、それを二つ……いえ、三つお願いします。あと、ギンナンとヒジキのがんもを二枚」

「はあい。承知いたしました。少々お待ちくださいね」

　ご主人は早速注文された品をレジ袋に詰め始める。

「お客さん、市内の方《かた》ですか」

「え、ええ、そうですけど……でも、なぜですか」

「あっ、すみません。いや、何ね、ありがたいことに、結構遠くからも買いに来てくれるもんだから、そういうお客さんには市の観光パンフレットをお渡ししてるんですよ」

「ああ、なるほど。そういうことでしたか」

　尋ねられ、少し戸惑ったが、ご主人の愛嬌たっぷりの表情を見て、安心した。そして、私はその笑顔に釣り込まれるように、

「ええと……あのう、ちょっと、お伺いしたいことがありまして」

「はいはい。何でしょう」

「この近所に、菱谷さんというお宅があるでしょうか」

ご主人は商品を取るため、私に背中を向けていたが、その瞬間、体の動きがぴたりと止まる。

数秒後、こちらを振り返ったが、顔からは拭ったように笑みが消えていた。

「あんた……菱谷さんの知り合い？」

口調も、最前までとは変わってしまった。

「い、いいえ、私はまったく存じ上げないんですけど……そのう、亡くなった母が以前、おつき合いしていた時期があって、この近所にお住まいだと話していたのを思い出したものですから」

とりあえず自分との関係は薄いとアピールしたつもりだが、勢い余って母さんを殺してしまった。顔を思い浮かべ、『ごめんなさい』と手を合わせる。

「ふうん。そうなの」

相手は軽くうなずいて見せたものの、なおも険しい視線をこちらへ向け続ける。

「で、あなたのお母さんがつき合っていたというのは、いつ頃の話？」

この反応にはさすがにうろたえた。たかが店先での世間話で、ここまで厳しく追及されるとは思ってもいなかったのだ。

「それは、その……だから、ずうっと以前ですよ。私がまだ小さい頃というか……」

しどろもどろになっていると、ご主人は袋に注文品を入れ終わり、カウンターに載せる。

「お客さんが子供の頃の話でしたか。それならば、失礼しました。おかしなことをきいたりして」

ご主人が表情をゆるめる。そして、レジを操作し、金額を私に告げてから、

「だったら、十五前の事件についても、ご存じないんでしょうね」

「十五年前の、事件？」

「いや、正確に言うと、十四年前だな。豊が警察につかまったのは」

（ユタカ……表札の名前だ。あの自転車に乗っていた人物が菱谷豊だったんだ）

入学時に通学許可を取ったと仮定すれば、十四年前には三年生で、数字のつじつまが合う。

「へえ。そうなんですか。まあ、母も亡くなったので、私には関係のないお話ですけど……」

あまり興味が湧かないふりをしながら、財布から抜き取った千円札を手渡す。

「でも、逮捕なんて穏やかじゃないですよね。その人、一体何をやったのですか」

「強姦だね。同級生をレイプしたんだ」

千円札を手にした豆腐店の主人は眉をひそめながら私を見つめ、

「被害者の女子高生は心を病んで、そのあとずっと入院するはめになったそうだよ。まったく、ひでえことをしやがる」

第三章

Mail（2019年7月8日　19時09分）（3）

……入試の判定会。出席した私は、自分の心配がまったくの杞憂であることを知り、安堵した。美夏の成績は極めて優秀で、合否のボーダーをはるかに超えていたのだ。当然ながら、個人名はすべて伏せられていたが、受検番号を覚えておいたから間違いはない。

会議終了と同時に、発表係は合格発表の準備を始め、新一学年の担任はすぐさまクラス編成に取りかかった。普通科については、クラスごとの成績を平均化する必要があるので、まずは合格者の学力検査カードを機械的に振り分けることから作業が始まる。

そこには番号と氏名、性別、中学校名、そして、学力検査の各教科の成績とその合計が記載されていたので、それを合計点数の上位から順に振り分けていき、同姓同名、あるいは中学校ごとの人数に偏りがあった場合には、他組で点数の近い生徒と交換する。極めて原始的なようだが、これが最も確実な方法なのだ。実際にやってみると、振り分けにはものの五分もかからない。

新入生については、それ以外の要素は一切考慮しない。例えば、問題行動のある生徒がどこかのクラスに集中する事態は避ける必要があるが、その時点では出身中学校から詳細な情報が入ってきていないため、判断のしようがないのだ。調査書を見ればわかると思うのは素人考えで、大昔には「所見欄」で見当がついたが、「長所等の記録」に変わってからは、万一開示請求された場合を恐れ、中学校側は一切本音を漏らさなくなった。

……無駄なお喋りが過ぎたようだ。こんな話を君に聞かせても意味がないことはわかっているが、キーを叩いているうちに、つい熱中してしまう。

とにかく、判定会の日の夕方、かなり遅い時刻になって、クラス分けが終わり、パソコンでの入力作業は翌日の朝から行うことになった。それが済み次第、印刷屋を呼んで、新入生の名簿を発注する。入学式までの日程に余裕がないので、何もかもが駆け足だった。

入試期間中、生徒の答案や調査書はもちろん、学力検査カードも厳重に保管されていたが、判定会終了後、合格者の分だけは新一学年担任に預けられた。作業が行われたのは、職員室に隣接した小部屋。ここは入口に施錠することが可能だったので、カードはテーブルの上に置いたまま、ドアにかぎをかけてからメンバーは解散し、私も自分のデスクに戻った。

合格発表係もすでに作業を終えて帰宅したらしく、職員室は薄暗かった。無人になった島から消灯するのは省エネが目的だ。

新一学年担任も、私以外はあっという間に姿を消し、部屋に残っているのは教頭だけ。私はすぐに動き出す気力が湧かず、椅子の背もたれに体重を預けながら、深いため息をついた。

そう。その時、猛烈に落胆していたのだ。

大人気ないとわらわれるだろうが、判定会が終了した時点で、私は美夏が所属したクラスの担任を希望しようと心に決めていた。均等クラスだから、理由は何とでもつけられる。

ところが、メンバーが集まり、編成作業の方針を決める際、学年主任がいきなり「最初に誰が何組をもつか決めましょう。その方が公平ですから」と言い出した。中学校の関係者から事前に何らかの情報を得ている者がいる可能性がある。そうなったら不公平だと主張したのだ。

私は狼狽し、何とかやめさせようとしたが、突然の宣言だったため、反対する理由を見つけられず、その方式が採用されてしまった。振り分けている最中、私は懸命に何分の一かの可能性を神に祈ったのだが、結局美夏のカードは隣のクラスの箱へ吸い込まれた。

作業を終え、確認してみると、中学校ごとの偏りはほとんどなかったし、三組くらいあった同姓同名もきれいにクラスが分かれていた。そこで、万事休す。

「いい年をして、何をくだらないことを考えてるんだ、俺は」

私はそう自嘲し、帰り支度を始めた。そして、椅子から立ち上がってみると……職員室にいたのは私一人。教頭席の頭上の蛍光灯はともっていたから、事務室へでも行ったのだろう。

がらんとした室内を見渡している時、考えてもいなかった一つの方法が脳裏に浮かんできた。

「今なら、カードをすり替えられる」

合格者の学力検査カードは入試の合計点数順に重ね、輪ゴムを巻いたものがそれぞれ箱に収められ、上にクラス名を記した紙が貼られている。さすがに束ねた紙ごとそっくり移動するのはまずいが、美夏の分の一枚だけ、最も成績の近い者と交換したとしても、気づく者はいないだろう。一学年の中で、彼女と面接したのは私だけだし、学科試験の監督に行き、顔を見た者がいたとしても、名前までは覚えていないはず。その時点で担任に決まっていたのは女性の教諭だったが、彼女が美夏に注目しているとは考えにくかった。

小部屋の入口は施錠されているが、鍵は職員室内にあり、誰でも手に取ることが可能だ。教頭は席を外しているし、仮に持ち出している最中に帰ってきたとしても、「ちょっと忘れ物をしたので、取りに戻りました」と言えば、疑われる心配はまずない。すでに合格者は決定済みなので、管理職は何も警戒していないはず。心臓の鼓動がすぐ耳元で聞こえた。

「まさか、そんなことを、俺が……」

ためらう気持ちはもちろんあった。もしもその時、誰かが部屋に入ってきたら、私は黙ってその場を立ち去っただろう。

「今ならばやれる。誰にも気づかれずに」

あの時、きっと私は悪魔に魅入られたのだ。あんなことさえしなければ、私はその後もずっと教壇に立つことができたし、何より、自分が教えた生徒の血で手を汚すこともなかったはず……

1

「チンパンジーについての話題は、確かに上巻に出てくるわ。第二章の初めの方だから、トムが挫折したすぐあとに。人間とチンパンジーは共通の祖先をもつ霊長類なので、チンパンジーの行動を観察することによって、人間の本能的な部分が類推できる。著者が取り上げた理由はそれね」

　あまり気が進まない様子だったが、フルサの解説には淀みがなかった。

「例えば群れと群れが縄張りの境界付近で出会った場合でも、お互いに大声で吠えたり、木の枝を揺すったりはするけど、殺し合いには発展しない。たいていは数の少ない方の群れがすごすごと退散する。だから、チンパンジーというのは平和的な動物だと、従来は考えられていた。

　ところが、三十数年前、長期間にわたる観察によって、定説が覆された。野生のチンパンジーの群れがわずか数匹、あるいは単独の固体と出会った時にはまるで違う行動を取ることがわかったの。もし出会ったのが成熟した雌であれば、雄たちは強引に交尾しようとする」

「あ……それで『メストコウビ』と言ったんだね。話の中で」

「でしょうね。例の本の紹介、私のクラスではまだだけど、たぶんここから先が本題だと思う。さっきのような状況で、もし群れが赤ん坊を連れた雌と出会うと、雄たちは彼らを襲撃して赤ん坊を殺し、食べてしまう」

「ええっ？　食べるって……サルがサルを？」

「同様の行為は、その後しばしば観察されたそうよ。相手が単独の雄だった場合にはさらに陰惨で、集団で押さえつけ、殴ったり、肉を噛みちぎったりしてなぶり殺しにする。研究成果が発表された直後には懐疑的な意見が多かったけど、やがて、彼らが殺し合うのは本能に根差した行動だと考えられるようになった」

「チンパンジーたちが殺し合うのが本能だとすると、つまり……」

その先にある結論は明白だが、口に出す勇気が湧かなかった。

場所は美森神社の境内。普段通り、二人ともベンチに腰を下ろしていた。

時刻は普段よりやや遅く、午後四時半過ぎ。来月の中旬、校内スポーツ大会が開催されるので、放課後、出場メンバーを決定するクラスの集まりがあったのだ。希望が重なった競技ではくじ引きやジャンケンが行われ、何とか各競技に全員が割り振られた。

ちなみに、チが出場するのはバレーボール。バドミントンや卓球は苦手だし、女子サッカーやバスケは鈍足で不向き。尋ねてみたら、フルサはバスケに出るそうで、私と違って背は高いし、実は運動が得意なのかもしれない。

「人類の遺伝子には暴力的な衝動が埋め込まれていて、石器時代から好んで殺し合いを続けてきた。認めたくない人もいるでしょうけど、それが事実であることは歴史が証明しているわ」

　ややあってから、フルサが話を先へ進める。

「特に長かった先史時代の暴力の跋扈《ばっこ》は圧倒的で、それが人間の遺伝子に大きな影響を与えた。家族から殺されないために『愛情』が芽生え、社会の中での殺し合いを抑制するために『信仰』が生まれた。それが歴史の必然だったというのが『暴力の人類史』の著者の主張よ」

　授業中に抱いた疑問について、軽い気持ちで尋ねたのだが、ひどく深刻な話になってしまった。

「質問に対する答えはこれくらいでいいわね。私からもききたいことがあるんだけど、その前に一つ打ち明けておくわ。実は私、不本意入学だったのよ、うちの高校」

「え……あ、ああ、そうだったの。へえ」

　美波先生との約束なので、懸命に知らなかったふりをする。

「だから、直観的にわかるのよ。自分と同じにおいを嗅ぐとでも言えばいいかしら」

「同じにおいを……それはつまり、誰か不本意入学した生徒がいれば、雰囲気でわかってしまうということか。でも、知水は伝統校だから、仮にいても少人数じゃないのかな」

「それがねえ、結構いるみたいなのよ。例えばトムだってそうよね。あなたの場合は入学じゃなくて転入だけど、四月の初め、廊下ですれ違った時、すぐにわかったわ。心の底から『この高校を選んで失敗した』と思っているって」

2

「チが、不本意……？　そ、そんなことない。それは誤解だ。だって、定時制、しかも実業系の学科からの転入だもの。受け入れてもらえただけでも、ありがたかった。四月に陰気な顔をしてたとすれば、たぶん環境の変化に弱いタイプだからだよ」

「私の前では嘘をつかないで」

　断定口調で言われ、絶句してしまう。フルサに嘘が通用しないのは、経験的に知っていた。

「トムは忘れちゃったかもしれないけど、一緒に帰るようになって、五日めくらいかな。自分で言ったんだよ。『元はお嬢様学校だから、自分に似つかわしくないのはわかっていた』って。あの時の表情でピンと来たの。トムは何か特別な目的があって知水へ来たけど、いざ転入してみたら、あてが外れてしまい、後悔している……どう。違う？」

　フルサの観察眼の鋭さに圧倒される。何もかも図星だ。

（でも、考えてみれば、ちょうどいい機会だ。正直に事情を打ち明けて、協力してもらおう）

「あのね、フルサ。今まで隠していて、本当にごめん」

　頭を下げ、深呼吸を一回してから、『実は』と切り出しかけた時、

「あっ、こんなところにいたんだ！」

　突然の大声。驚いて目をやると、本堂の陰から巨大な人影が現れ、こちらへ向かってくる。やたらと背が高く、手足も長い。服装は黒のＴシャツとショートパンツで、シャツの胸元には白く『Ｃｈｉｓｕｉ』の文字。

「へえ。あそこを入ると、ここに出るのか。知らなかったなあ」

　首に巻いていた赤いタオルを外し、顔の汗を拭う。人影の正体はカルロス君だった。

「今日はヘッドコーチがいなくて、自主練なんだけど、ランニングの最中に分かれ道を見つけたから入ってみたんだ。ここで五十嵐さんに会えるとは思わなかった」

右手を上げたカルロス君は、さらに笑顔をフルサの方へ向け、

「渡部さんは有名人だから、話したことなくても、ちゃんと知ってるよ」

「まあ、『悪名は無名に勝る』と言いますからね」

「アクミョウハ、ムメイニ……」

カルロス君が小首を傾げると、フルサが「エビル　イズ　ベター　ザン　アノニモス」。

「ああ……いやいや、別に悪い評判なんか立ってない。男子バスケ部にも渡部さんのファンが何人もいてね、コクるタイミングを窺ってる」

「そんなことより、練習中なんでしょう。こんなところで油を売っていていいのかしら」

「油を……ああ、それは違う。今、ランニングしてるのは僕だけ。みんなは体育館で練習してる。五十嵐さん、そこ、いいよね」

次の瞬間、こちらがまだ返事もしていないのに、カルロス君はチのすぐ隣にどっかり腰を下ろし、Ｔシャツをめくって、右手のタオルで胸元や脇の下の汗を拭き始めた。

健康的な体臭が鼻に入り、何だか胸がドキドキしてしまった。

「今日はね、クラスで話し合いをしたあと、校長室に呼ばれて面談だったんだ。それが練習時間へ食い込んでしまった」

「校長室で、面談？　そんなはずないと思うけど……」

今度はチが首をひねる番だった。校長面談は普通科のコース分けを済ませた二年生を対象に行われているが、国際文化科は明後日から毎日三人ずつと聞いた。軽野君の出席番号は八番だから、金曜日のはず。ちなみにチは四番で、木曜の一番手の予定だ。

「特別に早くしてもらったんだよ。今度の土日が大会だから、練習に差し支えないように」

「ああ、なるほど。確かに、それは、そう……」

　相槌を打とうとして、口ごもる。これもたぶん友達ができない理由の一つで、一人称と同様、語尾で迷ってしまうのだ。『そうだわ』『そうよね』『そうだよ』『そうかしら』……すべて男女どちらかのニュアンスが伴う。

「生徒全員と個別面談をすると聞けば、気さくで話好きと思うだろう。全然、そうじゃなかった。メキシコにいた時のことをいろいろしつこくきかれて、尋問でもされてるみたいな雰囲気だった。つい昔の癖が出ちゃうのかもしれないけどね」

　校長先生の前職が刑事という情報は生徒の間でも広く共有されている。近々、自分も同じ立場になると思うと、何だか気が滅入ってきた。

「本当はこっちから質問したいことがあったんだけど、思ったより長引いたんで、この次にしたよ。ちゃんと攻撃態勢を整えてからにしないとね」

「えっ？　攻撃態勢って、校長先生に何か……」

「まあ、いいよ、それは。そんなことよりも、渡部さん、今日の数Ａの授業で担任と言い合いしたんだって。同じクラスの田中《たなか》がさ、大喜びで話していたぜ」

　思わず顔をしかめる。悪気がないのはわかっているが、フルサの前でこの話題はタブーだ。

「言い合いなんかしてないわ。パラメータ a が含まれる最大・最小問題で、場合分けの説明が不正確だったから訂正したの。それも別に手を挙げたわけじゃない。指名されて、『何か疑問点があるなら質問しなさい』と指示されたので、従っただけ」

　たぶん、小首でも傾げたのだろう。山崎先生も彼女の動向には神経質になっているらしい。

「ふうん。田中の話によると、最後は激論になって、担任が大声を出して教卓を叩いたそうだけど……で、結局、正しかったのはどっち？」

フルサは答えない。具体的な中身まで説明する気はないらしい。おそらくフルサの指摘の方が正しくて、恥をかかされた山﨑先生が激昂したのだろう。

「さて、そろそろ、行かないとまずいな」

会話がとぎれたので、さすがのカルロス君も気まずい空気を感じ取ったらしい。

「ヘッドコーチがいなくても、あんまり遅いと先輩に怒られちゃう」

バスケ部員がよく言う『ヘッドコーチ』は監督のことで、本校の場合は体育の先生だ。

カルロス君が椅子から腰を上げる。行きかけて、ふと思いついたように立ち止まり、

「話ができて、よかった。声をかけたいと四月から思ってたんだ。今度、またゆっくりね。チャオ」

笑顔で右手を振ると、カルロス君は軽い足取りで去っていった。『チャオ』はイタリア語で『こんにちは』『さようなら』だと思っていたが、スペイン語の『バイバイ』でもあるらしい。彼の功績により、すでに国文では日常の挨拶として定着していた。

「四月から声がかけたくて、話ができてよかった……のは誰かしら。私？　それとも、トム？」

後ろ姿を見送ったあとで、フルサが尋ねた。

「そんなもの、決まってるじゃないか。会話の相手はほとんどフルサだったもの」

「でも、彼、あなたの隣に座ったわ」

「好きな相手の隣には、意識しちゃって、座れないから……カルロス君のことはもういいよ。それより、いきなり乱入されたせいで、話が中途半端になっちゃった。チが知水に転入を希望した動機について、話してもいい？」

尋ねると、フルサは無言でうなずく。

「この高校を選んだ理由は父親を捜すためだった。その件について、母さんはずっと口を閉ざしていたけど、去年の暮れ、別れ際に教えてくれたんだ。父さんの名前は加藤大輔《かとうだいすけ》」

次の瞬間、フルサが息を呑み、眼を見張る。予想よりも反応が大きいなと思った。

「もちろん知ってるよね。一年生の時、担任だったわけだから。でも、三月末、急に退職してしまって……それを聞いたのは転入後だったから、呆然としたよ。フルサなら何か事情を知っているかなと思って、一度きいてみたかったんだ」

3

職員室に戻ると、二年生の島は無人だった。時刻は午後四時四十六分。放課後は部活の指導をする先生も多いから、珍しいことではなかった。

パソコンを起動し、Ｗｏｒｄを立ち上げる。私は今年度の一学期、もち回りで職員クラブの会計を担当していたが、そろそろ次の当番へ引き継ぐ時期なので、集まりを開く必要があった。

とりあえず、日時と場所のお知らせを配付するため、当番表のファイルを開いて印刷をかける。コピー機兼用のプリンターは職員室の中央に置かれているが、何だか疲れてしまって、すぐ取りに行く気力が湧かず、ため息をつき、背もたれに体重を預ける。

（智さんの止宿先の様子を見に行くだけのつもりが……とんでもないことになったなあ。知ってしまった以上、このまま放置するわけにはいかない。一体、どう指導すればいいんだろう？）

途方に暮れてしまうほど、出張の帰り道で拾った情報は衝撃的だった。

豆腐店の主人は話好きで、ききもしないことまでいろいろ教えてくれたが、内容が断片的で全体像がつかみにくかった。現在の家屋を建てたのは菱谷家の先代当主だが、二十年近く前に亡くなり、その後は祖母と母親、そして高校生の豊の三人が住んでいた。いわゆる教員一家というやつで、豊の祖父母も両親も教職に就いた経験があるそうだが、両親はそれ以前に離婚し、母親が豊を連れて実家に戻ってきていたらしい。

『豊ってのは一人っ子、しかもお祖母ちゃん子でね、久江《ひさえ》さん……祖母ちゃんの名前だけど、そのお使いで、中学生くらいまではよくやってきたもんだよ』

店先で聞いたご主人の声が耳元に蘇ってきた。

『図体《ずうたい》はやたらとでかいけど、ごく気の小さいやつでね、鍋なんか抱えて、蚊の鳴くような声で〈お豆腐一丁ください〉なんて言ってた。小学生の時、自転車で事故を起こして、足に後遺症が残っちゃったから、よけいおどおどしてたんだろうな。だから、同級生の女の子をレイプして逮捕されたと聞いた時には、本当にびっくりしたよ』

この事件について、もっと詳しく聞きたかったが、問いただすわけにもいかない。

『被害者と示談が成立したおかげで少年院へは行かずに済んだが、高校を退学させられ、豊は引きこもり。全部自分が悪いくせに、母親に暴力を振るうようになって、四、五年後には家から追い出しちまった。まあ、金銭的な援助はしてたんだろうけどね。そうでなければ、食うに困る。それから、ずうっと祖母ちゃんと孫があの家にいたんだけど、去年の一月、久江さんが急に亡くなったんだ。八十六だったから、まあ、寿命だねえ。で、一人になった豊がどうやって暮らしていくのかなと思ってたら、暮れになって、何だか知らないけど、若い娘が住み始めた。小柄でかわいい子なんだけど、まさか、引きこもりのところへ嫁の来手《きて》があるわけないしねえ』

（とにかく、これで智さんが嘘をついていることだけははっきりした）

私は暗い気持ちになり、右手にマウスを握ったまま、空いている左手で頬杖をついた。

（去年の暮れからあの家にいるのなら、転入試験に出願する際、実態とは異なる住民票を提出したことになる。今日、『母方の親戚だ』なんて言っていたが、たぶんあれも出任せだろう。ただ、これはデリケートな問題だ。慎重に対処しないといけない）

いわゆる不純異性交遊は特別指導の対象だが、該当するのは不特定多数と関係をもった場合などで、通常の交際に関しては、基本的に学校は関与しない。都の青少年保護育成条例も趣旨は同様で、『単に自分の性的欲求を満足させるために青少年と性交すること』を処罰対象としている。しかも、智さんはすでに十八歳なので、青少年保護条例の対象からも外れていた。

（仮に彼女が誰かと同棲していたとしても、指導の対象になるかどうかは微妙だ。『婚約者です』と言われれば引き下がるしかない。両親の離婚後、義父が保護者というのは不自然だから、何かありそうな気はしてたけど……待てよ。まさか、智さん、もう入籍してるんじゃないだろうな）

絶対ないとは言えなかった。出願書類に添付する住民票の写しを取得して以降、婚姻届を提出すれば、高校側には確認する術《すべ》がない。

（昔と違って、今は在学中に妊娠・出産を経験して卒業する例も増えてきた。だから、そのこと自体は問題にならないが……でも、相手が相手だよなあ）

十四歳も年上で、長年引きこもりを続け、さらに、過去には犯罪歴まで……心配になるのが当然だ。もちろん智さんが単なる家政婦役で、肉体的な関係などない可能性もあり得るが、担任としてはつい悪い方へ悪い方へと考えてしまう。

（菱谷豊というのは並外れた巨体だと聞いた。智さんはあんなに小柄なんだから、もし寝込みを

襲われればひとたまりもない）

布団の上で大きな体に組み敷かれ、悲鳴を上げている智さんの姿が脳裏に浮かび、私はあわてて自分の妄想を振り払った。

ものは試しだと思い、『菱谷豊』でネット検索してみたが、何もヒットしない。

（やっぱりか。事件発生の日時が不明だから、新聞の地方版では調べようがない。となると、頼りは本校の記録だけど、もう十五年近く前のことだから、残っているかどうか……）

「やあ、倉西先生、お疲れさま」

「え……あ、はい。どうも、お疲れさまです」

あわてて顔を上げると、二年の島へやってきたのはＤ組担任の渋谷朗先生。やせ型で総白髪、銀縁の眼鏡をかけている。担当が美術なので、服装は常に白衣。

渋谷先生は主任の隣の席に腰を下ろすと、渋い表情で首を振り、

「いやあ、まいった。倉西先生のクラスはどうでしたか、今日の放課後」

「えっ……？　あの、何のことでしょう」

「スポーツ大会のメンバー決めですよ。うちは難航して……もう、うんざりしちゃいました」

「ああ、その件ですか。私は外出していて経過を知りませんが、机の上にメンバー表のコピーが載っていたので、一応無難に決まったみたいです」

「うらやましいなあ。うちはバレー女子の希望者が多くてねえ。削るのに骨が折れました」

本校の場合、スポーツ大会のバレーボール競技は男子が六人制、女子が九人制だが、運動の苦手な女子生徒がこぞって希望するため、調整する際の火種になりやすい。国際文化科は二チーム登録することが認められているので、その点は楽だった。

やがて、渋谷先生はデスクの上に置かれていた学級日誌を開き、読み始めた。その姿を脇から眺めているうちに、私の心に一つの考えが浮かんできた。

（そうか。渋谷先生にきいてみる手があった。先生ならば、問題の事件について何か知っているはず。古い話だけど、菱谷という姓は珍しいから、名前を聞けば記憶が蘇るかもしれない）

渋谷先生は、週番の生徒の『記録と反省』に対し、コメントを記入していた。私はいつも二、三行でおしまいだが、真面目な先生なので、書く量が多い。

（ただ、尋ね方が難しいぞ。今回の智さんの件は学年会にも生徒指導部会にも出さず、担任段階で処理することになるかもしれない。じゃあ、どうすれば……そうだ。いいことがある）

私はバッグからスマホを取り出し、待ち受け画面にある『アルバム』のアイコンをタップした。

「あのう、渋谷先生、実は今日、演劇部の用事で外出したんですが……」

まずはそう切り出し、場所を説明してから、菱谷家で撮影したステッカーの画像をタップ。

「勤務時間内の外出だから、真っすぐ帰ればよかったんですけど、帰り道に美味しいので有名なお豆腐屋さんがあるので、つい寄っちゃったんですよ。そうしたら、お店のご主人に、うちの高校のステッカーが貼られた放置自転車があると言われて……」

もちろん作り話だが、これならば、あとで事態がどう転んでも大丈夫だろう。

「放置自転車？　それなら、僕じゃなくて山﨑先生に相談した方がいいよ。学年指導部だから」

ほぼ予想通りの反応だった。校内には進路指導部も存在するが、なぜか、単に『指導部』と言えば生徒指導部を指す。

「その通りなんですけど、かなり古い年度だったので、当時いらした先生の方がいいかなと思って。相談を受けたので、仕方なく写真だけは撮ってきました。ええと、これです」

渋谷先生は気乗りしない様子で、ディスプレイに視線を落としたが、

「えっ、平成十五年？　だめだめ。いくら何でも古すぎますよ」

その直後、右手を大きく左右に振った。

「こんなものを見つけたからといって、学校に相談する方がどうかしている。勝手に処分するのがまずいと思ったら、警察なり市役所なりへ連絡すべきです。第一、十五年も前の台帳が残ってるわけないから、誰のものか調べようがないでしょう」

「台帳はないと思いますが、所有者が誰かはわかります。自転車の別の部分に氏名を記載したシールが貼られていました」

やむを得ず、嘘に嘘を重ねる。私は漢字について説明し、

「ヒシヤユタカ……あるいは『ヒシタニ』かもしれませんけど。いかがです、渋谷先生、ご記憶にありませんか？」

「勘弁してくださいよ。そんな大昔の話。平成十五年度ということは、共学化後、初めて入学してきた男子だろうだけど……ヒシヤ、ユタカ？　ええと、それは……」

渋谷先生が言い淀み、せわしなく視線を左右させる。しばらくしてから、私の顔へ視線を戻したが、眼の奥に深い困惑の色が浮かんでいた。

4

渋谷先生は例の豆腐店の所在地を改めて確認してから、立ち上がり、私の右隣の席へ移動してきた。そして、声をひそめ、

「倉西先生、今後しばらくはその店に行かない方がいいですよ。同じ件を蒸し返されると面倒だ」

「えっ、なぜ……もしかして、菱谷君というのは先生のクラスの生徒さんでしたか」

「いや、学年は違うけど、たまたま美術部でね。だから覚えていた。とにかく変わり者でねえ、熱狂的な鉄道マニアで、電車の絵ばかり描《か》いていたな。子供の時、交通事故に遭ったとかで、歩く時、右足を少し引きずる。そのせいかもしれないが、性格は陰気だった」

主人の話と符合していたが、後遺症が残ったのが右足だというのは新たな情報だ。

「なるほど。ですが、うちの卒業生なら、同窓会員名簿で連絡先がわかるはずだし――」

「いやいや。卒業なんかしてないから、あいつは」

知らばくれて言うと、渋谷先生は眉をひそめながら、すぐに否定する。

「菱谷豊は退学しました。三年生の秋に。しかも、メイタイでね」

「えっ、そうなんですか？　それ……私、経験ありません」

『メイタイ』は『命令退学』の意味。特別指導措置で退学と決まっても、ほとんどの場合、自主退学の形を取る。学校長が正式な処分として退学を命じるのはまさに異例だ。

「ははあ。すると、何かよほどの問題を……」

「ここだけの話だけど、同級生の女子をレイプしたんですよ。帰宅途中を待ち伏せして、リンゴ畑の中へ引きずり込んでね」

「リンゴ畑？　あの、まさか、坂の途中にある畑じゃないでしょうね」

校門を出てすぐの下り坂が生徒の通学路になっていて、周囲にはリンゴやブルーベリーの畑が広がっている。

「ところが、そのまさかなんです。当時は今と違って、坂の両側のネットもなかったし、照明の数も少なく、薄暗かった。体は並外れてでかいけど、そんな大それたことをするやつには見えなかったから、仰天しました。しかもですよ……まあ、そのう……」

　勢い込んで言いかけた渋谷先生が、口元をゆがめ、押し黙る。

　こちらが沈黙していると、ややあってから、先生はためらいがちに口を開き、

「途中でやめるのも変なので、最後まで話しますよ。実はこの事件、被害者も加害者も美術部だったんです。顧問の僕にとっては災難でした。被害に遭ったのは同じ三年の女子生徒で、小柄でかわいらしい子でしたが、文化祭に出品する油絵を仕上げるため、夜の八時過ぎまで校内に残り、一人で帰宅する途中だったんです。そこを狙われて、畑の奥深く引きずり込まれました。いきなり襲われて、顔に布を被せられ、口を塞がれたので、助けなど呼べなかったようです。それどころか、充分に呼吸ができず、途中で意識を失ってしまった。一歩間違えば、殺人事件になるところでしたよ」

　想像していたよりもはるかに深刻な事例だった。渋谷先生の説明によると、襲われた女子生徒は犯人の顔を見ないままで体を奪われ、半裸の状態でその場に放置されたという。

「なるほど。でも、顔を見ていないのなら、なぜ犯人を特定できたのです？」

「意識を失う直前に、声を聞いたそうなんです。その証言を受けて警察が学校へ来て、美術室で豊のスケッチブックを開いたら、列車の絵に交じって被害者を描いたスケッチが大量に発見されました。顔、上半身、全身。もちろん想像だろうけど、ヌードもあってね、それで、『こいつに間違いない』という流れになった」

　女子生徒はショックのあまり、両親にも事実を打ち明けられず、警察へ被害届が提出されたの

は事件から二週間後。そのため、物的証拠は失われてしまい、さらに、被害者の記憶も混乱していて、きちんと聴取に対応できず、最終的な決め手となったのは菱谷豊本人の自供だという。

「最初は否認してたんだけど、警察の取り調べが厳しかったみたいでね、最後には白状した。校長も若かったからねえ、容赦しなかったんだろう」

当時の校長先生が誰だったかは知らないが、若くしてその役職に就いていたらしい。まあ、そうでもなければ、退学を命ずるなどという処分は出ない気がした。

（それ以降、菱谷豊はあの家で引きこもりになり、その家に今、智さんが……）

心配は募るばかりだが、渋谷先生からはこれ以上の情報を得るのは難しそうだ。

「ところで、先生、被害に遭ったその女子生徒は、本校を卒業できたのですか」

「いや、残念ながら。心を病んでしまって、そのまま不登校になり、休学して、結局、翌々年の三月に退学の手続きを取りました。ただし、その後、快復したようで、頑張って大検に合格して、外国の大学に留学したと聞きましたよ」

「あっ、そうですか！　本当によかったですねえ」

悲惨すぎる事件の顛末を聞かされたあとなので、それだけでもほっと胸をなで下ろした。

「ただ、もう昔のことなんだから、先生もこの件には深入りしない方がいいですよ。あっ、そうだ。そんなことより、相談しておかなくちゃいけないことがあったんだ」

「え……あ、はい。何でしょうか」

「誠さんから聞いたけど、彼、山崎先生とぶつかったって。模試の成績を公表するかどうかで」

「あっ、そうなんですよ。その件では、私も困っています」

学年会で正式に議題になる前に、担任間である程度、意見集約をしておきたい。それが渋谷先生の意向で、個人的には公表に反対だそうだ。

「野々垣さんも苦労が多いよねえ。ひょっとすると、うちの学年は祟られてでもいるのかなあ」

渋谷先生が難しい顔で腕組みをする。

「倉西先生が加わったのは神田さんのおめでたのせいだから、結構な話だけど、加藤先生は……退職した理由を誰も知らないなんて、明らかに異常だよ」

加藤大輔先生は理科の教諭で、専門は化学。年齢は四十歳だと聞いたが、頭には白髪が多く、もう少し上に見えた。男性にしては背が低く、端正な顔立ち。職場での服装は渋谷先生と同様、常に白衣。教員というよりも研究者が似合いそうなタイプで、独身だと聞いた。

物静かだが、頑固な一面もあり、職員会議などで管理職を痛烈に批判する場面を何度も見た。教科指導はもちろん、顧問であるテニス部の指導にも熱心で、生徒たちから信頼されていた。

ところが、去年の一月下旬、突然姿が見えなくなり、黒板にはずっと『年休』の二文字。そして、三月末の職員会議で校長から『一身上の都合でご退職されます』と説明があった。本人から全職員への挨拶は一切なく、デスクやロッカーの私物は教頭が段ボール箱へ詰めていた。

母校の大学に戻って研究生活を始める、精神的な疾患で長期療養に入る、何か不祥事を起こし、それを公にしない代わりに身を引いたなど、さまざまな憶測が流れたが、結局、真相は藪《やぶ》の中だ。

渋谷先生は学級日誌に押印を済ませ、「お先に」と言って、職員室から出ていった。

残された私はぐったりしてしまい、またもや左手で頬杖をつく。

菱谷豊について調べる方法がないわけではなかった。途中で退学したとはいえ、本校に在学していたのだから、指導要録が残っている。法令保存期間である二十年は経っていないから、それを見れば確実にある程度の情報は得られる。ただし、そんな古い指導要録を閲覧するのには、管理職の許可が必要かもしれない。

とりあえず、やれる仕事からと思い、椅子から腰を上げ、プリンターまで職員クラブの当番表を取りに行く。単純な名簿ではなく、さまざまな係分担が載っているからＡ４判の用紙の裏表に印刷されていた。そして、自分のデスクに戻ると、

「倉西先生、お疲れさま。ちょっと、いいかしら」

養護助教諭の浅井先生の顔を見て、私ははっとなった。

「あっ、すみません！　外出する前に声をかけていただいたのを忘れていました」

「いいえ、とんでもない。こちらの用事は明日でも明後日でもいいんです。たまたま職員室に来る用事があったから……あら、それ、もしかして……」

先生が眉をひそめる。視線の先にあるのは、どうやら私の右手の当番表らしい。

「あの……これが、どうかしましたか？」

「ごめんなさい。いえね、どうでもいいことかもしれないけど、実は私の名前、旧字体なんです」

「キュウジタイ？　ああ、名簿が間違っていましたか。ええと、先生のお名前は……真知子先生。すると、『真《しん》』が古い字で、眞知子が正しかったんですね。本当に失礼しました」

「いえいえ、当番の先生方が悪いわけじゃありません。四月初めの職員会議で配付された名簿がそうなっていたんです。そこにこだわりがあるのは、実は画数の関係でしてね。亡くなった主人が姓名判断に凝る人だったものですから」

浅井先生が本校に赴任して二週間後、四月半ばにご主人が急にお亡くなりになった。心臓の持病のためにペースメーカーを入れていて、その不具合ではという疑いがあったが、断定はできな

かったらしい。浅井先生よりも干支《えと》が一回り上で、都立高校の校長をされた方だと聞いた。

「勝手なことを申し上げましたが、係ごとに何度も同じ名前が出てきますから、訂正していただくのも大変ですよね」

「そんなことありません。ワープロソフトの一括置換機能を使えば、簡単です」

「あら、そうですか。私はどうもパソコンが苦手なもので。じゃあ、お手間ですけど、よろしくお願いします。それで……勤務時間が過ぎてしまっているけど、五分くらい、いいかしら？」

「あ、はい。どうぞどうぞ」

「お時間を取らせては恐縮だから、単刀直入に申し上げるわね。おたくのクラスの五十嵐智さんだけど……私、あの生徒はいわゆるXジェンダーじゃないかと思うんです。智さんは保健委員の仕事を真面目に頑張ってくれていて、お話しする機会が多いんですけど、言葉の端々、あとは表情や態度などから、私にはそう思えてならないんですよ」

5

「加藤先生が、トムの……それは意外だったわ」

　本殿の屋根のあたりに目をやりながら、フルサが言った。

「だろうね。チだって、びっくりしたもの。小さい頃、なぜ自分には父親がいないんだろうと思って、母さんにきいたことがある。そうしたら、返事もなしで思いきり殴られた。それ以来、一度も話題にしなかったし、もう生涯、教えてもらえないんだと思い込んでいた。でも去年、菱谷さんちへ向かうタクシーの中で、突然母さんが『前の父親はカトウダイスケといって、私より四つ下。都内のどこかの高校で理科の先生をしている』と言ったんだ。たぶん、『万一何かあったら、そっちを頼れ。私に面倒をもち込むな』と言いたかったんだろうけど」

「……四つ下、か。トムのお母さんって、何歳なの」

「ええと……ああ、四十四だ」

「そこから四を引くと、四十歳……ぴったり合ってるわ。まあ、もう少し上に見えたけどね」

実はチも、初めて顔を見た時、同じことを考えた。始業式の翌々日、高校の図書館で、司書の先生にお願いし、昨年度の卒業アルバムを見せてもらったのだ。胸の鼓動を抑えながら頁をめくり、全教職員の個人写真の中に目指す名前を見つけ、思わず息を呑んだ。そこに、年老いたチがいたからだ。

もちろん、ほんの一瞬の錯覚だったが、特に眼の雰囲気が鏡の中の自分によく似ていて、それを見た時、母さんからあれほど虐待された理由がわかった気がした。

ただし、そこから先が問題だった。なまじ風貌が似ているだけに、転入生が『理科の加藤先生はどちらですか』と尋ねて回れば、よけいな憶測を呼びかねない。

仕方なく校内を隅から隅まで歩き、部屋の前に貼られた在室者一覧で捜したのだが、一向に見つからない。結局、それから一週間後、昼休みに上級生の会話を小耳に挟んで判明したのだが、何と、加藤大輔教諭は三月末に知水高校を辞めていた。しかも、退職理由は誰も知らないらしい。

「……私って、鈍感ねえ。自分で自分に呆れちゃったわ」

長い沈黙のあとで、自嘲ぎみにフルサが言った。

「名字が違っていたせいで、眼をくらまされてしまった。確かに、全体の雰囲気がそっくりよ」

「フルサは去年、父さん……加藤先生のクラスだったはずだよね。B組だから」

「とてもお世話になったわ。私だけじゃなくて、姉までね」

「お姉さんが……？　すると、フルサのお姉さんも知水の生徒だったのか」

その事実は美波先生から聞かされていたが、あくまでも知らないふりをする。

「二つ上で、十月生まれだから、名前は秋穂。私と違って体育会系なの。運動部に入ってたけど、三年の大会が終わったあとで不登校になっちゃって、お情けで卒業させてもらったのよ」

依然として顔は背けたまま。何か事情がありそうだが、深入りしない方が無難だ。

「じゃあ、フルサの眼から見て、加藤先生ってどんな先生だった？」

「それは……とても誠実で、公正な先生だった。尊敬していたわ」

「辞めた理由については、何か知ってるかな。離任式にも来なかったそうだけど」

「ごめんなさい。私は何も……それより、こっちからきいてもいいかしら」

フルサが視線を戻し、眼と眼が合ったが、これまでとは別人のように気弱な表情だった。

「うん。もちろん、かまわないよ」

「あなたのお母さんは、名前と高校の先生だという情報しかくれなかったんでしょう。もっと珍しい名前ならわかるけど……そもそも、どんな字かまで教えてくれたの」

「いや、漢字までは教えてもらわなかった。尋ねておけばよかったと、後悔したよ」

「手がかりは氏名の音《おん》だけ。それでよく勤務先を特定できたわね。ネットで検索したの」

「ググってみたけど、だめだった。名字もありふれてるし、『ダイスケ』というのはその年代にすごく多い名前らしい」

「じゃあ、どうやって……」

「前にフルサが言ったじゃないか。ええと……ほら、あそこだ」

チが指差したのは、自分たちのすぐ脇に建つ家の玄関だった。

「ハクタク……じゃなくて、神主の白沢さん。今日はお留守みたいだけど、あの方のことを名探偵だとほめていたよね。それと同じように、チから見ると、菱谷さんがすごい名探偵なんだ。千里眼をもっているとしか思えない」

「えっ、そうなの。でも、実際に顔を合わせたことは一度もないんでしょう」

「うん。だから、全部LINE上での会話さ。家に居候するようになった直後から、高校は卒業しておけと言われてたけど、実際に学校選びをする段になって、チがふと母さんから聞いた情報を漏らし、『父さんが教壇に立っている高校に転入できれば最高なんですけど、無理ですよね』と書き込んだ。そうしたら、三日後には名前の漢字や高校名をつきとめてくれたよ」

「えっ、そんなに早く？　でも、実の父親であるという証拠は……戸籍でも調べたのかな」

「認知されてないから、戸籍は見ても役に立たない。特に根拠は示されなかったけど、たぶん菱谷さんは父さん本人に会うか、写真を入手して、チの父親だと確信したんだと思う」

「なるほど。最終的な決め手はそこか。それならば、確かに……」

フルサはうつむき、再び考えに沈む。やがて、大きく息をすると、顔を上げ、

「ねえ、トム。これから、私の家へ来ない？　その方が落ち着いて話ができるわ」

「フルサの……？　それは、まあ、落ち着けるだろうけど」

意外な提案だった。彼女の自宅はここから徒歩数分の距離らしいが、どれだけ親しくなったとしても、そこへ招かれることはない。そう思い込んでいたのだ。

「私の部屋でならば、あなたが一番知りたい件に関しても、耳寄りな話を教えてあげられると思うわ。ただし、電車賃がかかっちゃうけどね」

「電車賃……？　だって、ここから歩いてすぐなんだろう」

「それはお祖母ちゃんち。母方の……つまり、ママのママね。普段はそこから通学してるけど、本当の自宅は荻窪《おぎくぼ》のマンションなの」

「荻窪かあ。まあ、同じ沿線ではあるけど」

　ここから駅までバスで十分以上かかるし、さらにＪＲ線の快速で三十分弱。

「どうしようかな。今から行くと、夜になっちゃうから……」

「全然かまわないわ。ただ、私の部屋、ちょっと変わってるけどね」

「変わっているって、どんなふうに？」

「カーテンやベッドカバーの色が赤なのよ。その方が落ち着くの」

「それくらいは、どうってことないけど……」

「ついでだから、晩ご飯も一緒に。ママにＬＩＮＥしておくから大丈夫。私に友達がいないのを心配して、『たまには誰か連れてきたら』と、うるさいくらい言われてたの」

　確かに彼女の母親の立場なら、そんな心配をするだろうが……それにしても、今日のフルサは少し変だ。普段のクールさとは打って変わって、強引にチを誘おうとしている。

「それよりも、今晩、豊さんの分の夕飯を作らなくていいの？　家賃代わりなんでしょう」

「いや、まあ、それは遅れても大丈夫だと思うよ」

「じゃあ、決まり。さあ、行きましょう」

　フルサがチの手首をつかんで、立ち上がる。抵抗する理由を見つけられないまま、チは彼女に引きずられ、玉砂利を踏みながら歩き出した。

6

荻窪駅で電車を降りるのは生まれて初めてだった。

駅の北口を出て、ドン・キホーテの脇の道を入ると、数分でマンションと一般住宅の入り交じった家並みが現れる。

やがて、ゆるやかなカーブを描く道の右手に遊歩道のある公園。フルサのマンションはそこから北へ二分ほどの位置にあり、道路との境にツバキが植えられていた。アイボリーの外壁の四階建てで、フルサの自宅は一階。時刻は午後六時を少し過ぎている。

（強引に連れてこられちゃったけど、本当にいいのかな。どう考えても迷惑のような気がする）

目的地に着いても、チはまだ迷っていたが、結局、引き返す踏ん切りもつかないまま、フルサに連れられ、外廊下を歩き出す。外壁はきれいに塗り直されていたが、エントランスのセキュリティもないし、床や天井が驚くほど汚れていた。建ててから相当な年数が経っているようだ。

「見かけ倒しなのよ、このマンション。賃貸に見えるでしょうけど、これでも分譲なの」

心の内を読み取られてしまった。

「ママはピアノを弾くのが仕事だから、室内に防音工事をする必要があって、それでここを選んだの。戸建《こだて》を買うほどのお金はないしね」

「へえ。じゃあ、フルサのお母さん、ピアニストなんだ」

「クラシックじゃなくて、スタジオミュージシャン……というより、サポートミュージシャンね。依頼されて、いろいろなアーティストのツアーに同行するの。だから、地方の仕事が入ると、半月とか一カ月くらい家を空けるわ。大した腕じゃないから、ほとんどが二流、三流の歌手の仕事みたいだけど」

どうやら、噂に聞くフルサのピアノの腕前はお母さん譲りらしい。

各フロアに五戸ずつ入居していて、渡部家はエントランスから最も奥にあたる西の端だ。

『101』と書かれた白いプレートの下がはめ込み式の表札で、『渡部　京《きょう》子《こ》　秋穂　美夏』。

（ええと、家族構成はフルサとお母さん……お姉さんは、今も一緒に住んでいるのかな）

「姉はもういないのよ。大阪市内の製菓専門学校に進学したから。パティシエになるんだって」

また心中を見透かされ、ぎょっとする。

「薬剤師志望だったんだけど、理科の成績が悲惨すぎて諦めたの。関西の学校を選んだのはこの家にいたくなかったからだと思う」

フルサがキーを取り出し、鍵穴へ差し込む。ロックを解除し、ノブを握ると、

「ねえ、トム。悪いけど、ちょっとだけ、ここで待ってて」

そう言い置いて、ドアの向こうに消えてしまった。仕方なく、その場にじっとしていると、

『ええっ？　そんなこと、急に言われたって、困るじゃない。そりゃ、歓迎するとは確かに言ったけど、事情が……でもね、こっちにも都合が……まあ、確かにそれはそうなんだけど……』

フルサの声は聞き取れないが、危惧した通り、お母さんはチの来訪を嫌がっている様子だ。

困惑してしまった。フルサが戻ってきたら、一言断って帰ろう。そう思っていると、ドアが開き、現われたのは、予想に反して、お母さんの方だった。

「あら、いらっしゃい。はじめまして。美夏の母です」

「は、はじめまして。五十嵐智と申します」

挨拶の言葉なんて、急には思いつかない。とりあえず、何度も頭を下げる。

「あの、フル……いえ、お嬢様には、いろいろとお世話になっておりまして……」

「いえ、とんでもありません。姉とは違って、美夏は小さい時から気難しくて。ほとほと手を焼いてたんですよ」

小柄なお母さんの肩越しに、顔の表情を消し、上がり框に立つフルサが見えた。

「だから、お友達を連れてきたと言われて、びっくり仰天。こんなこと、初めてですから」

年齢は四十代前半だろうか。きれいな人だとは思ったが、母娘《おやこ》で共通点はほとんどない。決定的な違いは眼で、フルサは眼尻がほんの少し垂れているが、こちらは典型的な吊り眼だ。

「突然おじゃまして、申し訳ありませんでした。用事を思い出したので、今日はこれで失礼しま――」

「いえいえ！　大丈夫なんです、うちは」

逃げにかかった時、お母さんに右の手首をつかまれる。

「どうぞ、お上がりになって。せっかくの機会ですから、夕飯を召し上がっていってくださいな」

最前の会話がドアの隙間から漏れ出していたことを知らないのだ。狼狽し、フルサへ視線を送ると、はっきりとうなずく。あのあと、お母さんとの間で何らかの妥協が成立したらしい。

「本当にお気遣いは無用です。普段から、美夏には『友達を作れ、作れ』と口を酸っぱくしておりましたから。さあ、ご遠慮なく、お入りください」

手を振り払うわけにもいかず、おずおずと靴を脱いで、家に上がる。

玄関の先は狭い廊下で、左右と奥にドアがあった。当然、廊下の突きあたりがリビングルームだろう。眺めているうちに、リビングの扉の下部にあった四角い枠が手前に開き、猫が姿を現した。全身が黒い毛で覆われ、やせていて、耳だけが異様に大きい。

「あらあ、お客様にご挨拶に来たのね。偉い偉い」

フルサのお母さんが手を放し、笑顔で猫を抱き上げる。

「本当にお行儀がいいんですよ、うちのレノンちゃんは」

（レノン……ビートルズのジョン・レノンから採《と》ったのだろうか。ということは、雄猫。まあ、ミュージシャンらしい命名だけど）

「ところで、五十嵐さん、何かお嫌いなものはあるかしら」

「ええと、食べ物の好き嫌いなら、特にありません」

「わかりました。でしたら私、すぐそこまで、ちょっと買い物に行ってきます。美夏の部屋でごゆっくりなさってください。お食事は部屋へお運びしますから」

「えっ、そんな、わざわざ……あの……」

制止する言葉を探しているうちに、お母さんは猫をフルサに手渡すと、サンダルを突っかけ、出ていってしまう。

「どういうことだよ。てっきりお母さんにＬＩＮＥしたんだと思った」

「もちろんしたわよ。送信したメッセージが既読にならないのは、私の責任じゃない」

「それは、そうかもしれないけど……」

「姉は不登校だったわりには友達が多くて、誰か来ると、ママは大喜びで無理やり引き止め、晩ご飯をご馳走した。そうすれば、姉の気持ちが学校へ向くと思ったんでしょうね」

フルサが顎の下をなでると、猫は眼を細めて喜ぶ。よく見ると、黒猫には違いないが、喉から胸にかけて白い毛が交じっていた。

「そんな時には決まって、『あなたも一度でいいからお友達が連れてきなさい。もしそうなったら、この何倍も大歓迎してあげる』と、ママに言われたわ」

とりあえず事情はわかったが、チはフルサの強引な態度に少し腹を立てていた。

「悪いけど、追いかけて、別の機会にしてもらうから。今ならまだ間に合う」

急いでパンプスに足を突っ込み、ドアノブに手をかけた瞬間、電池切れの人形のように動きが止まってしまう。カツカツカツカツ……聞き覚えのある靴音が耳に飛び込んできたからだ。

まさかと思いながら、黒い扉をそっと開け、首を突き出す。次の瞬間、チは大あわてでドアを閉め、フルサの方へ向き直った。

「どうしたのよ、トム。お化けでも見たような顔をして」

「ええと……そう。パラメータ a だよ！　最大・最小値の場合分け」

「何を訳のわからないこと言ってるの」

「だから、ほら、神社でカルロス君が言ってたじゃないか。フルサは今日、授業中にその件で担任に突っかかったんだろう」

うろたえながら、自分の背後を指で差す。

「絶対それだよ。何か気に入らないと、すぐに家庭訪問をするとは聞いていたけど、嘘じゃなかった。すぐそこの廊下でお母さんと話をしてる。とにかく、今日はこれで帰らせてもらうよ」

少し強い口調で言うと、フルサは残念そうな顔をしたが、引き止めはしない。

廊下へ出ると、二人はすでに立ち話をやめ、こちらを向いて並んで立っていた。

「あら、五十嵐さん、帰っちゃうの？　家庭訪問はすぐ終わるから、待っていればいいのに」

声をかけてきたのは山崎先生だった。今までに一度も見たことのないほどの満面の笑み。右手に教材などがいっぱいに詰まったボックス型のバッグを提げていた。

「あ……あの、そうじゃなくて、自分の用事があるものですから……すみません。失礼します」

会釈をし、逃げるようにその場から離れる。見下ろすと、植え込みの脇の駐車場にフュージョンレッドのボルボが駐まっているのが見えた。

7

知水学院高校の校舎は南棟と北棟に分かれ、両者をつなぐ渡り廊下の片側にも部屋がある。そして、第一、第二体育館。

二年生の教室があるのは南棟三階。そこを出て、西側の渡り廊下を通り、北棟へ。こちらは理科や家庭科、美術、音楽など、教科ごとの特別教室が主で、一階に職員室や事務室がある。

北棟中央の階段で一階まで下りると、正面が生徒昇降口だ。左手は購買部室で、昼休みの今は、部屋の前に市内のパン屋さんが店を出していた。

昇降口の中央に太い角柱があり、その上部に時計。二本の針が示す時刻は午後零時四十四分。今日は七月四日、木曜日だ。

ここから左方向は通常の幅の廊下だが、右は玄関ホールで、左側に大会議室と小会議室、右側には進路指導室、保健室、職員室、事務室の順に並び、一番奥が校長室だ。今日の校長面談は放課後の予定だったが、臨時の職員会議が入ったため、チだけが昼休みに呼ばれることになった。

（一体、どんな質問をされるんだろう？　『進路希望は』とか『将来なりたい職業は』……だとしたら、転入試験の時と同じ答えを言うしかないよな。あれから、大して時間が経っていない）

転入試験の前日、定時制の担任の佐々木先生が模擬面接の場を設けてくれたのだが、自分の将来について一切何も考えていないチに呆れ、『高校卒業後は大学の夜間部で社会福祉について学び、将来は誰かの役に立つ仕事がしたいです』という答えをでっち上げてくれた。

（そうだ。今日フルサは学校に来てるのかな。風邪だと言ってたけど）

三日前の月曜日、やはり心配になり、午後十時過ぎに、チの方からフルサにＬＩＮＥした。

『逃げ出しちゃって、ごめん。家庭訪問、大丈夫だった？』

すると、二時間近く経ってから、ようやく返信があり、

『私の悪口を言って、すぐに帰った。慣れてるから平気。何だか熱っぽいの。明日、休むかも』

体調が悪いので、早寝をしていたらしい。『お大事に』とだけ返信してアプリを閉じたが、一昨日だけでなく、昨日も学校を欠席した。

（フルサは強がってたけど、今回の担任とのトラブルは結構深刻そうだ。よほどひどいことを言われたのでは……ん？　ちょっと待てよ）

ふとあることに気づき、思わず足が止まる。

（神社の境内で話している時、急に『うちに来ないか』と誘われたけど、あの時のフルサの態度は何となく変だった。普段はクールなくせに、別人のように強引。ひょっとすると、あの時点で、フルサは山崎先生が家庭訪問に来ることを知っていたのかもしれない。つまり、チを連れて帰って、楯代わりに……その可能性はありそうだ）

フルサに悪いことをしたなとは思ったが、そんな役割はいくら何でも荷が重すぎる。

歩みを再開し、まずは保健室に寄る。今年度、チの分担は保健委員で、先週クラスで配布した歯の健康に関するアンケートを集計し、今日までに提出することになっていた。

「あら、五十嵐さん。ご苦労様」

ノックして中へ入ると、養護教諭の浅井先生は窓際のデスクにいた。

「先生、アンケートの集計が終わったので、持ってきました」

「どうもありがとう。ええと、これで全員分？　まあ、それは偉いわ」

紙の束と集計表を受け取り、先生が軽く眼を見張る。

「今日が一応の期限だけど、保護者の方にきかないと答えられない項目もあるから、ほとんどのクラスが未提出なのよ。二のＥは大したものねえ」

浅井先生は今年の春に赴任されたばかりで、年齢は六十過ぎ。係の用事で来る度にやさしい言葉をかけてくれるので、人見知りのチも親しみを感じていた。

「ありがとうございます。では、これで失礼します」

「ご苦労様でした……あの、五十嵐さん、今ちょっとだけ、いいかしら」

「はい……？　あ、はい。何でしょう」

壁の時計を見ると、四十七分。そろそろ行かないとまずいが、どうせすぐに済む用事だろう。

「急ぐわけではないんだけど、一度、ゆっくりお話がしたいなと思ってたのよ。担任の先生からも、あなたのことをよろしくと言われたし」

「え……そうだったんですか。まあ、美波先生にも心配をかけてますから」

「あっ、ごめんなさい。違うの。今の担任じゃなくて、実は治先生から頼まれたのよ」

「オサムって……あの、佐々木先生をご存じなのですか」

驚いてしまった。まさか、ここでその名前が出てくるとは思わない。

「ええ。実は私ね、一昨年の春に都立高校の養護教諭として定年退職したあと、再任用されて、一年間だけ佐々木先生の同僚になったの。ただし、五十嵐さんはずっと欠席していたから、顔を合わせる機会がなかったけどね。そして、この春、たまたまこちらの高校からお話をいただいたので、お受けしたというわけ」

「ああ……なるほど。そうだったんですか」

「だから、智さんの都合のいい時に、ここへ来てもらって――」

「あっ、すみません！　今日はこれから校長面談なんです」

時計を見ると、午後零時五十分。すでに約束の時刻を数秒過ぎていた。

「あら、本当？　ごめんなさい。無理やり引き止めちゃって。私のせいで、智さんが叱られたら申し訳ないから、校長室まで一緒に行って、事情を説明しましょうか」

「いえ、今すぐ出れば大丈夫ですから。失礼します！」

大あわてで保健室を飛び出す。廊下を走りながら、この高校に自分の過去を知る人物がいたことに複雑な思いを抱いた。

(佐々木先生は母さんの毒親ぶりを、骨身に染みるほど、よく知っている。それが浅井先生を経て伝わり、美波先生がチの今の暮らしに疑問をもたないといいけど……)

8

保健室を飛び出し、ホールを走って、校長室の前へ。左手は高校の正面玄関で、先生方と来客用の下足入れが並んでいる。

深呼吸をしてから引き戸を二回ノックし、クラスと氏名を告げる。すると、ややあってから、

「はい。どうぞ、お入りください」

聞き覚えのある校長先生の声が返ってきた。「失礼します」と言い、ドアを開ける。

広さは普通教室と同じ。校舎の端なので、事務室との境以外の三方に窓があったが、正面の壁はほとんどが作りつけの棚で、部活動の優勝トロフィーや賞状が飾られていた。

棚の手前に応接セット。右手の窓際にスチールデスク。背もたれの高い椅子にかけていた校長先生がゆっくりと立ち上がる。明るい茶のスーツを着ていた。

「あ、あの……すみません。遅刻してしまいました」

「いやいや、大丈夫。遅れたといっても、時計の誤差の範囲ですから」

たぶん、極度の緊張で声が震えてしまったせいだろう。笑いながら首を振る。意外なほど人懐っこい笑顔だった。校長先生は机の上からガラスのコップを取り上げ、中の水を一口飲むと、

「さあ。遠慮しないで、そこにかけて」

三人掛けのソファを指で示す。会釈してから、その右端に膝を揃えて座った。

校長先生もすぐにやってきて、斜め向かいの位置にある一人用のソファに腰を下ろし、

「五十嵐さんは定時制高校を三年の途中で休学したあと、うちへ転入されたんでしたね」

「は、はい。あの、おっしゃる、通りです」

「まあ、そう固くならずに、もっとリラックスして」

苦笑しながら、今度は右手を振る。

「校長面談というと、何だか大げさだけど、世間話のつもりでいいですから」

「あの……はい。わかりました」

「同級生よりも年が上ですが、どうです？　クラスにはなじめましたか」

「はい。仲よくやっています」

「それはよかった。ところで、転入試験の面接委員の先生方の報告によると、将来は大学の夜間部に進学して、社会福祉関係の仕事に就きたいんですね」

「はい。そうです」

「将来の目標が明確なのは大変結構。楽な道程《みちのり》ではありませんが、頑張ってください」

「はい。ありがとうございます！」

どうやってごまかそうかと悩んでいた質問が呆気《あっけ》なく片づき、肩の力が一気に抜ける。

（この感じだと、あとは適当に雑談していればいいのかな。それほど怖い人でもなさそうだし……ん？　これは、もしかして……）

テーブルの天板へ視線を落とし、ぎょっとなった。校長先生の前に広げられているＡ４判の用紙が目に入ったからだ。

一番上に『家庭環境調査票』の文字。その左下にチの顔写真が貼られ、氏名、生年月日、現住所、学歴、健康面の特記事項、さらには緊急連絡先や通学方法、家族構成とそれぞれの勤務先・学校名などの欄がある。これは本来、保護者が記入すべきものだが、名ばかりの親権者である五十嵐さんに頼むわけにはいかず、すべてチが書いて提出した。

内容はデタラメだ。現住所は前に住んでいたアパートのままなので、通学方法も実際とは異なるし、緊急連絡先の欄に書かれている五十嵐さんのスマホの番号は、間違えたふりをして、末尾の『7』を『1』にしてしまった。美波先生に電話されると嘘がばれるので、保護者召喚などされないよう注意しながら生活してきた。

（まさか、校長先生がこれに基づいて、あれこれ質問を……いや、そんなはずはない）

転入試験の時にも家庭環境については一切触れられなかったし、担任との二者面談でも記載内容の確認程度。したがって、今日もその点についてはまったく心配していなかったのだ。

嫌な予感がしたが、何とかそれを打ち消そうとする。けれども、校長先生は顔を上げないまま、

「お父様の勤務先が『大島《おおしま》運送』……トラックの運転手さんということかな」

「あ、はい。長距離トラックの運転手をしています」

「このお父様は実父ではないようだが、お母様の再婚相手と養子縁組をしたんですか」

最も質問されたくない点をつかれ、すぐには返事ができなかった。

(どうしてそんなことを……そうか。住民票だ。あれには世帯主との続柄の記載があった)

転入試験出願の際、必要書類の中に住民票が含まれていて、しかもご丁寧に『世帯主名と続柄の表示のあるもの』と注意書きがあった。

(でも、机の上に住民票なんてないじゃないか。それなのに、なぜ……はは あ。予習したんだ)

よく見ると、調査票の家族欄の脇に細かい字で書き込みがしてあった。面談予定の生徒の住民票をあらかじめ調べ、疑問点などをメモしたらしい。

(何とかごまかすしかないけど、この間、美波先生にも出任せを言ってしまった。それと、どうつじつま合わせをすればいいんだ?)

何秒間か逡巡していると、校長先生が顔を上げ、チの方を見た。顔の笑みは消え、鋭い眼光で射抜かれた瞬間、背筋にさっと震えが来た。

もう黙ってはいられない。考えのまとまらないまま、とにかく口を開くしかなかった。

「あの、はい。養子縁組を、してもらいました」

「すると、お母様は?」

「母は……ええと、別の人と再婚して、横浜に住んでいます」

そう答えて、すぐに後悔する。どうせ嘘なら、『外国へ行きました』とでも言えばよかった。

それなら、義父との同居にも必然性が生じる。

「すると、今、五十嵐さんは義理のお父様と二人暮らしなのですね」

「それは……いえ、あの、おっしゃる通りです」

「お義父様は……まだお若いですね。四十二歳、か」

そうつぶやいたあと、ふと小首を傾げる。不自然なのはあたり前。弁解のしようがなかった。

絶望的な気分になっていると、校長先生が顔を上げる。

「まあ、家族の形はいろいろですからね」

家庭内のことに深入りしすぎたのを反省し、無難にまとめようとする意図を感じた。

「お義父さんと二人では、五十嵐さんも、家事とか大変でしょうが……ううっ」

ほっとしかけた時、校長先生が急に言い淀み、微かにうめく。

次の瞬間、表情が一変し、いかにも不快そうに口元をゆがめた。なぜ態度を豹変させたのかがわからず、戸惑っていると、校長先生はチの顔を見つめたままで、

「では、これくらいでいいでしょう。どうか頑張ってください」

唐突に面談を打ち切ってしまった。困惑したが、とにかく、解放されるのは大歓迎だ。

挨拶をして、校長室から出ようとしたが、その直前に足が止まる。さっきは気づかなかったが、部屋に入ってすぐ左手、つまり北側の壁際にスチールロッカーが置かれ、その上に二枚の白い板が飾られていた。

それは大会出場記念のパネルで、向かって左が新体操部、右が女子テニス部。後者には『関東選抜高校テニス大会団体女子の部準優勝』とあり、日付は去年の十二月二十四と二十五日。

ブルーのジャージを着た女子部員十人が前後二列に並び、写真に収まっていたが、前列中央で賞状を抱えた部長の脇にいる監督の顔を見て、危うく声を上げそうになった。自分自身が中腰の姿勢で写っていたからだ。

（これは……父さん？　まさか、そんな。写真はアルバムで見たけど、ここまでは似ていなかったぞ。どうしてこんなに……そうか、帽子だ）

紺のキャップを被っているため、髪形や髪の色の違いが隠れている。そして、理由は不明だが、周囲の部員とは対照的に眉をひそめ、陰鬱な表情をしていた。

（そんな条件が重なって、鏡の中にいる自分自身だと錯覚したのか。それにしても……ああっ！）

いつの間にか、校長先生がチのすぐ右に立っていた。そして、いきなり左腕をつかまれる。

「他人の空似のはずがないよな。君は……加藤さんの娘だったのか。それなら、何か魂胆《こんたん》があって、うちへ来たんだな」

「ち、違います。加藤なんて人、知りません！」

恐怖に駆られ、懸命に首を横に振る。

「転入させていただいたのには、目的なんて何も……」

また絶句してしまったのは、校長先生の顔に異変を感じたせいだ。ついさっきまでは何ともなかったのに、唇が不気味なほど腫れ上がっている。話す声も妙にかすれ、呼吸が苦しそうだ。

（だけど、なぜ急にこんなことが……ああっ！）

心の中の叫びは、次の瞬間、悲鳴となって口からこぼれた。

校長先生の体が突然床へ崩れ落ちると、両手で喉のあたりを押さえ、咳き込みながら苦しみ始めたのだ。まるでオットセイの鳴き声のような奇妙な咳。呼吸が苦しいらしい。そして、見る見る、顔が紫色に変わっていく。

「こ、校長先生！　どうされたのですか？」

問いかけるが、すでに眼の焦点が定まっていない。明らかに異常な状態だ。

「た、大変だ。あの、誰か……誰か来てください！」

可能な限りの大声で、チはすぐ隣の事務室に向かって叫んだ。

幕間

すぐ眼の前で光る反り返った刃を見て、彼女は息を呑んだ。

宅配便の配達員の制服……いや、厳密にはそれに似た服を着た男が、段ボール箱の下に隠し持っていたナイフをいきなり彼女の喉元に突きつけたのだ。

箱の上部に貼られた伝票に受領のサインをするため、渡されたボールペンの先を近づけた時、バサッと音を立てて箱が床へ落ち、驚いて顔を上げたところを狙われた。

「声を出すな。騒げば刺す」

抑揚のない機械のような口調だった。

「いいか。わかったな」

彼女は微かにうなずく。

「ペンを捨てろ。そして、後ろで手を組め」

その言葉を聞き、なるほど、ボールペンも武器になり得ると気づいたが、時すでに遅く、状況は圧倒的に不利。数秒間ためらったものの、言われた通りにするしかなかった。

「そのままゆっくり後ろへ下がれ。変な気を起こすんじゃないぞ」

指示に従うと、男は土足のまま三和土《たたき》に上がってくる。

とにかく、突然押し入ってきた目的をまず把握する必要があった。物盗《ものと》りか、それとも、性犯罪者なのか。しかし、紺のキャップを目深《まぶか》に被り、口にはマスク。声も押し殺しているため、年代の見当さえつかなかった。

鋭い刃を突きつけられたまま後退《あとずさ》りすると、自然に顎が上がり、喉のあたりがあらわになってしまう。やや距離が開いた時、凶器がホールディングナイフであることが判明したが、だからといって反撃の役には立たない。

開いたままになっていたドアを過ぎ、廊下からリビングダイニングへ。

十二畳ほどの広さ、窓際に三人掛けのソファと楕円形のテーブルが置かれていたが、じりじりと後退させられ、テーブルに足がぶつかって止まる。

「もういい。そのままじっとしていろ」

初めて、その声に聞き覚えがあると感じたが、誰の声だったか、すぐには思い出せない。

すると、男は刃先が喉に触れる寸前まで右手のナイフを押しつけると、抵抗できない彼女をしばらく見据えてから、左手で帽子のつばを持ち上げ、マスクの片方の紐を外した。

「この顔に、見覚えがあるか」

「え……あっ！　あ、あの……」

彼女は恐怖の表情を浮かべ、言葉を詰まらせる。

「そうか。わかればいいんだ。わかれば」

いかにも満足そうな口調だった。そして、

「誰にどんな理由で殺されたのか、訳もわからないんじゃ、復讐にならないからな。俺も安心したよ。じゃあ、早速……」

ナイフの刃が喉へ押し込まれる。うめき声とともに彼女は後ろで組んでいた手を解き、右手で侵入者につかみかかるような仕種をした。

けれども、次の瞬間、男がナイフを振り回すように抜き去り、斜め後ろへ退くと、彼女の体は前方へ崩れるように倒れ、顔が床に衝突して左を向いた。

体のあちこちが痙攣《けいれん》したが、一分もしないうちに動かなくなり、フローリングの床の上に赤い鮮血が広がっていく。

男はジャンパーの右ポケットからティッシュを取り出し、刃に付着した血を拭うと、ナイフを折り畳み、上着のポケットにしまった。

ソファに黒いバッグが載っていて、脇にやはり黒革の大きな財布がむき出しの状態で置かれていた。男はそれを取り上げ、最前と同じポケットへ押し込む。そして、改めて死体を見下ろし、肩のあたりに手をかけようとした時、部屋のどこかでガタガタッという物音が……。

「誰か、いるのか」

男がぱっと振り向いて言った。

「誰なんだ？　隠れたってむだだぞ。出てこい」

第四章

1

私は事務室で、その叫び声を聞いた。

校名入りの封筒がなくなったので、取りに行ったのだが、戻りかけたところを事務長さんに呼び止められ、手作りのクッキーを勧められた。本校の事務長は五十代半ばの女性で、名前は林《はやし》田《だ》綾《あや》子《こ》さん。今年一月、すでに高齢だった前の事務長さんが体調を崩し、退職されるのに伴って、急きょ外部から雇用されたが、お菓子作りが趣味なのだ。

事務長さんのデスクの脇のパイプ椅子でお菓子と紅茶をいただいている時、突然校長室から悲鳴が聞こえてきた。そして、

「あの、誰か……誰か来てください！」

林田事務長と私は同時に腰を浮かせ、顔を見合わせた。

「えっ？　何なの、今の声」

「だから、その、うちのクラスの五十嵐さんが……」

事務長席は校長室との境の壁を背にしているから、上半分がガラスの引き戸を通して校長室前の廊下が見通せる。少し前に、五十嵐智さんが廊下を駆けてきて、校長室の方へ消えるのを見て

いた。

「ちょうど今、校長面談の最中のはずですけど」

『校長面談』と聞き、事務長さんがさっと眉をひそめる。

「まさか、女子生徒にセクハラしてるんじゃないでしょうね」

「そんなこと、ないと思いますけど……」

「ついこの間もあったばかりなのに、その上、もし学校長が……」

「えっ？　それは、どういう……」

と、その時だった。

「は、早く……早く来て！　でないと、間に合わない」

緊迫しきった口調と声音。すぐ隣で何か異変が起きているのは間違いない。

二度めの叫びを聞いた直後、私たちは立ち上がり、まずは事務長さんがドアをノックする。

「校長先生……林田です。どうかされましたか」

声をかけたが、返事はなく、代わりに微かなうめき声が聞こえてくる。ほかに三人いる事務職員たちも全員、私たちのすぐ後ろに控えていた。

「美波先生、あとについてきてちょうだいね」

事務長さんはノブを回し、校長室へ入っていったが、その直後、「あっ！」と声を上げ、体を硬直させる。前方を塞がれてしまったので、私は体をずらし、何とか室内に目をやった。

（ええっ……？　な、何なの、これ）

校長室の本来の入口、つまり、廊下から入るドアのところにスチールロッカーがあるが、そのすぐ前の床に校長先生が倒れていた。

仰向けで左腕を体側につけ、何かをつかみ取ろうとするように、不自然に広げた右手を天井へ向けている。そして、そのすぐ脇に智さんがおびえた表情で立ち尽くしていた。

「ど、どうしたのよ。一体、何があったの？」

「面談が終わって、部屋から出ようとしたら、校長先生がつかみかかってきて……いきなり倒れて、苦しみ出したんです」

それを聞き、事務長さんが顔をしかめた。校長が面談に来た女子生徒につかみかかる。もし本当なら、それだけで大問題だ。

（ひょっとすると、智さんに抵抗され、転んで頭でも打ったのかもしれないぞ）

とにかく近くまで移動することにし、そして、二人同時に息を呑んだ。

一目見ただけで危険な状態だとわかったからだ。顔中に発疹《ほっしん》が見られ、特に眼の周囲が顕著で、さらに唇が紫色に腫れ上がっている。

「校長先生、大丈夫ですか。しっかりしてください」

声をかけても、返事はなく、ゼーゼーと苦しげな息遣いと不気味な咳が聞こえるだけ。

「すぐに一一九番に電話して、きゅ、救急車を！」

事務長さんが後ろを振り返り、ドアのところからこちらを覗いている部下たちに命じた。

「それと……そう。浅井先生を！　養護の先生を急いで呼んできてちょうだい」

2

異常な事態に遭遇し、私はパニックになりかけたが、すぐそばに担任している生徒がいることに気づき、かろうじて冷静さを取り戻した。

「あ、あのね、五十嵐さん、あなたはここにいない方がいいから、教室……いや、隣の事務室にしばらくいてちょうだい。あとで、事情をきくことになるかもしれないわ」

そう告げると、智さんは蒼ざめた顔でうなずき、廊下側のドアから出ていった。

混乱の中で五校時め開始のチャイムが鳴る。幸いなことに、私は授業が空いていた。

やがて、戻ってきた事務職員たちが相次いで上司に報告する。

「一一九番しました。救急車、すぐに来てくれるそうです」

「あの、保健室に行ったんですけど、養護の先生がいらっしゃらなくて……」

「だったら、放送を入れて。『浅井先生、急いで校長室へ』……ああ。最初に『授業中、まことに申し訳ありません』と言うのよ」

さすがに、林田事務長は落ち着いていた。一分も経たないうちに放送が入ったが、教室にいた先生方はさぞ驚いただろう。

救急車を待つ間、養護助教諭の応急処置に期待していたので、不在なのは誤算だった。職員室から教頭先生も来たが、医学的知識のない人間が何人集まっても埒が明かない。保健室前の廊下からＡＥＤを持ってきた先生もいたが、使用すべきケースかどうか判断できず、結局、ネクタイをゆるめたり、シャツの襟元のボタンを外したりするくらいが関の山だ。

「校長先生、大丈夫ですか。しっかりしてください」

「すぐに救急車が来ますからね」

それぞれが懸命に声をかけるが、反応は鈍く、一応眼を開いてはいるものの、意識があるのかどうかさえあやしかった。気味の悪い咳はまだ続いていたが、呼吸自体が弱々しくなっている。

一刻も早く病院へ搬送しないと、命に関わる恐れさえありそうだ。

「一体どうして、こんなことに……」

頭部の左脇にしゃがみ込んでいた私がふとつぶやくと、それが聞こえたのか、校長先生がこちらへ顔を向け、苦しげに口元をゆがめながら、

「ひ、ひし、やに……やら……」

（ひしや……えっ、菱谷？　まさか、そんな……）

予想もしていなかった名前を聞き、狼狽したが、次の瞬間、事務長さんが、

「お医者さんにみせろとおっしゃってるんですね。わかりました。もうすぐですからね」

（いしゃ……ああ、それなら、わかる。ただ、さっきは確かに『ひしや』と……）

そんなことを考えている時、校長先生は激しく咳き込み、その直後、とうとう白眼をむいてしまった。事務長さんが小さな悲鳴を上げる。そこへ白衣姿の浅井先生が駆け込んできた。

「申し訳、ありません。体育準備室にいたものですから、遅くなって……しまいました」

校内放送を聞き、大あわてでやってきたのだろう。息を切らしている。

「あら、この咳……大変だわ。救急車は手配したんですね。わかりました。それなら、どなたか手を貸してください。ソファの上へ……足を高くした方がいいので、事務室にクッションでもあれば持ってきてください」

てきぱきと指示を出してくれた。危機的な状況に変わりはないが、専門家が到着したことで、その場に少しだけほっとした空気が漂う。ところが、当の浅井先生はソファに横たわった校長先生を放置して、窓際のデスクへ行き、引き出しを次々に開け始めたのだ。

「浅井先生、何をされているのですか？　ＡＥＤならここに……」

「心臓ではないので、ＡＥＤは役に立ちません。アナフィラキシーショックを起こしています」

（えっ……？　じゃあ、この咳が犬吠様咳嗽《けんばいようがいそう》というやつなのか）

何年か前、危機管理のための研修で教わった、犬やオットセイの鳴き声に似た特徴的な咳だ。

アナフィラキシーショックとは、アレルギーの原因物質が体内へ入ることによって、複数の臓器に激しい症状が現れる過剰反応のことで、血圧低下や呼吸困難が起こり、場合によっては命に関わる危険をはらんでいる。症状としては、犬吠様咳嗽に加え、顔から全身へのじんましんと赤み、唇の腫れ、息苦しさ、血圧・意識の低下など……すべて揃ってはいたものの、実際に出会うのが初めてだったので、せっかくの知識を活かすことができなかった。

「主治医から処方されたエピペンをお持ちのはずなんです」

作業を続けながら、浅井先生が早口で言った。

「私がここへ来た直後に、その件についてはお伺いして、『勤務中は必ずデスクの引き出しに入れておいてください』とお願いしたんですが……ないわね。鞄の中に入れっ放しなのかな」

と、今度はデスクの脇に置かれていたビジネスバッグを開け、中を捜す。

エピペンはアナフィラキシーショックの症状を緩和するアドレナリン注射薬で、既往症や発現の危険性のある患者に処方される。校長先生はそれを常に持ち歩いていたらしい。浅井先生は教職員の過去の健康診断結果を管理する立場なので、その事実を知っていたのだ。

「このままだと、呼吸が……あれほど念を押したのに、どこにしまっちゃったのかしら」

普段、冷静な浅井先生が悲痛な声を上げる。事態の深刻さが窺えた。エピペンに充填されているアドレナリンは本来心臓の薬だが、気管支拡張や粘膜の浮腫を抑制する作用があると聞いた。

ふと見ると、校長先生の顔の色がいつの間にか蒼白に変わっている。

背筋に悪寒を感じ、思わず眼を閉じた時、ようやくサイレンの音が聞こえてきた。

3

やがてサイレンの音が高まり、浅井先生を除く全員が校長室から出た。

救急車が玄関に横づけされる。紺とグレーの上着にヘルメット、マスクという服装の隊員たちが降りてきて、折り畳んだストレッチャーを携え、教頭先生の案内で校長室へ入っていった。

作業のじゃまにならないよう、私は職員室後方のドアのあたりに立っていたが、やはり心配らしく、授業が空いている全員が廊下に出てきていた。

背後で交わされている会話が、ふと耳に入る。

「食物アレルギーじゃないかなあ。宴会に出たがらなかったのは、たぶんそのせいだよ」

それを聞いて、はっとなった。アナフィラキシーショックの原因はさまざまで、最もよく知られているのはスズメバチやアシナガバチの毒だが、食べ物によっても起きる。吉村先生の宴会嫌いは有名で、校長という立場上、歓送迎会や忘年会には必ず出席し、挨拶するが、いつの間にか姿を消してしまう。部や学年が管理職を招待しても、教頭先生のみが出席する。そういう場が嫌いなのだろうと思っていたが、言われてみれば、何か特別な理由があると考える方が自然だ。

（だったら、本人も気をつけていたはずなのに、あれほどひどい状態になるなんて。一体、何を口に……あっ、もう出てきた）

校長先生を乗せたストレッチャーが廊下に姿を現す。体の上に毛布が掛けられていた。

一刻を争うだけあって、救急隊の措置は驚くほど迅速で、あっという間に搬送されていった。

とにかく、これで一安心。廊下に出ていた先生方もほとんどが職員室へ戻る。

校長室の前では教頭先生、事務長、養護助教諭の三人が深刻な顔で何か相談していた。

（早くよくなってくれるといいけど……あっ、そうだ。智さんを事務室に待たせてたんだ）

校長室内の有様を目撃した瞬間、何らかのトラブル……正直に言ってしまえば、校長が女子生徒にセクハラ行為をしたのではと疑い、念のため、彼女に待機するよう指示したのだ。

（私の誤解だったわけだから、教室へ戻せばいいんだけど、智さんが『校長先生がつかみかかってきた』と言っていたのが気になるわね。どういうことなのかしら？）

事務室に入ると、智さんは入口近くの接客スペースで、ソファに首をうなだれて座っていた。声をかけると、顔を上げたが、その眼は虚ろだ。

「びっくりしちゃったわよね。私も驚いたもの。アナフィラキシーショックって怖いのねえ。でも、もう大丈夫。病院で治療してもらえばよくなるはずだから」

努めて明るく言ったつもりだったが、相手は硬い表情で、わずかにうなずいただけ。

「こんな時に悪いけど、少しだけ質問させてちょうだい。食物アレルギーの疑いがあるみたいなんだけど、校長先生が何か食べてるところを見た？」

「アレルギーですか。いいえ、何も……」

首を振りかけた智さんが言い淀み、小首を傾げる。

「あの……食べ物じゃありませんけど、コップの水を飲むところなら見ました」

時間帯から推して、昼食後の服薬の可能性がある。もしかすると、その薬剤が原因かもしれない。

「わかったわ。あと、もう一つだけ……あの、ちょっと来てちょうだい」

智さんを連れて、廊下の反対側にある大会議室前まで行き、そこで向かい合ってから、

「混乱した状況だったから、正確には覚えてないけど……あなた、たしか、『校長先生につかみかかられた』と言ったわよね。あれは、どういう意味だったの」

「えっ？　え、ええと、それは……」

智さんは眉根を寄せ、眼を逸らしてしまう。

「そのこととアレルギーとは、何の関係もない。それはわかってるの。だから、正直に話して」

「……さっきはひどく取り乱していたので、何を言ったか、よく覚えていません。それに、校長先生とどこか体が触れたという事実もありません」

何か隠している。表情からそう直感したが、この場で問いつめるのは避けるべきだ。

時計を見ると、五校時め終了まで、あと十五分ほどしかない。授業担当の先生にはあとで訳を話すので、とりあえず『担任に呼ばれていました』とだけ伝えるよう指示し、教室へ帰す。

（智さんに関する問題が立て続けに出てきたけど……どこから手をつければいいんだろう）

しかし、今は考えている暇がない。次の六校時めにはＡ組のコミュニケーション英語Ⅱの授業が入っている。その準備をするため、職員室に入りかけた時、鳩首協議が終わって、事務長さんと教頭先生は事務室へ入り、浅井先生だけがこちらに向かって歩いてくるのが見えた。

「浅井先生、本当にお疲れさまでした」

「美波先生の方こそ大変でした。さぞ驚かれたでしょう。それにしても……たまたま私が保健室を離れている時に限って、こういうことが起きます。まあ、エピペンが手元になければ、手の施しようがないんですけど」

「あっ、そうだ。エピペンは見つかりましたか」

「はい。救急隊が到着した直後に。もう少し早く打ちたかったのですが、鞄の底の方にしまい込まれていたので……『勤務中はデスクの引き出しに入れておいてください』と念を押したつもりでしたが、毎日のことですから、つい忘れてしまわれたのでしょうね」

「どうなのでしょう、快復の見込みは？」

「命に別条はないと思いますが、症状が激しかったので、少し心配です。しばらく入院することになるかもしれません」

「やはり、原因は食物アレルギーですか」

「まあ、私はそう見ましたが、正式な診断がこれからなので……」

専門家らしく、浅井先生が慎重に言葉を濁す。

「出すぎたことを伺って、失礼しました。あと、一つだけお伝えしておきたいのですが……」

私が智さんから聞いたコップの水の件を話すと、浅井先生は深くうなずき、

「なるほど。仮に食物アレルギーだと仮定すると、個人差はあるものの、摂取後三十分以内に症状が出るとされています。ですから、昼休みの時間帯に原因物質が口に入ったのはまず間違いありません。そのあたりについても、病院の先生の診断で解明されるでしょうが……」

そこで、浅井先生はなぜか急に押し黙り、周囲を見回した。

「あの、先生、どうかされましたか」

「ちょっと思い出したことがあって……今日の昼休みの初め頃ですが、校長室のあたりで不審な人影を目撃したんです」

「不審な人影……来客が多いから、どこかの業者とか工事関係の人では？」

「それなら、スーツか作業着姿のはずです。黒のポロシャツとジーンズという服装でした。校長

先生の件とは関係ないでしょうが、すごく背が高くて……身長が百九十近くあったと思います」

「百九十？　あの、その人はどこにいたのですか」

「私が見た時には玄関から外へ出ていくところでしたが、体の向きから推測すると、校長室の方から来て、置いてあったサンダルでも突っかけ、出ていった……そんなふうに見えました」

玄関には職員・来客用の下足入れが置かれていたが、外から入って左手にガラスのドアがあり、校長室前へ通じていた。その場合、事務室からは死角になる。

「すると、先生がご覧になったのはその人物の後ろ姿だけなのですね」

「いいえ。ほんの一瞬ですが、顔も見えました。間違いなく男性です」

記憶をたぐり寄せようと、浅井先生が視線をやや上へ向ける。

「ボサボサで伸び放題の髪……そして、黒縁の眼鏡をかけていました」

いきなり心臓をわしづかみにされる。

（まさか、そんなこと、あるはずがない。だけど、その特徴は確かに……）

耳元で校長先生の苦しげな声が聞こえた。

『ひしやに、やら……』

激しい恐怖に襲われたが、浅井先生はそんな私を見ないままで、

「そうそう。けがでもされているのか、歩き方が少し変でした。片足を引きずって……たぶん、右の足だったと思います」

4

青い空に入道雲。まだセミの声は聞こえないが、梅雨の晴れ間の今日は気温が上がって蒸し暑く、午後四時を過ぎて、やっと少ししのぎやすくなった。

校長面談の翌日。場所は美森神社だが、隣のベンチに親友の姿はなかった。

（今日で、四日連続で欠席か。体調が悪いのは確かだろうけど……どうも様子が変だなあ。LINEさえまともにできないなんて）

こちらからは毎日メッセージを送信していた。体調を気遣う文面を送ると、数時間後、ごく短い返信がある。『微熱があるので、もう少し休みます』または『大したことないから、心配しないで』。具合が悪い時、あれこれしつこく質問されるのは誰だって嫌だから、あとは『どうかお大事に』と送り、その日のやり取りを終える。そんな状態が連日続いていた。

（病気では仕方ないけど、一番そばにいてほしい時にフルサがいないなんて……まいったなあ）

地面を歩くアリの動きを眼で追いながら、深いため息をつく。昨日受けた衝撃はやはり大きかった。

今朝、美波先生から告げられたのだが、校長先生の例の症状はやはりアナフィラキシーショックだった。原因は食物アレルギーらしいが、詳しいことは聞いていない。病院で治療を受け、快方へ向かってはいるものの、しばらく入院するそうだ。まあ、とにかく、命が無事でよかった。

（それにしても……あの時、なぜ校長先生は態度を豹変させたんだろう）

面談が終わり、校長室から出ようとした時のことだ。スチールロッカーの上に飾られていた女子テニス部の大会出場記念パネルの中に自分自身の顔を発見して、我を忘れ、見入ってしまった。そこにいたのは自分ではなく、実父である加藤大輔だったのだが、それを凝視する姿を見た校長先生が突然チの腕をつかみ、『君は、加藤さんの娘だったのか』ときいてきた。そして、『何か魂胆があって、うちへ来たんだな』。
（その直後、ショックを起こし、床へ倒れ込んでしまったので、真意を確かめようがなかったけど……何だったんだ、あれは？）

加藤教諭が知水高校を辞めた理由は不明だが、校長先生のあの発言で、退職の陰に何らかのトラブルが存在していた可能性が浮上してきた。

（どうやら校長先生もその件に関わっていて、父さんに対して後ろめたい気持ちがあるらしい。復帰したら、ぜひそこをきいてみたいけど……適当な答えでごまかされちゃいそうだな）

昨日の放課後、地元の警察署から刑事さんが二人来校し、チも事情を聞かれたが、もちろんこの件については何も喋らなかった。

（父さんに会うために知水に転入したのだから、このままではまずい。退職した理由を美波先生に尋ねてみる手はあるけど、事情を知らないかもしれないな。じゃあ、どうすれば……）

「やあ、五十嵐さん。また会ったね」

ぎょっとして顔を上げると、何と、すぐ隣のベンチにカルロス君が腰を下ろしていた。先週の今日、ここで会った時と同じ服装だ。

「えっ、そんな……一体いつ、来たの」

「二、三分前さ。うつむいて考え込んでたから、足音を、そのう……ええと、何だっけ？　英語なら『ウィズ　ノイズレス　フットステップス』だけど」

「ノイズ、レス……ああ。『足音を忍ばせる』じゃないかな」

「そうそう、それ！　日本語は難しいなあ。転入試験の国語も全然わからなかった。国際文化科じゃなければ不合格になってたよ」

「カルロス君……もしかして、明日から試合じゃなかった？」

「そうなんだけど、嘘をついて、ちょっとだけ抜け出してきたんだ。五十嵐さんに会うためにね」

「えっ、チ……いや、私に？」

　予想外の言葉を聞き、うろたえてしまった。

「そ、そんなはず、ないよ。お目当てはフルサだろう」

「いや、彼女は全然タイプじゃない。君と話がしたかったんだ。でも、まず最初に聞きたいのは、昨日の昼に校長室で起きた事件についてだけどね」

「……ああ。やっぱり、そういうことか」

　生徒の体調不良などで学校に救急車を呼ぶことはよくあるが、先生のために来るのは珍しい。まして、今回は搬送されたのが校長先生。Ｅ組でもかなり話題になっていたから、カルロス君も興味を抱いたのだろう。

「でも……なぜ、事情を知ってると思ったの」

「だって、昨日の昼休み、校長面談の予定が入っていたのは一人だけ。その君が二時近くになって蒼い顔で教室へ戻ってくれば、何かあったと思うのが普通さ」

「話してもいいけど……別におもしろくはないよ」

　あまり気が進まなかったが、隠す必要もないので、簡単に事情を説明する。校長先生がチの腕をつかんできた場面はもちろん省略した。

「……なるほど。アナフィラキシーショックか。実際に出くわせば、そりゃ、びっくりするよね」

　話し終えたところで、カルロス君が言った。

「うん。本当に驚いた。呼吸がおかしくなるだけじゃなくて、顔の色が見る見る変わって……死んじゃうんじゃないかと思ったよ」

「死ねばよかったんだよ。あんなやつ」

「えっ？　あ、あのう、今、何て……」

聞き違いだろうと思い、確認しかけ、チは驚いて口を閉じた。カルロス君の顔からいつもの人懐っこい笑みが消え、獣のような眼つきになっている。

「アレルギーのある食べ物をうっかり口に入れるなんて間抜けな話だけど、もしそれで死んだのなら、許してやってもよかった」

「許してもよかったって……それ、どういう意味？」

「だから、僕がこの高校へ転入したのには秘密の目的があったのさ。バスケの関係で誘ってくれた高校を断って、知水を選んだんだから」

何か深い事情をありそうだが、怖くて、尋ねることができない。

やがて、カルロス君は立ち上がり、チを見下ろしながら、

「こんな話を途中まで聞かされても迷惑だろうから、最後まで話すけど、僕がこの高校へ来た本当の目的は復讐さ。あの校長のお化けの……ええと……」

険しい顔をしていたのが、突然苦笑し、困ったように首を傾げる。

「だから、『ピール　ザ　ゴースト』を日本語で言うと、お化けの皮を……」

言い回しの問題らしい。こちらは逆に英語が大の苦手だが、野菜の皮むき器は『ピーラー』だから、たしか『ｐｅｅｌ』で『皮をはぐ』という意味だったはずだ。

それを指摘すると、カルロス君はうなずき、うれしそうに笑いながら、

「そうそう。校長の化けの皮をはいでやる、だった。高校に帰ってきてからが楽しみだね。じゃ

あ、そろそろ練習に戻るけど、ただ、五十嵐さんとは、また改めて話がしたいと思ってる。実は君、完璧に僕のタイプなんだ」

5

（……カルロス君って、何を考えてるか、全然わからないな）

自分の言いたいことだけ一方的に言い、神社の裏手へ駆けていく後ろ姿を眺めながら、チは考えた。底抜けに明るく、あっけらかんとしていて、根暗な自分とはまるで別世界の住人。そう思い込んでいたが、そんな彼の口から、耳を疑うほど過激な言葉が飛び出してきた。

（だけど、変だぞ。彼は四カ月前までメキシコにいた。校長先生と接点があったはずはない。いくらネットが発達したからといって……あっ、待てよ。カルロス君本人が無関係でも、チの場合と同様、親の代で何か因縁があったのかもしれないな。とにかく、また新たな謎が生まれてしまった。こんな時、フルサがいてくれれば……ああ、そうか。菱谷さんがいた。でも、なあ……）

菱谷さんとは二、三日に一度、ＬＩＮＥしていたが、メッセージが送られてくることはまれで、もっぱらこちらから。内容はお金に関するものがほとんどだが、ダイレクトメール以外の郵便物が届いたり、勧誘以外の電話があった時にも一応連絡は入れていた。

（手がかりが名前だけで、父さんの居場所を捜し出してくれたくらいだから、相談してみる価値は充分にあるけど……いや、今はやめておこう。できれば迷惑をかけたくない。それはそうと……最後にカルロス君が言った台詞は何だったんだろう。冗談にしても、たちが悪すぎるな）

『実は君、完璧に僕のタイプなんだ』。男性から告白されたのは生まれて初めてだったから、ほんの少しだけ胸が騒いだ。Xジェンダーのチにも恋愛感情はあるのかもしれないが、二歳年下のカルロス君は自分にとって対象外だとしか思えなかった。

（それより、やっぱり問題はフルサだ。そろそろ様子を見に行った方がいいような気がする。荻窪のマンションに……いや、お祖母ちゃんちで寝ている可能性もあるぞ。だったら、ここから歩いてすぐのはずだ。場所を聞いておけばよかったなあ）

「やあ、いらっしゃい。今日は一人なんだね」

「え……あ、ああ。ハクタ……いや、あの、すみません。白沢さん、でしたね」

今日も作業着姿の神主さんは、チューリップハットを軽く持ち上げ、

「家の玄関から出たら、ちょうど男の子が走り去っていくところだった。あれは君の彼氏かな」

「カレシ……と、とんでもない！　ただの同級生で、話をするのも今日で二回めです」

「あはははは。何も、そんなに焦って言い訳しなくてもいいよ」

チのあわてぶりがおかしかったらしく、白沢さんが満面の笑みになる。

「知水学院高校には男女交際禁止なんて野暮な校則はないはずだ。それはいいとして、美夏ちゃんはどうしたんだね。何かあって、仲違《なかたが》いでもしたのかな」

「喧嘩なんかしてません。実は今日で四日続けて学校を休んでいます。だから、心配で……あっ、そうだ。お祖母ちゃんちがこの近くにあるそうですけど、場所をご存じありませんか」

「美夏ちゃんの……？　ああ、シノブさんの家か。もちろん知っているよ」

尋ねてみたところ、お祖母さんの名前はひらがなで『しのぶ』だそうだ。

「渡部しのぶさんはうちの家内の幼なじみで、年は向こうが三つ下だが、気が合うらしくて、家内が生きているうちは頻繁に行き来していた。ただねえ、しのぶさんは去年の暮れに体調を崩し

て、入院したんだよ。その後、退院はしたが、自宅に戻るのには不安があるので、今は療養型の病院にいる。場所は中野《なかの》だと聞いたがね」

「そうだったんですか。全然知りませんでした」

つまり、チと知り合った時、フルサはすでに事実上の独り暮らしをしていたわけだ。

「じゃあ、たぶんこっちの家にはいませんよね。看病してくれる人がいないのだから、荻窪のマンションに……いや、美夏は意地っ張りだから、一人っきりで寝ているかな」

「なるほど。事情はわかった。だったら、一緒にしのぶさんの家まで行ってあげよう。ちょっとわかりにくい場所だし、それに、私も美夏ちゃんのことが心配だからね」

「えっ、いいんですか。もしお願いできれば、すごくありがたいですけど……」

「いいとも。ここで会ったのも何かの縁だ。じゃあ、早速出かけることにして……」

白沢さんはふと黙り、社殿の方を振り返ってから、

「君は五十嵐さんだったね。つかぬことを尋ねるが、うちにお参りしてくれたことはあるかな」

「えっ？　い、いえ、それは……すみません。毎日のように来ていながら、ちゃんとお参りしたことはありませんでした」

「いやいや。急に変なことをきいて、悪かった。ただ、神社のご祭神というのはたいがい複数で、うちもそうなんだがね」

白く長いひげをしごきながら、白沢さんが言った。

「そのうちの一柱《ひとはしら》として、君のご先祖である神様もお祭りしているんだよ。だから、一度くらい手を合わせて拝んでもらってもいいかなと思ったんだ」

「すると……五十嵐家の先祖の神様、ですか」

「うん。名前をイカタラシヒコノミコトとおっしゃってね、この方が今は全国に散らばっている五十嵐氏のご先祖様なんだ」

6

いきなり言われて、驚いたが、説明によると、五十嵐氏の先祖とされているのが五十日足彦命《いかたらしひこのみこと》。第十一代垂仁《すいにん》天皇の第八皇子で、正没年は不明だが、古墳時代の人物らしい。

「五十日足彦命は越国《こしのくに》、つまり現在の北陸地方の開発に尽力されたお方だから、お祭りしている神社は新潟、福井、石川あたりに多い。ただ、うちの祭神となられた事情については、残念ながら、私も知らないな」

白沢さんの解説は流れるようで、さすが神主さんだけあって、声にも重みがあった。

「お名前の『イカタラシ』が『イカラシ』となり、言いやすいよう濁点がついて『イガラシ』になった。これが定説らしい。新潟県三条《さんじょう》市には、君の名字をそのまま冠した五十嵐《いからし》神社がある。歴史の舞台に五十嵐氏が現れるのは鎌倉時代で、吾妻鏡《あづまかがみ》によると、やはり元は北陸地方の豪族で、執権北条氏の家臣だったそうだ。ああ、長講釈は迷惑だな。渡部さんちへ案内するんだった。私はここにいるから、行って拝んでおいで。まさかとは思うが、お金なんて放らないでくれよ。神職がお賽銭を強要しては罰があたる」

「あ、はい。ありがとうございます。では、お参りさせていただきます」

本当は自分と血のつながりなどないのだが、これも何かの縁だと思い、小走りに社殿の正面へ行つて、鈴を鳴らし、参拝を済ませた。一日も早くフルサが元気になってくれることを祈り、そのあとで思い出して、『校長先生も』とお願いした。つけ足しで申し訳ないが、快方へ向かっていると聞いたから心配はないだろう。

二人並んで参道を下り始める。本来なら事前に訪問を伝えるべきだが、このところ、ＬＩＮＥの返信があるのはたいてい数時間後。待っているうちに、せっかくの機会を逸してしまう。

「若い人の足なら十分で着くだろうが、近頃足腰がめっきり弱ってしまった。その倍はかかるかなあ」

肩を並べて歩くと、確かに速度が遅い。足というより、全身に力が入っていない感じがした。

「あのう、どこか体がお悪いのですか」

「あちこちガタは来てるが、気を遣わなくていい。適度な運動は健康に役立つ。それに、何か目印と言われても、簡単には答えられない場所なんだ。まあ、行ってみればわかるよ」

何だか申し訳なくなってしまった。それにしても、こんな体で一日中立ちっぱなしの交通警備員の仕事をするのはさぞ大変だろう。

「白沢さんは、美夏のお姉さんのこともご存じなのですか」

「たしか、三つ上だったなあ。名前が……いやあ、近頃、人名がすっかりだめになってしまってね」

白沢さんが小首を傾げながら、苦笑した。

「思い出せないばかりか、他人の名前と勘違いして呼んで、呆れられたりしているよ」

「お姉さんは、秋穂さんとおっしゃるそうですけど」

「ああ、思い出した。たしか、二人姉妹だが、性格が違っていてね。姉さんの方は運動をしていて、活発なタイプだった。たしか、ハンドボール部だと聞いたな」

「えっ、ハンド部？　それは、高校で……そう、でしたか」

つまり、フルサの現在の担任が秋穂さんの部活の顧問だったことになる。

「ただ、まあ、家庭環境のせいかもしれないが、ちょっと性格的に暗いところがあってね、不登校みたいになっていた時期もあるらしい」

「美夏の家庭環境……実は、何も聞いてないんです。興味本意で質問するのも悪いなと思って」

「仲のいい友達ならば興味本意とは言わないさ。ある程度のことは踏まえておいて、何かあった時、親身になってあげるべきだと思う。とはいうものの、私も彼女の家の事情についてはそれほど詳しくない。亡くなった家内がお祖母さんと仲がよかったというだけだから、そもそも個人情報の範疇《はんちゅう》に入るようなことは知らないんだが……」

説明によると、渡部家は江戸時代から続く豪農の家柄で、しのぶさんのご主人・不二雄《ふじお》さんの代までは広い土地を所有していた。

「ところが、不二雄さんとしのぶさんの娘……ええと、何といったかな」

「美夏のお母さんなら、京子さんとおっしゃるはずですけど」

「あっ、そうだ。京子さん。彼女は一人っ子なので婿養子をもらうことになった。この男が東京の下町育ちでね、田舎暮らしへの憧れがあって来たらしいんだが、何年か経つうちに農業に嫌気が差し、博打や女に入れ上げて、かなりの額の借金を作ってしまった」

「ははあ。困ったお婿さんですねえ」

「うん……そう言われると、面目ない気がする。実は、かく言う私もこの神社の入り婿でね、ここが寂れたのも神職である自分の責任が大きいんだ」

「ええっ？　あの、いや、そんなことは……」

ごく普通の相槌のつもりだったが、とんでもない地雷を踏んでしまった。

「以前は別の仕事をしていたんだが、ちょうど二十年前、先代から声をかけられた。大学で日本の歴史を勉強した点を見込まれてね。家内は八つ下で、お互いに再婚同士……ああ、こんな話はどうでもよかったな。

やがて、京子さんの亭主の借金が露見し、不二雄さんが激怒してね、離婚届に判を押させられ、娘二人を残し、家から叩き出されてしまった。今から十四年前の話だから、その時、美夏ちゃんはまだ二歳くらい。父親の顔は、たぶん覚えていないはずだ」

実の父親の顔を知らないという共通点が、二人にはあったのだ。人間関係に不器用な者同士が急速に惹かれ合ったのも、それが原因だったかもしれない。

ゆったりした歩みで参道を抜け、バス停の前へ。そこから県道を駅とは逆方向に歩き出す。住宅が建ち並ぶ間に、突然キュウリやナスの畑が出現するのも、この近辺では見慣れた光景だった。

「美夏のお母さんはミュージシャンだそうですね」

「確かにそうだが、京子さんがその仕事を始めたのは十二、三年前からで、それ以前はピアノ教室の講師をしていた。立川《たちかわ》だったかな。クラシックよりもポピュラーの方面に才能があったんだろうね。離婚して身軽になったから、長期のツアーの仕事も盛んに受けた。そういう時、娘二人の面倒はしのぶさんが見てたんだが、そのうちに不二雄さんが腹を立てて……話の都合で、何だか怒ってばかりみたいだが、本来は穏やかな気性だったんだよ」

白沢さんが作業着のポケットからハンカチを取り出し、顔の汗を拭う。

「まあ、もともと娘が音大へ進学するのに反対してたからね。中学か高校の音楽の教員採用試験を受けるのが条件だったらしいが、結局受験はしなかった。で、父娘《おやこ》喧嘩のあげく、京子さんが手頃な分譲マンションを手に入れ、出ていったんだが、長期間家を空ける時には娘を実家に預けるから、大して変わり映えはしなかった。孫はかわいいから、頼まれれば断れないさ。

　別々に住むようになった理由の一つは、夜中にピアノの練習するのを不二雄さんが嫌がったせいだと聞いたな。田舎なので隣近所からは苦情が来ないが、同じ家の中でやられたらたまらない。どこの物件を買ったのかは知らないが、マンションなら、よけいに苦情が殺到すると思うがねえ」

「そこは大丈夫みたいです。場所は荻窪で、一度だけ行ったことがありますけど、防音工事をしたそうですから。予算を確保するために、わざと古いマンションを選んだと聞きました」

「ほう、なるほど。荻窪といっても広いが、どのあたりなんだね」

　若干うろ覚えのところもあったが、何とか思い出し、場所を説明する。

「そうかね。すると、おそらく渡部家はそのマンションの一階の端だ」

「えっ？　あの、はい。エントランスから一番奥の一〇一号室でしたが……なぜ、おわかりになったのですか」

　驚いて質問すると、相手はまったく何でもないことのように、

「防音工事を施工するために、それが最善だからさ。集合住宅というのは上の階の物音がよく響くし、隣が片方だけなら、その分、費用だって安く済むだろう」

　白沢さんのことを、フルサが『鋭い洞察力をもつ名探偵』と評していたのを思い出す。その能力の一端を垣間見た気がした。

　県道の途中から左へ入ると広々とした畑。『目印が難しい』と言った意味が理解できた。

「渡部家の事情の説明が半端になっていたね。不二雄さんは今から九年前、癌で亡くなり……う

ちの家内よりも二年早かったんだ。その後はしのぶさんが自家用の野菜だけを作っていたんだが、入院してしまったから、今はその畑も荒れ放題に……ほら、ご覧の通りだよ」

「えっ……？　すると、ここがもう、美夏の家の畑なんですか」

　立ち止まって、周囲を見渡す。一見、雑草が生い茂った荒れ地だが、よく観察すると、かろうじて畝《うね》の跡が確認できた。少し離れた場所に巨大な瓦屋根の母屋《おもや》があり、手前が納屋《なや》。かなり大きく、前まで行ってみると、ほこりを被ったトラクターやコンバインが置かれていた。

「不二雄さんは、どちらかというと美夏ちゃんの方をかわいがっていたな。小さい頃、トラクターに乗せてもらって無邪気に笑ってる姿を何度も見かけたよ。他人をあまり寄せつけなくなったのは、不二雄さんが亡くなってからだ。今でもよく覚えているが、ご葬儀の翌日、美夏ちゃんがうちに来て、泣きながら『死ぬのが怖い』と、私に訴えたんだ」

　白沢さんは遠くを見るような眼の表情になっていた。

「まだ小学二年生だったから、お祖父ちゃんの遺体が火葬にされるのを見て、恐怖を感じたんだろうな。『私だって、明日交通事故で死ぬかもしれない。そうしたら焼かれてしまう』。あんまり泣くものだから、私も困り果てて、最後には『大丈夫だよ。その時には私がちゃんと生き返らせてあげるから』と言って、ようやく安心させたんだ」

「それで……美夏が納得したんですか」

「私が烏帽子《えぼし》を被ってお祓いをしている姿を見て、魔法が使えるとでも思ったらしい。いくら利発だといっても、そこはやっぱり子供だね」

　話をしながら母屋の前まで入ってみると、郵便受けからポスティングされたチラシがあふれていた。その量から推して、三、四日家を空けているのは確からしい。

「……やっぱり、留守か。荻窪のマンションにいるみたいだな」

電力メーターがほとんど回転していないのを確認してから、白沢さんが言った。

「体の調子が悪いのなら、なおさらそうするはずだ。誰か看病する人がいないとね」

「おっしゃる通りですけど……もしかすると、体調が戻らない原因は精神面かもしれない。そんな気もしてきました」

「ほう。つまり、美夏ちゃんは何か深刻な悩みを抱えているんだね」

「はい。実は、美夏は担任の先生と相性が悪いみたいで……」

チは事情を打ち明けることにした。何しろ、相手はフルサが認める名探偵なのだ。

一通りの説明が終わると、白沢さんは難しい顔になり、

「……ふうん。それは困ったな。で、担任というのは、どんな先生なんだね」

「山崎先生とおっしゃる女性……『サキ』の漢字の上が『大』ではなくて『立つ』なのですが、数学の先生です。年は四十くらいで、学生時代はハンドボールの選手だったと聞きました。スポーツウーマンタイプというか……ですから、クラスでの指導もすごく厳しいんです。

今週の月曜日、誘われて荻窪のマンションまで行ったのですが、その日の授業中に美夏が口答えしたというだけの理由で、家庭訪問に来ていました。美夏の欠席はその次の日からですから、よほどひどいことを言われたんだと思います」

「なるほど。教育熱心も度を越すと弊害が大きい。まあ、美夏ちゃんも近々また神社に来るだろうから、その時によく聞いてみるよ。さて、そろそろ戻ろうか」

歩き出そうとして、白沢さんがふと立ち止まり、空を見上げる。

「あんなに晴れてたのに、雲が出てきた。今夜から、また雨になるらしいが、明日の夕方には回

復するという予報だ。明後日は年に一度の七夕だもの。晴れてもらいたいよねえ」

7

「校長先生の症状はアナフィラキシーショックが原因だったが、病院で治療を受け、快方に向かっている。そんなふうに、今朝、五十嵐智さんには話をしましたが……」

　と、ここで、どうしてもため息をついてしまう。

「事実はまったく違いますよねえ。病院へ搬送されて一安心かと思ったら、まさか低酸素脳症で、いまだに意識が戻らないなんて」

「まあ、とりあえず今日の段階では、美波先生のご指導で正しかったと思いますよ」

浅井先生が言った。私たちは保健室の応接スペースで向かい合っている。七月五日、金曜日の放課後。時刻は午後四時半を少し過ぎていた。

「実際にご覧になったので、よくおわかりのはずですけど、唇がまるで風船みたいだったでしょう。あれは粘膜が腫れていたんです。アナフィラキシーショックでは、同様の症状が瞬時に全身へ広がり、喉仏《のどぼとけ》のあたりに喉頭《こうとう》浮腫《ふしゅ》が現れます。喉仏は食道と気道がちょうど分かれる部分で、食べ物が気道へ入らないよう安全弁の役割を果たしていますが、ここが腫れると、最悪の場合、呼吸が止まってしまいます。その危険性については、私も重々承知していたのですが……」

　ため息が浅井先生へ伝染する。前のテーブルにはマグカップが二つ載っていたが、中のコーヒーはとっくに冷めていた。

「喉頭浮腫による呼吸不全を防止するため、最も有効なのは気管切開ですが、これは医師のみに許されている行為ですから、あの場で私にできる最善の措置は一刻も早いエピペン注射でした。すぐに注射できればよかったのですが、私がちょうど保健室を離れていた上に、肝心のエピペンがなかなか見つからなくて……救急車の中では気管へチューブを入れ、気道を確保する措置が取られましたが、あまり効果がなかったようです」

「すると今後、校長先生はずっと植物状態で……あの、言葉は悪いですけれど」

「いえ、別に不適切ではありません。知覚や記憶、感情などを司る大脳が働かなくなっている状態をそう呼びますから。脳幹は働いているので自力呼吸が可能ですし、今後、治療を続けていけば目を覚ますこともあり得る。脳全体が活動を停止し、人工呼吸器を外せば即座に死に至る脳死とは、そこが大きく異なります」

「そうなのですか。じゃあ、今後、意識が戻る可能性があるわけですね」

「はい。ただ、通常の治療でそれが期待できるかと尋ねられれば、正直、首を横に振るしかありませんけれど」

　医学的にはそうなのだろうと思うが、今はわずかな希望にすがるしかなかった。

アレルギーの原因物質は、現在のところ、ピーナッツだと考えられていた。吉村校長には既往症があり、本人もその点に充分注意はしていて、宴会の席を嫌っていたのもそれが理由だった。

　確かにピーナッツとそばは重篤な症状を引き起こしやすい。過去にアレルギーをもつ生徒を担任したことがあるので、その怖さはよく知っていた。特にピーナッツはペーストや油脂として加工食品に加えられることが多く、知らないうちに口へ入れてしまう危険性が高い。何しろ、節分の豆まきで落花生の殻に触っただけで症状が出た例があるそうだから、気づかずに摂取したら大変なことになる。

消防署から警察へも連絡が行き、昨日の放課後、刑事さんが二人連れで来校された。林田事務長、浅井先生、私、そして智さんが事情を聞かれたが、内容はあくまでも形式的なもので、突っ込んだ質問はされなかった。そもそも事件性があるかどうかが不明……というより、ほぼ事故だと推定されるものの、当事者が元警察関係者なので、念のため調べに来たようだった。

ただ、どうしても腑に落ちないのは、意識を失う直前、校長先生が言い残した謎の言葉だ。『ひしゃに、やら』。私の耳には確かにそう聞こえたが、事務長さんはそれを『医者に見せてくれ』という意味だと解釈した。

（やっぱり、私の聞き違いだったのかなあ。智さんが止宿しているお宅と校長先生との間に、何か関係があったとは思えない）

そして、もう一つ。私には気になっていることがあった。

「ところで、浅井先生、昨日の昼休み、先生が目にされたという不審人物については、聴取の際にお話しになられたのですか」

「はい。もちろん、そのままの情報を刑事さんにお伝えしました」

「で、その時、刑事さんは何と……？」

「『調べてみます』とおっしゃっていました。ほら、うちの高校の玄関にはカメラがあるでしょう。警備会社に話をして、映像を手に入れるそうです」

「あっ、なるほど！　確かに、その通りですね」

思わず膝を打った。防犯カメラの映像を確認すれば一目瞭然。さすがは捜査のプロで、私が独りで心配している必要などなかったのだ。

「ただねえ、実は事情聴取を受けたあとになって、その時の状況をはっきり思い出したんですよ」

「えっ……？　それはつまり、人影を目撃した時の状況を、という意味ですか」

「はい。昼休みになってすぐ……午後零時三十二、三分頃でしょうか。その頃はまだパンを買いに来る生徒もいないので、廊下には誰もいませんでした。前にお話しした通り、体の大きな人物が右足を引きずるようにして、校長室前の廊下から職員玄関、そして外へ出ていきましたが、それとは入れ違いに、職員トイレから校長先生が戻ってこられたのです」

　本校の職員トイレは玄関を入って右手奥に、男性用と女性用が並んでいた。そこを出て校長室へ向かうと、玄関付近は視界に入りにくい。また、事件発生時に自分自身で体験したが、事務長席のあたりからは校長室の入口付近が死角になっていた。

「すると、まさかとは思いますけど、問題の人物が校長先生の不在中を狙い、部屋に入り込んでいた可能性があると……」

「私にはそう見えましたが、まあ、それも映像を確認していただければ明らかになるでしょう」

　防犯カメラが設置される目的は玄関の出入りのチェックだから、校長室前まで映っているとは考えにくいが、外部からの侵入者の有無を特定できれば、事実関係が解明される可能性は高い。

「ですが、もし万一、不審人物が校長室に足を踏み入れていたとしても、それと校長先生のアナフィラキシーショックとは関係ありませんよね」

「最初はそう思ったのですが、ただ、無関係とも断定できない気がして……美波先生、これはあくまでも仮定の話だと思って、聞いてくださいよ」

　浅井先生は眉をひそめながら、そう前置きしてから、

「教職員の健康診断結果は保健室で一括管理する決まりですから、校長先生のご持病についても、もちろん承知していましたが、吉村先生は主治医から処方された三種類の薬剤を毎日服用

されていました。健康に関する個人情報なので、病名は明かしませんが、まあ、生活習慣病関連だったと思っていただければ結構です。それに加え、校長先生は健康マニアだったようで、サプリメントの類いも複数お摂りになっていらっしゃいました。錠剤とカプセルを合わせれば相当な量になる。そこで、几帳面な性格の方ですから、ピルケースをご使用になっていました」

「ピルケース……ええと、つまり、薬入れですよね」

「はい。『週末に自宅へ持ち帰り、月曜から金曜までの分を仕込む』とおっしゃっていました。横長のケースに曜日入りのカラフルな蓋がついていて、ボタンを押すと、その蓋が開くんです」

「ワンタッチで……あっ、わかりました！　それなら、見たことあります」

　年に一度、面談の時くらいしか入らなかったのだが、去年十月、二年生の修学旅行中だけ、臨時で校長室と玄関の清掃当番が私のクラスに回ってきた。その期間、校長先生は旅行団に同行していたため不在。私は監督として三日間、足を踏み入れたのだが、デスクの左端に半透明のプラスティックケースが置かれ、七つ並んだ色違いの蓋に『Ｓｕｎ』『Ｍｏｎ』『Ｔｕｅ』などの文字があった。

（深くものを考えないたちだから、『変わったカレンダーだなあ』なんて思っちゃったけど……ピルケースだったのか）

「あれは本来、呑み忘れを防止するのが目的ですから、当然、デスク上の最も目立つところに置きます。もし誰かが悪意をもってカプセルの中にピーナッツの粉を入れ、あのケースのどこかへ紛れ込ませたら……きっと、これは私の妄想ですよね」

　眼の前に服薬の際の光景が浮かんでくる。右手の人差指が白いボタンを押すと、『Ｔｈｕ』と書かれた蓋が跳ね上がる。同じ手でケース全体を取り、傾けて、左の手のひらに錠剤やカプセルを落とし、そのまま口へ……あとは、コップの水で呑み下すだけだ。

（それが毎日の習慣だったとすれば、口へ放り込む際に、いちいち数や種類を確認したりはしない。四校時終了直後、校長先生がトイレへ行った隙を狙って部屋に侵入し、木曜日のところに偽のカプセルを仕込めば……昼休みの間には確実に摂取させることができる）

耳元に、またあのつぶやきが蘇ってきたが、今までとは少し違っていた。

『ひしやに、やら……れた』。今度は語尾まで、ちゃんと聞こえたのだ。

8

（このまま放置してたら絶対にまずいわ。智さんを早く呼んで、ちゃんと事情をきかないと）

保健室を出た私は事態の深刻さに打ちのめされ、しばらく廊下に立ち尽くしてしまった。

『一時的に住む場所がなくなったので、母方の遠縁の家に間借りしている』。五十嵐智さんの説明はそうだった。最初、私はそれをまったく疑わなかったが、その後、念のためと思って、問題の家へ行ってみたところ、『菱谷豊』という人物と同居しているらしいということがわかった。彼は偶然にも本校の元在校生で、三年の時に強姦事件を起こし、退学処分を受けていた。

そんな男性とあの家に二人きりでいるなんて、あまりにも非常識。もっと早く呼び、きちんと問いただすべきだったのだ。その上、菱谷豊に関しては、また新たな疑惑まで浮上してきた。

（だけど、十八歳という智さんの年齢を考えると、仮に体の関係があったとしても、生徒指導上の案件になるかどうかは微妙だ。とにかく、月曜まで待とう。まさか今晩、あの家に押しかけるわけにもいかないし、義父に電話したりすれば、智さんを追いつめてしまう恐れがある）

ふと思いついたことがあって、スマホを取り出す。時刻を確認すると、五時七分前。

私は生徒指導室に行ってみることにした。もし誰か先生がいれば、菱谷豊が在籍していた時代の生徒写真アルバムを見せてもらおうと考えたのだ。学校によって名称はバラバラだが、似たようなものはどこにでもある。業者が撮影した生徒手帳用顔写真を全員分掲載した冊子のことだ。毎年五月末頃、教職員に配付されるが、紛失・盗難防止のため、各自の氏名印が押されている。そして、過年度の生徒写真アルバムは生徒指導室にすべて保管されていた。

生徒指導室は北棟と南棟をつなぐ渡り廊下の途中にある。退勤時間を過ぎていたが、室内は明るい。ノックし、ドアを開ける。

生徒指導室は教科準備室などと同様、普通教室の半分の広さで、残りはほかの部との兼務で、山﨑先生をはじめとする学年指導部の机はなかった。

生徒写真アルバムが保管されているのは、すぐ隣の生徒指導資料室。残っていた二人の先生に断ってキャビネットの鍵を借り、境のドアを通って、資料室へ入る。その前に、部屋を閉める時刻を尋ねたが、『あと一時間くらいは大丈夫だから、ごゆっくり』という返事だった。

資料室には昼間の熱気がこもっていたが、短時間で済ますつもりだったので、窓は開けない。

配置は窓際にデスクが二つ置かれ、手前にワークチェア、部屋の中央には応接セット。

廊下からの入口近くに生徒用の机と椅子が積み上げられているのは、特別指導で学校謹慎を命じた際にも使用するからで、ここを『謹慎部屋』などと呼ぶ先生もいた。

目指すキャビネットは上がガラス、下がスチールの引き違い戸。借りた鍵でロックを解除し、古い順に並ぶ中から該当する年度を捜す。退学したのは夏だと聞いたから、このうちの三冊に写真が掲載されているはずだが、少しでも現在に近い方をと思い、三年生の時のものを選んだ。

十四年前の生徒写真アルバムを手に取ってみる。毎年変わる表紙の色はピンクで、上部に『取扱注意』のゴム印が押され、脇に『生徒指導部保管用』と手書きされていた。

三年A組から調べ始める。クラスごと見開きになっているバストショットは出席番号順で、当時は男子が先だ。横に十人ずつ四列に配置されていたが、やはり男子が少なく、一番上の列の最後がもう女子。九人の中に目指す名前はなかった。次にB組を確認したが、結果は同じ。

さらに頁をめくると、ここは四十人中、男子が十一人いた。

（ええと、鈴木《すずき》、橘《たちばな》、虎井、菱谷……あった！　三年C組だったのか）

菱谷豊は一列めの後ろから二番めにいたが、一見して、かなりの肥満体だということがわかった。頬が左右にせり出し、わずかに覗いている首も太い。真ん中で分けた天然パーマの髪、太い眉、厚い唇。何かに驚いたように眼を大きく見開いている。

（『図体がやたらとでかい』と聞いたから、上背も相当あったはず。その上、この風貌だと、体重は間違いなく百キロを超える。そんな体で襲われれば、智さんは抵抗なんてできない）

とりあえず目的は達したと思い、生徒写真アルバムをキャビネットに戻しかけた時、耳元に豆腐屋の主の言葉が蘇った。『強姦だね。同級生の女子高生をレイプしたんだ』。

（じゃあ、この中に被害を受けた子がいるんだ。一体、誰だろう？）

再び頁を開き、順に見ていったが……これは明らかに無理だ。二十九人の中から、手がかりなしで捜せるわけがない。それに、考えてみれば、ご主人が言った『同級生』もかなりあやしかった。クラスが同じかどうかなんて、部外者には確認しようがないし、『同じ学年』という意味でそういう言い方をする場合もある。

（渋谷先生に被害者の名前を聞いておくんだった。そうすれば……あれ？　な、何だ、これは）

驚いた理由は、予想外の文字列が目に飛び込んできたからだ。左頁の一番上に『3年C組担任　渋谷朗』。写真までは載っていないが、まさか同姓同名の教員がいたとは思えない。

（でも、渋谷先生は『学年は違う』と……あれは嘘だったのか。まさか、私が調べるとは思っていなかったんだ。こうなった以上、月曜日にもう一度つかまえて、被害者の件を含め、質問し直そう。校長先生のつぶやきが私の聞き違いでなかったとすると、この人物が『毒』を盛った可能性だって……いや、待て。それはちょっと変だよな）

命令退学《メイタイ》の決定は学校長が下すから、それを恨みに思うことはあり得るが、十四年前、吉村先生は教員ですらなかった。ちなみに、生徒の身分に関する校長の権限は絶大で、退学はもちろん、卒業に関しても、学校長が認めればたとえ出席時数が足りなくても卒業できる。公立・私立の別なく、そう定められているのだそうだ。

来週の宿題がまた増えたと思いながら、私はもう一度、問題の右頁へ視線を落としたのだが……そこで、ふと首を傾げた。菱谷豊の左隣の写真に見覚えがあるような気がしたのだ。

こちらは対照的な風貌で、面長で切れ長の眼、薄い唇。顎の線がシャープで鼻筋が通った、今風に言えばなかなかのイケメンだ。頭が坊主なのは、たぶん野球部に所属しているせいだろう。

（この顔は……あっ、やっぱりそうだ！　うちの高校の卒業生なのは知ってたけど、まさか菱谷豊と同じクラスだったなんて。でも、これって……単なる偶然かしら？）

私の視線を釘づけにした写真の下には『虎井　諒《りょう》』の文字。それは、今年三月までH市長を務めていた人物の名前だった。

第五章

Mail（2019年7月8日 19時09分）（4）

……あの時、きっと私は悪魔に魅入られたのだ。あんなことさえしなければ、私はその後もずっと教壇に立つことができたし、何より、自分の教え子の血で手を汚すこともなかったはずだ。本当に悔やんでも悔やみきれない。さっき話した、唯一の落ち度というのがまさにこれだ。

とにかく、新たな学年がスタートした。美夏は長身と気品のある風貌で、校内でも目立つ存在だったが、それ以上に、学業の優秀さにより、職員室で大きな話題となった。外部模試の結果が英国数三教科の合計で全国百位以内に入ることが珍しくなかったから、注目されるのがあたり前で、将来、大学受験の際の志望先はどこかと、校長さえも興味を示した。

もちろん私の指導の成果ではないが、担任している生徒をほめられれば悪い気はしない。強引な手を使い、自分のクラスに入れて正解だったなと、能天気なことを考えていた。

確かに美夏はそれまで見たことがないほどの秀才だった。自分から挙手することはないが、指名されれば、周囲の反応など一切気にせず、完璧な正解を口にする。

一例を挙げると、どこからそんな話題になったのかは忘れたが、『神父と牧師がどう違うか、知ってる人はいるかな』という問いに対し、『神父はカトリック、牧師はプロテスタントの司祭です』。

ここまではたまに答えられる者もいるが、『だったら、貯金と預金の違いは？』と続けると、ほとんどの生徒は降参する。ところが、美夏は『貯金は郵便局、預金はそれ以外の銀行や信用金庫などでの呼び方です』。さらに一呼吸置いてから、『ただし、ＪＡなどは例外的に貯金と呼んでいます』……辞書も顔負けの正確さに、ただただ脱帽するしかなかった。

初対面の時には冷ややかでかたくなな印象しか受けなかったが、実際に担任してみると、美夏は礼儀正しく、子供らしい素直さももち合わせていることがわかった。家庭的に問題を抱えていて、その影響が性格にも現れていたようだ。

めったに笑うことはないが、たまに何かの拍子に口元がゆるみ、白い歯が覗くと、天使のように愛らしい。そんな瞬間を間近に見られるのも担任の役得だと喜んでいたのだから、我ながら愚かだったとしか言いようがない。仮面の下にある悪魔の素顔を見抜くことさえできていれば……いや、振り返ってみると、美夏の仮面をはぐチャンスがなかったわけではないのだ。

名字は違うが、七生という名の生徒がいて、美夏とは従姉妹同士。七生は八重歯に愛嬌があり、ごく穏やかで控えめな性格だったが、何かの折に、ふと私にこう漏らしたのだ。

「私、美夏ちゃんが怖いんです」

不審に思い、私が「なぜ怖いんだね」と尋ねると、

「小さい頃、美夏ちゃんは生き物を殺すのが大好きだったんです。といっても、カエルやトンボ程度ですけど、その殺し方が……」

七生はそこで絶句し、顔を背けてしまった。察するところ、トンボの羽根を一枚ずつむしったり、カエルの手足を抜いたり。そんなことを好む子供だった。そう言いたかったらしい。

しかし、犬猫ならば動物虐待罪に該当するが、昆虫や両生類では処罰されない。その年代の頃に

は自分も似たような行為をしたなと思い、七生の話はそのまま忘れてしまったが……言葉を換えれば陰の顔をもつ危険な性格という意味である。

おそらく、あれは七生が美夏の担任である私に対して送ってくれた精一杯の注意喚起だったのだろう。その意図を理解できていれば、卑劣な罠にはまり、人生を踏み外さずに済んだ。

とにかく、こうして表面上は穏やかな日々が続いていたが、一年生の終わり近くなって、私の人生を変える事件が起きた。ただ、その説明をする前に、一つ伝えておきたいことがある。

「あなたがした行為は教え子殺しですよね」

君の口から発せられたあの台詞。それを聞いた私は激しく動揺し、言い訳にもならない言い訳を口にしたはずだ。生まれて初めて殺人を犯した直後であり、興奮しきっていたので、内容は思い出せないが、それに対する君の反応だけははっきり記憶に残っている。

「だったら、殺されて当然ですね」

ひどく苦しげな声音で、絞り出すように、しかし、確かにそうつぶやいたのだ。

正直に打ち明けよう。もし君がああ言わなければ、私は再び取りだしたナイフを振りかざし、襲いかかっていただろう。もちろん君には何の恨みもないが、惨劇を目撃した人物の口封じをしなければ自分の身が危うい。今後に何の望みもないが、逮捕され、牢獄の中で人生を終えるのは御免被りたかった。

しかし、『殺されて当然』という予想外の発言を聞いて、私は思いとどまり、君にあのような取り引きをもちかけたわけだ。

そのあと、君が美夏を憎んでいた理由を聞き、納得がいったよ。心ならずも、私は君の恨みも晴らしてあげたわけだ。お互いに美夏の被害者同士なのだから、殺し合う必要などない。

そして、もう一つの収穫は、君の話を聞いたおかげで、ずっと心にわだかまっていた謎が解けたことだ。私を陥れるよう美夏をそそのかした人間がいることは知っていたが……

1

臨時の進路指導部会を終えて、職員室に戻り、教頭席の上の時計を見ると、午後四時十四分。

今日の議題は大学・短大のＡＯ入試について。ＡＯは『アドミッション・オフィス』の略だ。学力試験や高校の成績よりも、面接や小論文を重視して選抜する入試制度で、願書受付開始は毎年八月一日と決まっている。

ＡＯ入試は基本的に生徒が個人の責任で出願するのが建て前だが、調査書その他で三学年担任が足並みを揃えなければならない点も多い。学年会でそれぞれの利害が衝突した時、収拾がつかないので、進路指導部会で事前に方針を審議することになっていた。

「よお、お疲れ。わりと早かったねえ。もめなくて済んだんだ」

二年生の島に一人だけにいた野々垣主任が右手を挙げ、私を労う。

「実質三十分でした。まだＡＯですからね。指定推薦の時期になったら大変でしょう」

指定推薦はめったに不合格者が出ないため、生徒たちに人気だが、高校ごとに出願できる人数に制限があるため、熾烈な競争になる場合もあった。

「毎年そうだもんなあ。うちは一般入試にチャレンジする生徒なんて、ほんの一握り。ほとんどが推薦志向だから、担任も振り分けが大変だよ。会議の資料があったら、見せてくれる？」

「ええ、どうぞ。ただし、個人名の入ってる部分は会議終了後に回収されましたけど」

ホッチキスで綴じられたＡ４判のプリントを手渡すと、主任は熱心に読み始める。

流し台まで行き、自分のカップにコーヒーを入れて、席へ戻る。

「何だい、これ。例年にも増して、ＡＯ出願の人数が多いじゃないか」

椅子に腰を下ろしたとたん、野々垣先生が嘆いた。

「入試制度の変わり目だから、焦る気持ちはわかるけど……それにしても露骨だなあ。ここまでとは思わなかった」

三十年にわたって続いてきた大学入試センター試験に代わり、来年度からいよいよ大学入学共通テストが始まる。最初に受験するのが私たちの学年で、つまり現三年生はもし浪人すれば一般入試で不利になる可能性があるのだ。それを恐れ、生徒たちがＡＯや推薦入試へ流れることは、制度の変更が決定した時点で予想されていた。

「来年はもっとすごいかもしれませんよ。私のクラスなんて、今から言ってる子がいますから。『先生、どこか楽に入れる大学ありませんか』って」

「ちゃんと努力した上でＡＯを目指すのならいいが、ただ楽をしたいだけでは……ああ、そういえばさ、うちの学年のホープは一体どうしちまったんだ。今日で五日連続の欠席じゃないか」

「学年のホープ……ああ、はい。今日、Ａ組の授業に行きましたけど、確かに欠席でしたね」

本校の場合、都内の難関私立へは毎年ある程度の人数が進学するが、受験科目の多い国立を目指す者は少なく、過去に東京大学の合格者は一人もいない。そんな中、渡部美夏さんは現在のところ東大文一がＡ判定なのだから、学年主任が期待するのも当然だった。

「土日を挟んだから、今日は来ると思ったんだがなあ。まさか不登校じゃないだろうけど」

「保護者からの連絡はあるんですか」

「毎朝、母親から担任へ電話が来るそうだ。微熱が下がらないらしい」

「じゃあ、やっぱり夏風邪ですかねえ。うちも、今日は四人休んでます。軽野君とか五十嵐智さんとか、普段欠席しない生徒がやられちゃったので、今年の風邪はたちが悪いかもしれません」

「とにかく、美夏ちゃんには早く元気になって、頑張ってもらいたいよ。もちろん彼女一人が合格すればいいってもんじゃないが、今の二年生も再来年の春には揃って卒業だ。ええと、話は変わる……いや、変わらないんだが、そろそろ修矢の居場所がわかったかなあ」

「は、はい？　よしてくださいよ。なぜ突然、その名前が出るんですか」

悪い冗談だと思い、右手を振りかけると、先生は真剣な表情で私を見つめる。

「いやいや。決してふざけてるわけじゃない。実は今の学年の生徒と一緒に、俺もこの高校を卒業させてもらうつもりなんだ」

2

「えっ……？　あの、それは、退職されるという意味ですか」

思いがけない告白を聞き、私はうろたえた。

「うん。実は真面目に考えている。ただし、これは内緒だよ。美波ちゃんだけに話すんだから」

『ちゃん』づけで呼ばれたことで、『竹熊さん』が本気だとわかった。

「断りきれなくて、ついに学年主任までやるはめになっちまったけど、やっぱり向いてないよ、俺には。教員なんて。旅をしてる方が性《しょう》に合ってる」

「そ、そんな……先生、考え直してください。私も信頼してますし、生徒たちだって――」

「こらこら。何も今日明日に退職願を出すわけじゃあるまいし、あわてて慰留しなくたっていい。第一、誰かに聞かれたら困る」

　野々垣先生は苦笑し、少し小声になると、

「だから、もちろん仮の話なんだが、俺が退職したあと、もし修矢に余裕があれば教えに来てもらいたいと思ってさ」

「そんなこと、できるわけないじゃありませんか。あの人、教員免許をもっていません」

「授業じゃなくて、部活だよ。フランス語の時間講師は探せばいるだろうが、部活の面倒までは見てくれないぜ」

「あ、ああ、なるほど。そういう意味でしたか。それなら、免許は必要ありませんけど」

　知水高校にはフランス文化研究会があり、国際文化科を中心に二十人ほどの部員がいて、熱心に活動している。主な内容はフランス語会話の学習、検定への挑戦、異文化交流で、野々垣先生はラグビー部だけでなく、こちらの顧問も務めていた。

「あくまでも万一の場合ですけど、確かに、先生の後任が国語の教諭で、別にフランス語が教えられる講師を雇う可能性はあるでしょうねえ」

「だろう。受験指導だけ考えれば、国語プロパーの優秀な教員を探した方が絶対にお得だもの。修矢のフランス語の実力は俺なんかとは比べものにならないし、それに、あいつ、ああ見えて、教え方が抜群にうまいんだよ。大学時代は試験前になると、後輩が群がってた」

「それは初耳でしたが……肝心のお方と音信不通が続いていますから。二、三日に一度はメールしてますけど、返信がありません。ジャングルの奥地にでもいるんですかねえ」

「俺も他人のことは言えない。生まれついての風来坊だから……どれ。じゃあ、今日はおフランス研究会の方へ行ってみるか。今日は一つ、『サ・イハ』でも教えてやるかな」

「えっ、何ですか、それ？」

「『きっと、うまくいく』『どうにかなる』って意味さ」

「だったら、『ケセラセラ』のはずでは……」

「それはスペイン語。しかも、ブロークンなね。フランス語では『サ・イハ』、イタリア語だと『ヴァーダ・コメ・ヴァーダ』、沖縄方言なら『ナンクルナイサー』だな。あははは！」

最後は豪快に笑い飛ばし、野々垣先生は職員室を出ていった。

（英語では『what will be, will be』……そう思うしかないわよね、修矢については。今回も、きっとそのうちひょっこり帰ってくるわ。あんな話をするってことは、やっぱり疲れてるのよ、武熊さん。先週の木曜の学年会がまだ尾を引いてるんだわ）

先週の木曜日の五校時め。定例の学年会が開かれたのだが、事前の予想通り、模試の成績を公開するかどうかで、山崎先生と誠先生の意見が真っ向から対立した。

ほかに議題がいろいろあったのだが、この問題だけに四十分以上を費やし、休み時間へ突入。六校時めの開始寸前、野々垣主任が二人の間に割って入り、『学年の意見が一致しないわけだから、とりあえず今回は見送りで』との決定を下した。

ただし、それで一件落着にはならず、その後、主任が何か話しかけても、副主任がまともに返事をしないという事態に陥った。ここまで感情的になるのは、彼女にしては珍しい。今日はハンド部の練習が休みということもあって、山崎先生は一時間年休を取り、帰宅した。何か用事があるのかもしれないが、挨拶もせずに姿を消したので、たぶん野々垣先生は気にしているはずだ。

（まあ、二人とも大人だから、今の状態がずっと続くはずないし、再来年の春までには野々垣先生も気が変わるはず。まさに、サ・イハよ。それより、さっき名前が出たけど、心配なのは智さんだわ。今日が欠席で、よけい心配になってきちゃった）

今朝、午前八時少し前に、学校に電話があり、『ひどい頭痛がするので、今日は休みます』と言われた。欠席連絡は保護者からというのが原則だが、彼女の場合、現状では無理。これまで無遅刻・無欠席だったことを評価して、『お大事にね』とだけ言い、受話器を置いた。

（あの時、もし『保護者からの連絡じゃないと認めません』と言って切ったら、同居している菱谷豊がかけ直してきたんだろうか。まさか、そんな……ああ、また思い出しちゃった）

少し温くなったコーヒーを口に含んだ時、脳裏に浮かんできたのは、先週の金曜日、生徒指導資料室で見た虎井諒氏の顔写真だった。あのあと、すぐにスマホを取り出し、前市長が大けがを負ったニュースを検索したのだが、その結果、不安はさらに増大することになった。

（だから、今日こそ呼ぶつもりだったのに、あてが外れちゃった。体調が悪いのなら仕方ないけど……そうだ。美術室、まだ開いているわよね）

時計を見ると、午後四時二十七分。美術部の活動日は火水木で、生徒がいなければ顧問も早く帰ってしまうが、たぶんまだ準備室にいるはずだ。

（退勤時刻間際で悪いけど、代わりに渋谷先生から話を聞くことにしよう。よし。そうと決まれば……）

カップを置き、立ち上がる。私は急いで職員室を出た。そして、生徒昇降口の前まで来た時、

「あっ、美波先生、おはようございます！」

向こうから並んでやってくる演劇部の一年生と出会った。現在のところ男子部員がゼロなので、もちろん二人とも女子。時間帯と無関係の挨拶は芸能界のまねだ。

見ると、二人で大きな竹を抱えていた。尋ねると、舞台装置に使うので、二年生部員のお祖父さんが山から切り出し、車で運んできてくれたのだそうだ。

「あら、わざわざ大変だったわねえ。ちゃんとお礼を言った？」

「もちろんです」

「じゃあ、和室まで運んだあとで、一度戻ってきて、ゴミを落とさなかったか確認してね」

『和室』と呼ばれているのは、体育館の西隣に建っている小さな建物で、畳敷きの部屋があり、台所と浴室が付属している。部活動の合宿所や茶道部の活動の際に使われるが、空いている時には演劇部が借りて練習場所にしていた。

地区の高校演劇発表会はいよいよ今度の週末で、本校の出番は土曜の午後四時から。部長からもらった脚本にはさっと目を通しただけだが、七夕の晩の学校を舞台としたラブストーリーだった。

（本当の七夕は昨夜で、よく晴れたけど……結局、夜空を一度も見上げなかったな）

私は心の隅で、ちらりとそんなことを考えた。

3

美術準備室は南棟三階の西の端。まずは渡り廊下を歩く。

Ｈ市の前市長・虎井諒氏が車にはねられ、全身に重傷を負ったのは今年二月四日の午後十一時十五分頃のことだが、これが全国的な大ニュースになった理由は、事故の際の状況が通常のものとは明らかに異なっていたためである。

現場は前市長の自宅前。その日、後援者との会合を済ませて帰宅した虎井氏がタクシーを降り、門扉のセキュリティを解除している時、猛スピードで走ってきた自動車にはね飛ばされた。そのまま車は走り去り、妻の通報で駆けつけてきた救急車が彼を病院へ搬送したが、腰椎と右足の骨折、全身打撲など、けがの状態は極めて深刻だった。結局、長期入院することになり、その後、退院はしたものの、現在でも車椅子での生活が続いていると聞いた。

約一カ月後、前市長は辞任を余儀なくされ、前の副市長……ややこしいことに、彼は虎井諒氏の前任者でもあるのだが、この人物が再び選挙で勝利し、市長の椅子に座っている。

事件後、警察は懸命の捜査を行ったが、ひき逃げ犯の逮捕には至っていない。

今回、過去の新聞記事を検索し、すべて読んでみたのだが、それによると、犯行に使用されたのがシルバーのカローラセダンだという事実は、現場に残存した塗料破片などから、初期の段階で判明した。しかし、そこから先へ一歩も進めず、警察はすでに廃車手続きが済んだ車両を使用した可能性もあると見ている。

近隣の防犯カメラを調べた結果、疑わしいカローラの映像を入手することができたが、ナンバープレートは偽造されたもので、運転手の顔も曖昧にしか映っていなかった。

近所に住む男性の話から、問題のカローラは午後十時頃から少し離れた場所に駐まっていたことが明らかになった。その人物は車内が無人だと思い込み、脇を通った際、中を覗き込まなかったが、この証言により、単なる事故である可能性はほぼ消滅した。虎井諒氏は何者かに襲撃され、全身に大けがを負い、市長の職を奪われたのだ。

（渋谷先生は、私に嘘をついていた。菱谷豊が自分の学年の生徒ではないと言っていたけど、実際にはクラス担任。しかも部活の顧問までしていたんだから、関係は深い）

南棟に入り、西端にある階段を上がる。体育館やグラウンドで部活動が行われていたが、教室は一様に暗く、居残っている生徒はいないようだ。

（教員にとって、思い出したくない生徒というのはいるものだけど、もし話題にするのが嫌なら、会話を打ち切ればいい。わざわざあんな嘘をついたのには、何か理由があるはずよ）

前市長の父親は虎井勝平氏といい、二年前、高齢のため亡くなったが、平成の時代に十五年以上にわたって市長を務めた人物で、知水学院の理事長ともずっと以前から懇意にしていた。共学化後、男子の一回生として一人息子を入学させたのも、それが縁だったと聞いている。

諒氏は私と入れ違いに本校へ入学したので、当時は面識がなく、市長選に出馬した時、初めて本校の卒業生だと認識した。それ以降、卒業式や卒業祝賀会などの折に何度か言葉を交わしたことがあるが、とにかくまだ若く、颯爽《さっそう》としていて、しかもなかなかのイケメンだ。

高校時代は、創部直後の弱小チームではあるものの、野球部のエースで四番。練習を頑張りすぎたせいか、成績は下位で、結構やんちゃなところもあったらしいが、ＡＯ入試に合格し、卒業後は新宿区内にある私立大学の政経学部へ進んだ。

（とっさに嘘が口から出るくらいだから、渋谷先生がその話題に触れられたくないと思っているのは確かだ。同じ学年だから、機嫌を損ねたくないけど、市長さんの事件に加えて、先週は校長先生が……それらの陰に何があるか、探ってみる必要がある）

三階に着くと、眼の前が美術準備室。早速、戸をノックすると、「はーい。こっちにいますよ」と美術教室の方から返事があった。「失礼します」と言い、戸を開ける。

広さは普通教室の一・五倍。奥の棚には、おなじみの古代ローマ時代の英雄の石膏像。壁際にはたくさんのイーゼルやキャンバスが雑然と置かれ、ちょうどそこに渋谷先生が立っていた。服装は白衣のままで、まだ帰り支度はしていない。

「おや、倉西先生、珍しいですねえ」

渋谷先生は笑みを浮かべて、私を迎えた。

「わざわざご足労いただいたということは、何か急用でもできましたか」

「えっ？　いや、それは、その……」

単刀直入に尋ねるつもりで来たが、まさかいきなり例の名前を口にするわけにはいかない。

「あのう、先生、こんな時刻に伺って、申し訳ありません。もしもお帰りになるところでしたら、日を改めますが……」

「いやいや、まだおりますよ。美術部の連中が来ないので、今日は早めに帰ろうと思ったんですが、こんな日に限って、自分自身の創作に興が乗ってしまってね。今年は年末の美工部門の展覧会に、僕も出品させてもらおうかと思ってるんです」

『美工部門』は、東京都高等学校文化連盟の美術・工芸部門という意味。都内の高校の美術部の生徒たちの作品を集め、毎年暮れに展覧会が開催されるが、その中に顧問の先生方の作品を展示するコーナーがあるのだ。ちなみに、渋谷先生の専門は油絵で、しかも抽象画。正直、私などが見ても、何が描かれているのかまるでわからなかった。

「そうでしたか。拝見するのが楽しみです。それで、まあ、話は変わりますが……」

覚悟はしていても、いざ切り出すとなると、緊張する。私は意を決して、口を開いた。

「あのう、先週の金曜に生徒指導部で過去の写真アルバムを見せてもらったのですが、前に話題に出た菱谷豊君というのは、渋谷先生のクラスだったのですね」

次の瞬間、渋谷先生の顔から愛想笑いが消え、まるで能面のような無表情になる。

そして、無言のまま、しばらくじっと私の顔を見つめてから、

「……先日、真実と違うことをお話しした点については、お詫びしますよ」

言葉遣いは普段通りだが、声の調子が違う。ただし、伝わってくるのは怒りではなく、困惑だ。

「でもねえ、僕は先生にご忠告申し上げたはずですよ。『この件には深入りするな』とね」

「よく覚えています。それなのに蒸し返してしまい、本当に申し訳ありません」

私は素直に頭を下げた。こちらもあの時、『放置自転車についての苦情があった』などと大嘘をついている。相手を非難できる立場ではなかった。

「どうしても気になることがあったものですから。もしかしたら、『昔』ではなく、現在進行形の出来事かもしれないんです」

「穏やかではありませんねえ。現在進行形……そんなはずないけどなあ。で、何が進行中だとおっしゃるんです？」

「先生もよくご存じだと思いますが、今年の二月四日夜の出来事です。こちらも本校の卒業生である前の市長さんが――」

「ちょ、ちょっと待って！　なぜ今、そんな話をもち出すんです」

渋谷先生は両手を上げ、私の話を遮ると、普段とは別人のような早口でまくしたて始める。

「ばかばかしい。僕は忙しいんだ。探偵ごっこにつき合っている暇なんかない。それは確かに、虎井諒君は僕のクラスの生徒でしたよ。卒業証書も間違いなく手渡した。だから、二月のあの事件を知った時にはもちろん心配しました。普通の交通事故とは明らかに違う状況だったからね。

しかし、自治体の首長という仕事は清濁《せいだく》併《あわ》せ呑む度量の大きさが必要です。誰かの恨みを買うことだって、時としてはあり得る。高校時代のことなんか掘り起こすよりも、そっちの可能性を

調べた方がずっと有益ですよ」

「二月の事件だけなら、おっしゃる通りかもしれませんが、先週の木曜の事件と考え合わせると、どうでしょう。別の解釈も可能になると思いますけど」

「先週の木曜の……？　それ、何の話ですか」

「もちろん校長先生が倒れて、病院へ搬送された件です」

「はあ？　そんな……先生、気は確かですか」

渋谷先生が口元をゆがめてわらった。

「校長はピーナッツアレルギーなんでしょう。その成分を含む何かを、誤って口に入れたのが原因だと聞きましたよ」

「ところが、単純な事故とも言い切れないのです。実は、ここだけの話ですが……」

心の中で浅井先生に手を合わせる。私は例のピルケースの件を話し、誰かがピーナッツの粉の入ったカプセルを仕込むのは可能だったと説明して、

「実はあの日、四校時終了直後に、菱谷豊君らしき人物が校長室のあたりをたむろしていたのを目撃した職員がいます。ちょうどその時、校長先生はトイレへ行っていて、部屋はがら空きでした。証言によると、その人物は背が高く、かなりの巨体で……しかも、右足を引きずりながら玄関から出ていったそうです」

4

決して他言はしないという約束を破るのは、私にとって大きな決断だった。しかし、その効果

は絶大で、渋谷先生の態度が一変した。

「そ、そんな、まさか豊が……嘘でしょう。おかしなことを言わないでください」

泣き出しそうな顔になると、唇を震わせながら、そう訴えてきたのだ。

「もしもあいつが諒だけでなく、校長にまで復讐したのだとしたら……次に狙われるのは、この僕かもしれない。でも、それは逆恨みです。僕は本当に何も知らなかったんですから！」

「先生、落ち着いてください。急にいろいろ言われても……あの、とにかく座りましょう」

美術教室の一角に箱形の木の椅子が積み上げられていた。それを二脚運んできて、向かい合って腰を下ろす。けれども、渋谷先生はうつむきながら何かしきりにつぶやいていて、しばらくは会話が成立しなかった。

私は相手が顔を上げるのを辛抱強く待ち、「大丈夫ですか」と尋ねてから、

「落ち着かれたようでしたら、伺いたいのですが……さっき、先生は『菱谷豊君が前市長と校長に復讐した』とおっしゃいましたよね。あれはどういう意味だったのでしょう？」

「い、いや、だから、それは……」

渋谷先生はおびえた眼で私を見つめ、再び黙り込んだが、やがて口から吐息を漏らすと、

「……倉西先生、これからお話しすることは内密でお願いしますよ。絶対にね」

「はい。わかりました」

「取り乱した姿を見られてしまったので、やむを得ず打ち明けます。問題となる十四年前の婦女暴行事件の概要については、前にご説明しましたが、実はあの時、わざと省いた点があります。例の事件は、当初から菱谷豊以外にもう一人関わった人間がいる可能性が指摘されていました」

「もう一人？　つまり、犯人が二人いたということですか」

「はい。被害者……で、いいですよね。名前までは言わなくても」

「それで結構です。ただ、一つだけ伺いたいのですが、菱谷豊とその子は同じクラスでしたか」

「いや、違います。A組でした。僕はC組の担任。二人とも美術部員ではありましたがね」

　豆腐屋の主が口にした『同級生』という情報は、厳密な意味では誤りだった。先週の金曜、私は生徒写真アルバムのA組の頁は開いたけれど、女子は顔も名前もほとんど見ていない。

「前回お話しした通り、被害者は犯人の顔を見ていませんし、記憶も混乱していましたが、ただ、『犯人が一人ではなかった気がする』という内容はくり返し述べていたそうです。この件に関する取り調べはすべて警察が行い、学校は関与していません。結局、被害者も加害者も本校を去ることになりましたが、その手続きをする際、来校したのはどちらも保護者で、僕は被害者はもちろん、菱谷豊にも会っていません。したがって、すべては伝聞ですが、少なくとも捜査初期の段階では、『犯人は二人組』という線が濃厚だったと聞いています」

「二人組……では、その見方が途中で変わったわけですか」

「はい。それもある日を境に、突然です。『二人組というのは被害者の記憶の混乱が原因の誤情報で、実際は菱谷豊の単独犯』。そんな話になってきました。あとでわかったのですが、警察の方針が急変したのは校長が捜査に加わってかららしいです」

「コウチョウ……？　あの、それは、当時の知水高校の校長先生が、ですか」

「まさか、冗談じゃない。警察官以外の人間が事件捜査に加われるはずないじゃありませんか」

　鼻でわらわれてしまった。渋谷先生はやや顎を上げると、

「前にこの話をした時、うっかり口を滑らせ、『しまった！』と思ったんだが、倉西先生はお気づきにならなかった。ほら、『豊が自供したのは警察の取り調べが厳しかったせいだ』と説明し

たあとで、言ったでしょう。『校長も若かったから容赦しなかった』と」

「校長も、若かった……あっ、思い出しました！」

その言葉は確かに聞いたが、私は事件当時の学校長のことだと考え、何の疑問ももたなかった。

「あれは、吉村校長のことだったのですか。以前、刑事をしていたとは聞きましたが……」

「実を言うと、私も真相を知ったのは二年前でしてね、あの年度の卒業生と飲み屋でばったり顔を合わせたんですよ。向こうはだいぶ酔っていましたが、すると、いきなり『先生、レイプ事件の真犯人は新市長様だよ。豊は訳もわからず、その場に連れていかれただけ。諒とあいつの仲間に普段からいじめられてて、事件のあとも脅されたから、本当のことが言えなかったのさ』」

「じゃあ、生徒たちはみんな真相を知っていたんですね」

「いや、それはさすがにごく一部……といっても、同じ学年の悪の間では知れ渡っていたようですがね。倉西先生と入れ違いに入学してきた男子の中には、うちの校風とは相容れない生徒がかなりいましたよ。理事長の方針でふるいにかけなかったから、一時、校内は荒れ放題でした」

それは風の噂で、私も聞いていた。男女共学化初年度は一人でも多く男子を入学させ、対外的に成功を誇示する必要がある。それが経営者としての判断だったらしい。

「もしその話が真実だとすると、なぜそれがねじ曲げられてしまったのでしょう」

「ねじ曲げた張本人は吉村さんですよ。虎井諒の親父は当時の市長で、うちの理事長ともツーカーの仲でした。今の校長は理事長の甥。間違いなく、そのラインで企んだことでしょう。強面《こわもて》の刑事《デカ》に凄まれれば、小心者の豊は抵抗できない。諒やその仲間からも脅されていたんだから、よけいに何も言えませんよ。ここから先は私の想像ですが、十四年前、真相を闇に葬る際に、吉村さんはうちの理事長から『将来は校長にしてやる』と言われたんじゃないですかね」

暗澹《あんたん》たる気持ちになった。自分たちの利益のために罪もない生徒を犠牲にするなんて、教育に携わる者として最低の行為だ。

「でも、菱谷君の保護者は黙っていたのですか。息子をかばって、警察や校長と対決するべきだと思いますが」

「いやあ、それが、保護者も保護者というか……そもそも、母親が自分の息子を信じていませんでしたから。豊のところは母子家庭だったんですがね」

渋谷先生が表情を曇らせ、ため息をつく。

「高校入学時点で、すでに両親が離婚していましたが、その理由というのが、まあ、父親の性犯罪……と言っては言いすぎだが、そういう類いの不祥事でした。つまり『親父が親父なら息子も息子』と思ってしまったみたいです。そして、これはあくまでも親切でお話ししますが……この問題は倉西先生にとっても他人事《ひとごと》ではない。そちらへ飛び火するかもしれませんよ」

「飛び火？　それ、どういう意味ですか」

「前言を撤回することになりますが、ここで問題の事件の被害者の名前をお教えしましょう。山《やま》際《ぎわ》藍子《あいこ》と言います。『アイ』は染料の『藍』。お聞きになったご記憶はありますか」

「……いいえ。まったくありません」

「この先を聞けばわかります。彼女は引きこもりになったあと、一念発起して大検を受け、合格後、アメリカの大学に留学しました。その後、メキシコへ渡り、そこで知り合った日本人男性と結婚した」

「メキシコ？　あのう、それ、もしかして……」

自分のクラスの男子生徒の顔が浮かんだ。渋谷先生は私を見つめ、うなずいてから、

「結婚して姓が変わり、軽野藍子。二年前、現地で病死したそうですが、先生のクラスへ転入してきた軽野伸治の母親ですよ」

5

（十四年前に起きた事件の被害者が、カルロス君の母親……担任なのに、何も知らなかったわ）

階段を下りながら、私は懸命に状況を整理しようとしていた。

（まあ、不思議ではあったのよ。向こうの高校でバスケットボール選手として大活躍。アメリカの大学からも誘いが来たと聞いた。その実績をアピールし、バスケの強豪校へ転入を希望すれば楽に合格できたはず。なぜうちに……出願書類を見た段階で変だと思ったもの）

転入試験の面接を担当したので、その点についても質問してみたが、軽野君の答えは『バスケで注目されたいとは思いません。楽しくプレイできればいいんです』。さわやかな笑顔でそう断言され、それ以上は突っ込めなかった。

彼の自宅の最寄り駅は中野《なかの》坂上《さかうえ》で、通学には相当な時間がかかる。しかし、帰国子女の受け入れは国際文化科の看板だし、学科試験の結果を見ても特に国語の学力が低かったので、普通科で落ちこぼれるのが心配で本校を選んだのだと思っていた。

担任としての個別面談は入学式の直前と四月末に二回実施し、その中で家庭環境についても尋ねていた。お父さんは以前、自動車部品メーカーに勤務していて、今から六年前、新工場を設立するためにメキシコへ派遣されたが、現在はその企業を退職し、首都であるメキシコシティの繁華街で日本食レストランを経営されている。

つまり、軽野君は父親と別れて独りで帰国したわけだが、似たような例は過去にもあったので、奇異には感じなかった。現在は父方の祖父母と同居していて、兄弟姉妹はいない。

〈面談の時、二年前にお母さんがご病気で亡くなられたとは聞いたけど、悪いと思って、それ以上質問するのを控えたのよ。てっきり実母だと思ったけど、義理のお母さんだったのね〉

旧姓山際藍子さんが今ももし健在であれば、年齢は三十一歳、もしくは二歳。十七歳になる息子がいるのは不自然なのだが、渋谷先生から事実を告げられた時にはそこまで頭が回らなかった。

伸治君の実の母親は彼が赤ん坊の時に亡くなっていて、父子《おやこ》でメキシコへ渡った翌年、現地で知り合った山際藍子さんと彼のお父さんが結ばれた。計算すると、たった三年間の結婚生活だったことになる。これらはすべて渋谷先生からの情報。始業式の二週間後、軽野君の方から美術準備室にやってきたのだそうだ。

『彼は音楽選択者でしょう。だから、一体何事かと思いましたよ』

うんざりした表情で、先生は私にその時の状況を説明してくれた。

『〈先生は山際藍子の担任でしたよね〉と言われても、すぐにはわかりませんでしたが、〈学校の近くでレイプされ、鬱になって退学した生徒がいたでしょう。あれが僕の母親です〉って……いやあ、びっくりしました。ただ、話しているうちに、あの年度の卒業生にこんな大きな息子がいるわけないと気づいて、〈嘘をつくな〉と言ったら、〈義理の母です〉。それ以来、たまたま廊下ですれ違うと、意味ありげに私を睨むんですよ。何か起こらなければいいがと思っていました』

〈そういえば、校長先生も気になることを言ってたなあ。あれは……先週の月曜日の午後、玄関ホールで会ったんだ〉

会釈してすれ違おうとした時、『倉西さん、ちょっと』と呼び止められた。そして、『昼休みに、先生のクラスの軽野君と面談したけど、あの生徒は変わってるねえ』。

それを聞いて驚き、『あの、何か失礼なことを申しましたか。メキシコから帰国したばかりで、日本の礼儀がまだよくわからないんです』と弁解すると、

『いや、文化の違いとかじゃない。私の以前の職業を問題視して、ひどく攻撃的なんですよ。まあ、折を見て、また話はするつもりなので、先生から本人には何も言わないでください』

（だから、何も指導しなかったけど、軽野君のお義母《かあ》さんが吉村校長を恨んでいた可能性があるのか。事件の真相をねじ曲げた張本人である担当刑事が、その見返りとして母校の校長に収まっていることを誰かから聞けば……いや、聞く必要なんてない。校長の顔写真はうちの高校のホームページにもアップされている。懐かしさからアクセスして、顔を見た可能性は十分にあるわ。そして、その恨みが息子へ引き継がれていたとしたら……あっ！　まさか）

そこまで考えて、私は思わず息を呑んだ。

（木曜の昼休み、職員玄関にいたという長身の人物……まさか、カルロス君じゃないだろうな）

彼の身長は百九十三センチ。目撃者の証言によれば、黒いポロシャツにジーンズ、伸び放題の髪、黒縁の眼鏡、右足が不自由……服装はもちろん、髪だってパーティグッズのカツラで変えられるし、足はわざと引きずればいい。

（そんなこと、あり得ないわ。生徒が校長の命を狙う……しかも、それが目的でわざわざ海外の高校から転入してくるなんて）

しかし、いったん湧き上がった疑惑は簡単には消えなかった。普段の月曜なら、まだ体育館で部活をしている時間帯だから、呼べばいいが、今日、彼は欠席。明日まで待つしかない。

歩みを再開して一階まで下り、廊下を重い足取りで歩く。職員室の前まで来て、引き戸へ手を

伸ばしかけ、何気なく左を向くと、校長室に明かりがともり、しかもドアが半分開いていた。

（誰かいるのかな……？　それとも、閉め忘れたままで、行ってしまったのだろうか）

ふと、中を覗いてみたくなった。改めて現場を見ることで、何か思い出すかもしれない。

スマホを取り出し、時刻を確認すると、午後五時七分。

（事務室にもまだ人がいる様子だし、ドアが閉まってないのが幸いだ。万一見とがめられたら、『開けっぱなしだったので、どなたかいらっしゃるのかと思って』と、とぼければいい）

事務室の前を通り、ドアの隙間から覗くと、校長室は無人。私は入ってみることにした。

正面の棚に飾られた優勝カップと賞状、その手前の応接セット。何も変わっていない。違うのは、右手奥の革張りの椅子に主がいないことだけ。室内を見渡しながら、四日前の出来事を思い出してみる。最初の異変は……もちろん校長室から聞こえてきた女性の悲鳴だ。

（あの時、私は事務室で呑気にクッキーを味見させてもらっていた。悲鳴を聞いた林田事務長が、私に『何なの、今の声』と尋ねたので、『うちのクラスの五十嵐さんの校長面談です』と答えると、事務長さんは『まさかセクハラじゃないでしょうね』って……あれ？　おかしいな）

その直後、大混乱に巻き込まれたせいで失念してしまったが、大切な手がかりを見逃している気がした。

（ええと、あれは……だめだ。こんな時、水島のじいちゃん、それが無理なら、せめて修矢がいてくれればなあ）

水島のじいちゃんはまさに名探偵で、事件の顛末を話しただけで、まるで魔法のように謎を解き明かしてくれた。修矢の場合、そこまでではないが、洞察力の鋭さは並外れている。

（でも、頼る人がいないのだから、何とか自力で……あっ、そうだ。思い出したわ）

あの時、事務長さんと交わした会話が蘇ってきた。

『まさか、女子生徒にセクハラしてるんじゃないでしょうね』

『そんなこと、ないと思いますけど……』

『ついこの間もあったばかりなのに、その上、もし学校長が……』

その直後、『早く来て！』という智さんの声が聞こえ、二人揃って校長室へ入ったのだ。

（あの時、事務長さんは間違いなく『ついこの間もあったばかりなのに』と言った。この間……

あっ、そういうことだったのか）

今まで隠れていたものが、突如、姿を現してきた。私は勢いよく校長室から飛び出したが、その直後、事務室から出てきた林田事務長と鉢合わせしかける。

「あらっ、まあ……倉西先生、脅かさないでちょうだい」

事務長さんは胸元に手をあて、両眼を閉じる。すでに帰り支度をしていた。

「あとちょっとで、頭にコブができるところだったわよ」

「申し訳ありません。あわてていたものですから。それより事務長さん、私、先週の木曜の昼休みのことを、さっき思い出したんです」

「木曜の、昼……校長先生の件かしら。思い出したって、何を？」

不審げな顔の事務長さんを前に、私は例の会話をそのまま再現してから、

「事務長さんのあの言い方は、どこかほかの高校を話題にしているとは思えないものでした。でも、本校で教員のセクハラが問題になったという話を、私は知りません。だとすれば、管理職がもみ消したと考えるのが自然です」

事務長さんは苦渋の表情を浮かべ、明らかに狼狽している様子。そこへ、私は畳みかけた。

「ついこの間、セクハラ事件を起こして学校を去ったというのは、もしかしたら、私たちの学年の加藤大輔先生ではありませんか」

6

「あの……倉西先生、ちょっと待ってちょうだい。ここだと、誰か来るかもしれないから」

林田事務長は、私を事務室の向かいの大会議室へ誘う。この部屋は普段使用されないし、廊下との間が曇りガラスなので、密談をするのには格好の環境だ。

照明をともし、コの字形に長机が並ぶ一角に、パイプ椅子を向かい合わせに置く。そして、二人一緒に腰を下ろしたとたん、

「だからねえ、私は反対したのよ。『こんなやり方はおかしい。せめて野々垣先生にだけは相談すべきだ』ってね」

「えっ……？　野々垣先生に、ですか」

「だって、彼、学年主任でしょう。引き継ぎもなしで担任が代わるわけだから、せめて主任さんにだけは説明するのが常識だと思ったの」

これで、話題の人物の正体については疑う余地がなくなった。

「先生、ここからは二人だけの秘密よ。特に学年会なんかで喋っちゃ、絶対にだめ」

「わかりました。決して口外しません。お約束します」

「さっき、『問題をもみ消した』と言われて、どきっとしたけど……まさにその通りだったのよ。管理職による隠蔽《いんぺい》ね。ただし、手を下したのはすべて校長で、教頭先生はほとんど関わっていな

い。できれば私にも関わらせたくなかったみたいだけど、健康保険とか年金とか、いろいろあるでしょう。仕方なくて、『不必要な会話は謹んでください』と厳命して、校長室のテーブルで手続きさせたのよ。ご本人の監視つきで」

普段に比べて早口になっているのは、内心憤っているせいだろう。堰《せき》を切ったように、言葉が押し寄せてくる。

「加藤先生は一月下旬、急に欠勤するようになり、結局はそのまま『一身上の都合』でお辞めになりましたけど、退職した本当の理由は不祥事、それも生徒に対するセクハラ問題だったわけですね」

「いや、それが……実は、私もはっきりしたことは知らないの」

事務長さんが眉を寄せ、首を横に振る。

「えっ？　でも、さっき、確かに……」

「だから、校長先生がおっしゃったのよ。何がきっかけだったかは忘れたけど……たぶん校長室で退職金の計算方法について説明していた時だったと思うわ。加藤先生がちょっと不満めいた言葉を口にしたとたん、一喝したの。『女子生徒にセクハラしておきながら、贅沢を言うな！』って。一事が万事でね、いくら前職が警察官でも、ひどすぎると思った。もし今、あんなことが起きたら、私も黙ってないけど、当時は来たばかりだったでしょう。しかも、相手はただの雇われ校長じゃなくて、将来の理事長様。諫言するのには勇気がいるわよね」

私立学校はオーナーの権力が絶大だし、公立とは違って転勤がないから、いったん上から睨まれると逃げ場がない。現理事長の甥である吉村校長に逆らえる者は、校内に誰もいなかった。

「正直言うとね、床へ倒れて苦しんでいる校長先生を見た瞬間、私、『これは加藤先生の仕業だな』と思ったわ」

「ええっ？　それは、いくら何でも飛躍しすぎでは……」

「だって、アレルギーだったなんて知らないし、彼は理科の先生で、専門が化学でしょう」

「……ああ、なるほど。推論の根拠はそこでしたか」

化学準備室には鍵つきの薬品倉庫があり、人間にとって毒になる物質も多数保管されている。もちろん管理はきちんとされているはずだが、鍵を保管している教員本人ならば、こっそり持ち出すことは可能だろう。

「これははっきり覚えてるけど、加藤先生、ものすごく険しい眼をしたのよ。あの眼で睨まれても平気なんだから、さすが元刑事だと思ったわ」

「そんな、でしたか。普段温厚な先生だったから想像もつきませんけど……あのう、退職された事情について、何かもう少しご存じではありませんか。些細《ささい》なことでもかまいません」

「些細なと言われても……ああ、そうだ。校長先生がトイレに行った隙に、少しだけ言葉を交わしたのよ。ええと、たぶん私が『先生のような真面目な方が、なぜこんなことに？』と小声で聞いたのね。そうしたら、意味不明な答えが返ってきたわ」

「意味不明な……？　加藤先生は何とおっしゃったのですか」

「『欠課時数をごまかすなんて、良心が許しません』ですって」

「え……それ、確かに訳がわかりませんね。だって、セクハラ事件でしょう。授業の欠課時数なんて関係ないはずですけど」

「私もそこを尋ねたかったけど、校長先生が戻ってきちゃったから。私が知ってることはこれだけ。しつこいようだけど、倉西先生、誰にも喋っちゃだめよ」

事務長さんはそう念を押すと、バッグを持って立ち上がろうとした。

「あの、本当に申し訳ありません。あと一つだけ、質問させてください。先週の木曜の昼休みですけど、床に倒れていた校長先生が何かおっしゃいましたよね」

「……そうだったかしら。すぐには思い出せないけど」

「ほら、しゃがんでいた私が『なぜこんなことに』とつぶやいたら、吉村先生が私の方を向いてうわ言のように……」

「ああ、『イシャニ』と言ってらした。『早く医者にみてもらいたい』って意味でしょうけど」

「あの時、事務長さんの解釈はそうでしたけど……細かい点にこだわって恐縮ですが、もしかしたら最初の音は『イ』じゃなくて、『ヒ』ではなかったですか」

「えっ、最初の音？　ええと、それは……」

事務長さんは何かを探るように視線を左右させていたが、

「改めてそうきかれると、『ヒ』だったような気がするわね」

「ええっ？　それ、間違いありませんか」

「だって、あの時、校長先生は相当息が苦しかったはずなのに、必死になって唇を開こうとしたのよ。ブルブル震えてたもの。もし『イ』の発音だったら、唇があれほど緊張するはずないわ」

英語の教員としての知識だが、日本語の『ヒ』は英語の『hi』と違い、無意識のうちに舌の中央部が上顎へ近づく。そのため、必然的に唇に力が入り、開き気味になるのだ。

「でも、『ヒシャニ』では日本語として意味が通じないでしょう。だから、『医者』だと思ったんだけど……違ってたの。ひょっとして、地名か人名かしら」

きき返されても説明などできない。私はその場をどうにか取り繕い、会議室の前で事務長さんと別れた。

玄関から外へ出ていく後ろ姿を見ながら、私は必死に考えをまとめようとした。

（やっぱり、『ヒシヤ』と言っていたんだ。『菱谷にやられた』と……）

胸騒ぎを抑えられなかった。智さんは菱谷豊と二人きりであの家にいる。それだけでも心配な上に、今日は転入以来初めての欠席。朝、本人からの連絡はあったけれど、校長先生の言葉が確認された以上、さらに不安は募り、いても立ってもいられなくなった。

（よし。これから行ってみよう。家を訪ねる口実があるのが幸いだわ。きちんと事情を聞き、対処方針を決める絶好の機会よ）

そう心に決め、バッグを取るため、職員室へ足を向けかけた時だった。

「あっ、美波先生！　よかった。まだお帰りじゃなくて」

見ると、最前竹を運んでいた演劇部の一年生二人が息を切らしながら駆け寄ってくる。

「どうしたの。そんなにあわてて」

「先生、すぐに来てください。ブン先輩が『演出を下りる』と言ってるんです」

『ブン』は部内だけのあだ名、いわゆるクラブネームで、本名は相馬《そうま》さん。二年Ｃ組の生徒で、今回の舞台の演出を担当しているが、彼女と主役を演じるやはり二年生の部長が犬猿の仲なのだ。しかも、運の悪いことに、今日も主顧問は出張中。

（まずいなあ。この感じだと、三十分や一時間では抜けられないぞ）

二人の一年生に手を引かれるようにして、私はうんざりしながら、和室の方向へ歩き出した。

7

（……まいったなあ。覚悟はしてたけど、ここまで長時間になるとは思わなかった）

ハンドルを握りながら、私は軽く舌打ちをした。

（本番が近いから、しこりを残さないようにしたかったけど……無理よねえ、あれじゃ。二人とも泣きながら怒ってるんだもの。私の言うことなんて耳に入らないわ）

主演と演出が対立した原因は、大詰めの場面での台詞回し。感情的なやり取りが延々と続いたあげく、結局は明日、主顧問も同席して再度話し合うことに決まった。だったら、私を呼ぶ必要などないわけで、単なる時間の浪費で終わってしまった。

ダッシュボードの時計は『19：10』。すでにヘッドライトをともしていた。

（とりあえず、今日は行くだけで意味がある。担任がわざわざ足を運んできたとわかれば、同居している菱谷豊だって、少しは慎重に行動するはずだもの）

すでに手遅れかもしれない。それはわかっていた。智さんの年齢は十八歳なので、真面目な交際であれば問題ないが、お金のため……例えば、家賃や食費代わりに男性に体を与えていたとすれば、それは一種の売春行為であり、特別指導措置の対象になる。

（浅井先生は、智さんがＸジェンダーではないかとおっしゃっていた。Ｘジェンダーは男性に対して恋愛感情を抱かないはずだが、現実にはゲイでもバイでもないＦｔＭの人が、男性と体の関係をもつことはあると聞いた。目的は出産だけではなく、お金や権力……智さんも生活に困り、そういう選択をしてしまったのかもしれない）

ただ、智さんと菱谷豊にどんな接点があったのかが大きな謎だ。彼女はボーイッシュではあるものの、途方もない美形。しかし、だからといって、まさか今時、お金と引き換えに親に売られたなどということはないだろう。

（そして、校長先生に『毒』を盛ったのは、やはり菱谷豊なのだろうか？　もしそうだとすれば、あと少しで殺人未遂犯と面会する可能性があるわけだ）

　生徒写真アルバムで見たあの顔が脳裏に浮かび、胸のあたりが苦しくなってきた。

（ああ、そうだ。防犯カメラの映像の確認がもう済んでいるだろう。玄関を通っていれば、顔が映っていたはず。教頭先生に頼んで、警察へ問い合わせしてもらえばよかったな）

　後悔はしたが、引き返す気にもなれない。そのうち、前方に目印となるバス停が見えてきた。

（それにしても、吉村校長はいろいろな人から恨みを買っているなあ。刑事時代には菱谷豊、山際藍子さん……そして、事情がまだよくわからないけど、加藤先生も間違いなく校長を恨んでいるはず。ただ、事務長さんから聞いて、ずっと考えてるんだけど、退職の手続きの最中、加藤先生が口にした『欠課時数』って、何のことかしら？　それが問題になるのは生徒の進級判定に関してがほとんどだけど、私たちの学年には該当者がいなかった……あっ、しまった）

　茶色い幟の手前を左折するつもりだったが、すでに閉店したらしく、幟が取り込まれていた。あわててブレーキを踏み、少しバックして、どうにか小道へ入る。四軒めで左に寄ってラパンを駐め、エンジンを切った。

　家に上がるつもりはなかったから、路上駐車でも問題ないだろう。スクエアバッグを提げて、車から降りる。生け垣のキョウチクトウがちょうど満開で、プロペラ状の花弁が無数に開いていた。自転車置き場を確認すると、駐めてある台数は二台。

（おかしいな。智さんの分を含めて、三台あるはずなのに……ひょっとして、留守かな？　通院

にしては少し時刻が遅いけど）

前回とは違って、今日は担任の家庭訪問だから、外から眺めただけでは帰れない。

門扉はロックされていなかった。右手で押して敷地内に入る。

入ってすぐ左手は竹垣で、枝折戸《しおりど》があり、その先は庭。どうやら、茶会を開けるよう設計された庭らしく、生い茂った雑草の間から石灯籠《いしどうろう》や蹲《つくばい》が顔を出していた。

玄関の格子戸の上にも『菱谷豊』と書かれた表札があり、こちらは楷書体の筆文字。内側から光が漏れてはいないが、奥に誰かいる可能性はある。勇気を出し、チャイムを押してみた。

二回、三回、四回……何の反応もなかった。

（やっぱり留守らしい。ここにいないとなると、考えられるのは友達の家ぐらい。でも、智さんの友達はＡ組の美夏さんしか……あれ？　どうしたんだ）

その時、何かが心に引っかかったが、その正体がすぐには見定められない。

（何かの疑問に関する解答のような気がするけど、ここへ来る途中で考えていたのは、加藤先生のこと……あっ！　わかった）

8

どこか寂しげな表情をした美夏さんの顔を思い浮かべた瞬間、脳裏にひらめくものがあった。

（『時数をごまかすなんて、良心が許しません』……その言葉は三年生の卒業判定に関してだったかもしれない。加藤先生は三年の化学も担当されていた。そして、もし欠課時数で問題になるとしたら、すぐ頭に浮かぶのは秋穂さんだ。彼女は理系で、しかも化学を選択していた）

知水高校普通科の理科のカリキュラムは、まず一年次に『化学基礎』と『物理基礎』を二単位ずつ。そこから文系と理系に分かれるが、理系の化学選択者であれば、二年次が『化学基礎』と『化学』を二単位ずつ、三年次は『化学』の継続三単位に加え、『化学演習』二単位も履修する。

渡部秋穂さんが不登校になった最大の理由は、進路に関する悩みだと聞いている。そもそもは薬剤師志望だったが、化学が大の苦手で、まったく点数が取れなかった。薬学部の一般入試で化学は必須だ。

本校では、二年から三年へ進級する際、文転《ぶんてん》、つまり文系へのコース変更を例外的に認めているが、秋穂さんはそれをしなかったため、三年生の夏休み前から欠席・遅刻が目立って増えた。ハンドボールの大会が終わり、部活を引退したのも要因の一つだったと思う。何日も続けて休むことは少なかったが、毎日のように遅刻し、午後から来る日も多かった。

(……思い出した。去年の四月、加藤先生が怒ってたんだ。『理系の演習を二時間とも一校時めに入れられちゃったよ。教務に抗議したけど、変えてもらえなかった』と言っていた)

内規上、進級または卒業するためには、欠課時数が年間授業時数の五分の一以下でなければならない。もちろん忌引や受験、伝染病などによる出席停止は除外されるし、部活動などの公欠は計算外だ。しかし、この規定はいわゆるザルで、実際には三分の一までは適当な理由をつけ、補充授業が実施されていた。

ところが、純粋な欠課時数が三分の一を超えると、理由の如何を問わず原級留置という決まりで、三年生の場合、一月末に開催される進級判定会議の議題にすらならない。年間の法定授業時数は一単位あたり三十五時間だから、許容される欠課時数は十一時間まで。二単位なら二十二時間。欠席・遅刻が常態化すれば、これくらいはあっという間だ。

卒業や進級は学校長の専権事項であり、職員会議の意向に左右される必要はないが、さすがにこの規定は無視できない。私が母校で働くようになって以降、欠課時数が三分の一を超えて卒業したのは、学校行事の最中の事故、それも学校側に責任がある事故が原因で長期入院を余儀なくされたという一例のみだ。

（まさかとは思うけど、加藤先生は吉村校長から秋穂さんの化学演習の欠課時数を過少申告するよう圧力をかけられていたのでは……それなら、謎の言葉の意味もすんなり理解できる）

外部の人が聞けば、何と原始的なと呆れるだろうが、学校現場における生徒の出欠管理はいまだに教科担任の出席簿と学級出席簿のみで行われている。学期末と学年末に、教科担任からいわゆる『単票』が提出され、そこに生徒の評定と欠課時数が記載されているが、クラス担任をしていて、誤りが皆無だったということは一度もない。

私自身、そそっかしいからよく間違えるのだが、生徒が途中から入室したり、欠席だと思ったら、実は公欠だったり……そんな例はいくらでもある。もし欠課時数が実際より多いと感じた時は、学級出席簿を見たり、生徒に直接尋ねたりして、教科担任のところへ行き、訂正してもらうが、明らかに少なすぎる場合には確認などしない。担任はただ黙っている。

したがって、進級・卒業の判定会議の資料を見た際、一科目だけ極端に欠課時数が少ないことがよくあり、おそらくは間違いだろうとは思っても、そこで手を挙げ、質問する教員は誰もいない。管理職も『調べろ』とは指示しなかった。

（昨年度の卒業判定会議……はっきりとは覚えてないけど、秋穂さんについては、欠課時数が三分の一を超えた科目はなかったはずだ。主治医から『自律神経失調症』という診断書が出ていることが報告され、すんなり補講が認められた。

けれども、実際に化学演習の補充授業をしたのは常勤講師の先生だった。もし、本当は三分の一を超過していた欠課時数の改竄《かいざん》を校長から命じられ、加藤先生が拒否していたとしたら……先生は事務長さんに『自分は陥れられたのだ』と伝えたかったのではないか）

これまでの展開を考えれば、単なる妄想と片づけられない気がした。

（しかし、その場合、新たな疑問も生まれる。校長先生はなぜそこまで……あれ？　電話かな）

バッグ内で、何か振動する手応え。マナーモードに設定したスマホをバッグに入れておいたのだが、ファスナーを開けかけた時、バイブの音がとぎれる。メールを受信したらしい。

取り出して、メールアプリを起動する。『受信ＢＯＸ』を開いてみて、私はぎょっとした。受信したメールには件名も発信者の署名もなく、二行だけ表示されている本文の冒頭が、『最初に言っておきたいのだが、私は自分が犯した殺人を正当化したいわけではない』。

（殺人？　これ、スパムよね。それ以外、考えられないけど……）

セキュリティアプリをインストールしてあるから、スパムメールのほとんどは自動的に『迷惑メールＢＯＸ』へ振り分けられる。そこをすり抜けた以上、一応読んでみる必要がありそうだ。

人差指で画面をタップし、メールを開く。現れた文字を、私は眼で追い始めた……

第六章

Ｍａｉｌ（２０１９年７月８日　19時09分）（５）

……もう一つの収穫は、君の話を聞いたおかげで、ずっと心にわだかまっていた謎が解けたことだ。私を陥れるよう美夏をそそのかした人間がいることは知っていたが、なぜ彼女がそんな連中の言いなりになったのかがわからなかった。その疑問について、君が答えをくれたのだ。

彼女は頑固な性格で、協調性に乏しく、周囲の人間に対する好き嫌いも激しかった。教員に対してもそうで、美夏から毛嫌いされ、「授業妨害だ。何とかしろ」などと苦情をもち込む者もいたが、詳しく聞いてみると、単に授業の中で誤りを指摘されたり、曖昧な点を質問されただけで、その時の態度が気に入らないと難癖をつけてきたのだった。

ただし、担任の私に対してはそのような顔を見せたことは一度もないし、時間が経つにつれて、入学当時に比べると、明らかに表情が和らぎ、会話の中で何か冗談を言うと、子供らしい笑顔を向けてくれるようにもなった。

私はそのことに喜びを感じ、クラス替えはあるが、二年次以降も何とか彼女のいるクラスをもちたいなどと考えていたほどだ。それなのに、なぜ……いくら考えてもわからなかった。

実を言うと、美夏を殺す前に、本人にその点を問いただそうかとも考えたが、余計なことに時間を費やすと、反撃の機会を与えかねないと思い、断念したのだ。

君の話を聞いた時、美夏と私の間に起きた、ある小さな出来事が頭に浮かんできた。あれは……

三学期の始業式の数日後、つまり、問題となる事件が起きる一週間ほど前のことだった。

午後五時を過ぎ、そろそろ帰ろうと考えながら廊下を歩いている時、たまたま美夏と出会った。

それまで図書館にいたと聞いたので、どんな本が好きかという話になったのだが、ちょうどその時、近くで猫の鳴き声がした。驚いて辺りを見回すと、どこから校舎内へ入り込んできたのか、全身真っ黒な子猫が廊下の隅で鳴いていた。

それを見た美夏はすぐに歩み寄って抱き上げ、無邪気な笑顔を見せ、しばらくしてから「先生、家に連れて帰りたいと思いますけど、この子は雄でしょうか、雌でしょうか」と私にきいてきた。

私は何匹か飼った経験があったので、「まだ子猫なので百パーセント正しいとは請け合えないけれど」と前置きした上で、肛門と生殖器の間が長いのが雄、短いのが雌なので、「見たところ、どうやらこの猫は雌らしいな」と答えた。

そのあと、どんな経緯でそうなったのかは忘れてしまったが、「美夏さんもそのうち誰かと結婚するだろうが、君のような女性を射止めるのはどんな男かなあ」……たぶん、そんな意味のことを言ったと思う。

すると、次の瞬間、黒い子猫がギャーという悲鳴を上げ、猛烈な勢いで廊下を逃げていった。見ると、美夏の右手の甲に引っかかれた跡があり、血がにじんでいた。「大丈夫か」と尋ねたが、美夏は返事をしない。その代わり、それまで見たこともない険しい表情で私を睨みつけてきた。

そして、すぐに無言で去っていったが、あの時の眼つきがずっと気になっていた。

いや……もしかすると、まるで見当外れのことを言っているのかもしれない。話を先へ進めよう。

私が美夏を含め、三人の人物の殺害を決意したのは半年前。直接のきっかけは……

1

『……いまさら言うまでもないことだが、私は美夏の殺害に関して、一切後悔などしていない』

　この文章を読んだ直後、息が止まり、そこから先へ進めなくなった。

（美夏さんて……まさか、A組の？　てっきりスパムだと思ったんだけど……）

　確かに奇怪な内容のメールではあった。一行めから『殺人』という単語が登場し、『返り血で赤く染まった顔』『血染めのナイフ』と、いかにも陰惨な道具立てが揃い始める。

　頸動脈切断、天井近くの壁に血痕が付着、刃先が喉の肉をえぐる……すさまじい描写が続いても、私は平気だった。なぜなら、すべて絵空事だと確信していたからだ。

　振り分けミスがあると困るので、たまに迷惑メールBOXを覗いてみるが、その内容は実にさまざまだ。『宝くじに当選しました』『ぜひ交際をお願いします』『あなたのカードが使用禁止になりました』『猥褻な画像を譲ります』などなど。殺人鬼を装った例は初めてだったが、そもそもメールの半分近くがスパムらしいから、何があっても不思議ではない。おそらく、自己顕示欲の強い何者かが架空の犯罪を創作し、不特定多数に向けて送信したのだろう。

　かなりの長文らしいので、全部読まずに削除しよう思い、操作をしかけた時、『美夏』という文字が目へ飛び込んできたのだ。

（いや、待て。身近に一人いるから驚いたけど、特に珍しい名前ではない。単なる偶然かも……そうだ。送信元を調べてみよう）

スパムメールは、いわゆる『捨てアド』から送信されることが多い。一時的に取得したあやしげなメールアドレスで、それらは一見すれば、ある程度わかる。

だが、『Ｆｒｏｍ』を確認すると、大手携帯電話会社のごく普通のアドレスだった。

（じゃあ……私のメアドを知っている誰かが、これを送りつけてきたということなのか）

胃に鉛を呑んだような不快感を覚えた。送信者は、私が知水学院高校の教員であることを確実に知っていて、二年Ａ組の渡部美夏さんを念頭に、この文章を書いたとしか思えない。

問題のメールアドレスは私のスマホの電話帳に登録されていなかったし、見覚えもなかった。さらに『Ｆｒｏｍ』の下の『Ｔｏ』が『自宅』と表示されている。これは自宅のパソコンからの転送メールであることを意味していた。

（うーん。これは厄介だぞ。あっちのアドレスはすでにかなりの人数に教えてしまった）

昨年度から担当させられている新聞委員会顧問の、いわば弊害だ。生徒がスマホで撮影した写真を入手するため、自宅のパソコンのアドレスはほぼオープンの状態にせざるを得なかった。事実上、知水高校の生徒なら誰でも私のメアドを入手できたわけで、校内だけの公開ならば悪用されないだろうと思い、性善説で行動してしまった自分の甘さを痛感した。

（本当に誰なんだ、こんないたずらをするのは。自分の身近にいる生徒の名前なんか出されたから、読まずに削除するわけにもいかないじゃないか）

菱谷家の玄関前にたたずみながら、私は心の中でつぶやいた。

（しかも、渡部美夏さんは今日で五日連続で欠席。たとえ嘘だとわかっていても、気味が悪い）とにかく、全体に目を通さなければ動きようがない。私は舌打ちをして、その先を読み始めた。

『私は美夏の殺害に関して、一切後悔などしていない。その理由は、あいつが私を破滅させたからだ。人生をすべて台なしにされた恨みを晴らさない限り……』

(ひどく恨んでいる様子だけど……具体的に、何をされたというのかしら)

首を傾げながら人差指で画面をスクロールした直後、体が硬直した。

『〈だったら、あなたがした行為は教え子殺しですよね〉。あの瞬間、背中に冷水を浴びせられた気がした。私も教壇に立っていた一人として、あれは最も骨身に堪える断罪の言葉だった』

(教え子、殺し……そして、『教壇に立っていた一人』。それって……)

全身の皮膚が粟立《あわだ》つのを意識した。

(つまり、『美夏』さんを殺した犯人は、知水学院の元教員だってことよね。そうとしか考えられない。それにしても、この『君』というのは何者だろう。美夏さんの友達と言えば、すぐ頭に浮かぶのは智さんだけど、まさか、彼女も事件に巻き込まれたなんてことは……)

不吉な胸騒ぎを感じた。根も葉もない創作だと信じたいが、今日は智さんまで欠席。事件の可能性がどうしても頭をよぎる。

『天地神明に誓って、私は何もやましいことなどしなかった。それなのに猥褻教師の汚名を着せられ、教育現場から追放されたのは、すべて美夏の手によって罠にはめられたせいだ。まさか自分のクラスの生徒があれほど卑劣なまねをするとは、夢にも思わなかった』

脳裏に、元同僚の顔が浮かんできた。

(確かに、この文章を書いたのがあの先生であればすべてのつじつまは合う。でも、まさか……)

「……美波先生」

耳元で名前を呼ばれ、私はたまらず小さな悲鳴を上げた。

手の平で口を押さえ、振り返った私は心臓が止まりそうなほどの恐怖を感じた。何と自分のすぐ後ろに、内心『殺人犯』ではとの疑いを抱いた加藤大輔先生が立っていたのだ。

2

「先生、どうかされました？　お化けでも見たような顔をして」

「えっ……？　い、いや、何でもないわ。急に名前を呼ばれて、びっくりしただけ」

私は軽く首を振り、無理やり笑顔を作った。

「だけど、智さん……あなた、無事だったの」

「無事って……うふふふ。何だか、海で行方不明にでもなったみたいですね」

私の狼狽ぶりがよほどおかしかったらしく、智さんが白い歯を見せる。

（おろおろしてはいけないわ。落ち着かないと。ここで彼女と顔を合わせるのはあたり前なんだから……それにしても、さっきはなぜあんなふうに見えたんだろう？）

服装は黒い七分袖のポロシャツとジーンズ。私服姿の智さんを見るのは初めてだが、確かに美少女というよりも美青年に見える。

（それだけでは錯覚の説明にならない。薄暗かったせいもあるけど……いや、今はそんなことより、例のメールよ。用事を片づけて、早く続きを読まなくちゃ）

画面を覗かれたら困るので、スマホの電源を切ってバッグに入れる。とにかく、これで、智さんが『君』ではないことだけははっきりした。

「こっちこそ、驚きましたよ。お客様なんて誰も来ない家ですから。玄関前でずっとうつむいたまま動かないし……後ろ姿で先生だと気づかなければ、一一〇番してしまうところでした」

「ええと、ごめんなさい。チャイムを押したけど、お留守みたいだったんで、どうしようか迷ってたの。ところで、あなた、今日、渡部美夏さんと会わなかった？」

「いや、会っていません。何かありましたか」

「いえ、別に何も……そもそも、彼女の件で、ここへ来たわけじゃないから」

「じゃあ、いらっしゃった理由は何でしょう」

「それは……智さんが今日、欠席だったから」

「たった一日欠席しただけで、家庭訪問ですか。朝、ちゃんと電話しましたけど」

「確かに連絡はもらったけど……でも、頭痛でお休みしたんでしょう。どこへ出歩いてたの」

「頭が痛かったのは本当です。午後までずっと寝ていましたが、今度は奥歯が痛み出しちゃって。我慢できないので駅前の歯医者さんへ行き、ついでに買い物を済ませ、戻ってきたところです」

　両手に買い物バッグを提げている。説明に疑問を差し挟む余地はなかった。

（智さんが不審がるのも当然だわ。下心が見え見えで、とてもごまかしきれない。こうなったら、ある程度、正直に打ち明けるしかなさそうね）

「だったら話をするけど、ズル休みだとか、そんなことを考えて来たわけじゃないの。でも、ほら、止宿届がまだだったでしょう」

「あ……ああ。確かにおっしゃる通りです」

　智さんがため息をつき、少し肩を落とす。

「だから今朝も、本当は休みたくなかったんです。何かあると、その話になると思って」

「心配しないで。あなたにもいろいろ事情があるのはわかってるから。実はねえ……あれから私、少し調べてみたのよ。菱谷さんて方は、うちの高校に在籍されてたのね」

意を決して切り出すと、智さんは意外な反応を示した。不思議そうに小首を傾げたのだ。

「菱谷さんが、知水に……それは聞いていませんでした」

「まあ、聞いてはいないかもしれないけど、うちのステッカーが貼ってあったでしょう。毎日脇に駐めていて、気がつかなかった？」

「ああ、通学許可のステッカーですね。豊さんの自転車の後ろに貼られていたのを、確かに見ました」

「そうそう。菱谷豊さんというお名前なのよね。で、その方が本校を卒業できなかった理由について、あなた、教えてもらっているかしら」

深入りはしないつもりだったが、成り行きで、核心に迫る問いを発してしまう。この質問に対して、智さんはすぐに返事をしなかった。脇へ視線を逸らし、何かじっと考え込んでいる。

そして、しばらくすると、顔を上げ、正面から私を見て、

「美波先生は、どうやら誤解されているようです」

「えっ……？　何のことかしら」

「止宿届を提出せず、校則に違反したのは悪かったと思います。一日延ばしにしているうちに、今日になってしまいました。本当に申し訳ありません」

両手に袋を提げたまま、智さんが深々と頭を下げる。

「ですが、先生、せっかくおいでになったのですから、会っていかれたらいかがですか」

3

「えっ、会うって……この私が？」

突然の提案に、私は狼狽した。

「お目にかかるのは……つまり、この方よね」

ためらいながら格子戸の上の表札を指で差すと、智さんはうなずく。

「ということは……今、ご在宅なのね」

「はい。もちろんです」

アルバムで見たあの風貌を思い出す。

（彼はその後、十数年間、この家で引きこもり生活を続けていた……）

ゴミに埋もれた暗い部屋の中で、うずくまっている姿が頭に浮かび、嫌悪感が湧いた。

（でも、私の方から強引に押しかけておいて、この申し出を拒否するというのもおかしな話だ）

やはり最低限、防犯カメラの映像の確認だけはしておくべきだった。菱谷豊が吉村校長に毒を盛った犯人である可能性が否定されていない段階で、本人に会うのは危険すぎる。

（だったら、今日のところは何か口実を見つけ、出直すことに……だめだ。それは絶対にまずい）

もし家の中にいるのなら、訪問者の存在を確実に把握しているはず。ひょっとすると、玄関で息を潜め、聞き耳を立てているかもしれない。

（もしここで引き返せば、菱谷豊は智さんに『誰が来たんだ』と尋ねるだろう。担任の家庭訪問だと知れば、最悪、私が去ったあとで、何か事件がもち上がるかも……よし。もう逃げないぞ）

覚悟が決まった。子供の時からの弱虫だが、自分の生徒のためなら、強いふりくらいはできる。メールの内容が気になったが、単なるいたずらである可能性も高いのだから、まずは眼の前の問題に全力で取り組むべきだ。

「わかったわ。めったにない機会だから、一言ご挨拶させていただきます」

「え……そうですか。ええと、それじゃあ……」

すると、私の返事を聞いた智さんがなぜかあわて出す。

「美波先生、申し訳ありませんが、ほんの二、三分、時間をいただけませんか。散らかっているので、ちょっとだけ片づけたいんです」

「ああ、そうなの。かまわないわよ。五分でも十分でも」

「ありがとうございます。なるべく短時間で終わらせます」

智さんは玄関のロックを解除し、中へ入っていく。途中でこちらを振り返り、お辞儀をして、

「すみません。失礼かもしれませんけど」と言い、引き戸を閉めた。

わずかだが、時間ができたので、私はスマホを取り出し、問題のメールの続きを読み始めた。

最も気になるのは、もちろん『美夏』が私の知っている渡部美夏さんかどうか。それを判断できる記述を懸命に探したのだが、これが難航した。

文中の『私』、つまり送信者は高校入試の際に初めて『美夏』と会い、十五歳とは思えない美しさと気品に心を奪われる……これだけではわからない。渡部美夏さんは確かに飛び切りの美形だが、美少女は世間にいくらもいるし、見る側の好みにも左右される。

唯一客観的な基準になり得ると感じたのは、『私』が『美夏』の面接を担当したという点だ。入学試験に関する資料は合格発表後にすべて回収する決まりなので、私の手元には何も残っていないが、金庫には保管されているはず。もし加藤先生が渡部美夏さんの面接班の担当者でなかったことがわかれば、『私』でないことが確定するが、あいにく、調べられるのは明日以降だ。

メールの内容は入試判定会、そして新学年担任によるクラス編成作業へと続く。かなり具体的

に記されていたが、私は今年度から学年に入ったので、当時のことを知らない。野々垣先生に転送し、読んでもらえば何かわかるかもしれないが、今の段階では見せる勇気が湧かなかった。

（それにしても、入試成績のカードをこっそり交換したというのは衝撃だ。あの加藤先生がそんなことをするとは思えないけど……でも、絶対に違うと断定もできない）

続いて、『美夏』の入学後についての記載になるが、『外部模試の結果が英国数三教科の合計で全国百位以内』と知り、胸の動悸が激しくなった。まさに渡部美夏さんの成績そのままだが、これも人物を百パーセント特定するための根拠としては弱い。

仕方なく、その先へ進むと、今度は『美夏』の残虐性について証言する、もう一人の人物が登場したが、いくら考えてもそれに該当する人物が思い浮かばなかった。

（やっぱり、渡部美夏さんではないのかな。一学年の生徒の名前なら全員覚えたつもり……いや、『従姉妹同士』とは言っているが、同い年とは書かれていない。たとえ知水の生徒でも、他学年なら名前を知らないし、極端な話、『美夏』と従姉妹が別の学校に在籍している可能性だってある）

そして、さらにその先を読んだ私は、思わずはっと息を呑んだ。

『〈だったら、殺されて当然ですよね〉。ひどく苦しげな声音で、絞り出すように、しかし、確かにそうつぶやいたのだ』

教え子殺しの罪の告発を受け、犯人がした釈明に対する『君』の反応がこれだという。

（そんなばかな！　美夏さんは確かに周囲から孤立していたけど、殺意を抱くほどの恨みを買うようなことはなかったはずだ。じゃあ、やっぱり美夏さんとは別人なのか……でも、このメールは私のアドレスに送られてきたわけだし……）

私が困惑しきっている時、眼の前の格子戸が開き、智さんが顔を出した。

「すみません。お待たせしました。全然片づきませんけど、どうぞお入りください」

「あ……あの、ではおじゃまします」

結局、メール本文を最後まで読むことはできなかった。アプリを閉じて、スマホをバッグにしまい、私は導かれるまま菱谷家へ足を踏み入れた。

4

古い家なので玄関は広かった。正面と左手に廊下がある。前者は台所や浴室、後者は居室に通じているらしい。二階への階段が正面奥にあった。

「美波先生、こちらへどうぞ」

智さんが誘ってくれたのは、庭に面した左手の廊下。ふと見ると、茂った夏草に半分埋もれながら、踏み石が続いている。茶会用の庭という見立てはあたっていたらしい。

庭と反対側に二部屋並ぶうち、手前の障子を智さんが開ける。そこは六畳の和室で、内部は女子高生の部屋というより、一般家庭の居間という雰囲気だった。

奥にテレビと本棚、左手に民芸品や陶器が並べられたサイドボード。服を収納できる家具は、どこか別の場所にあるのだろう。勉強机はなく、小さな正方形の座卓に教科書とノートが積まれていた。殺風景な室内だが、建て前上、ここは臨時の止宿先なので、それが当然だとも言える。

智さんは、私を座卓の一角に座らせると、

「あのう、お茶をいれてきますから。すぐに戻ります」

「え……いいのよ。どうぞおかまいなく」

声をかけたが、智さんは障子を閉め、左の方へ去っていった。

私はすぐにスマホを取り出したが、そこで考え込んでしまった。お茶一杯いれるためにかかる時間はせいぜい五分。段取りさえよければ、その半分くらいで戻ってくるだろう。

（メールを最後まで読むのは無理だ。ほんの短い時間にできることと言えば……そうだ。とりあえず返信して、相手を牽制しよう）

極端な話、メールのラストに『この物語はフィクションです』と書かれているかもしれないが、そこは曖昧にした形で、送りつけてきた行為そのものを非難することは可能なはずだ。

アプリを立ち上げて、問題のメールを開き、『返信』をタップする。件名は『Ｒｅ：』。

文面を考える時間的余裕がないので、思いつくまま入力する。

『あなたは誰なの？　こんな嘘八百のメールを送ってくるなんて。ばかなまねはおよしなさい』

送信したあとで、『嘘八百』『およしなさい』は変だったなと後悔する。最近はなかなか会えないが、江戸っ子を絵に描いたような親友がいて、彼女の影響がとっさに出てしまったらしい。

画面には、再び現れた怪メールの本文。

（……そうだ。ダメモトで転送してみよう。頼れる相手は一人しかいない）

『転送』をタップすると、今度の件名は『Ｆｗ：』。『こんなものが送りつけられてきたの。この謎が解ける？』と大急ぎで入力して、『Ｔｏ』に指を置いた時、廊下で足音が聞こえた。

履歴を表示させ、一番上のアドレスを選択して送信ボタンを押す。その直後、日焼けした障子紙に小さな影が映った。

智さんは私に湯飲みを勧めると、お盆を脇に置き、向かいに膝を揃えて座る。

「ありがとう。悪かったわねえ。手間をかけさせちゃって」

礼儀だと思い、熱いお茶に口をつけ、木製の盆の上を何気なく見て、私は首を傾げた。

載っていたのはステンレス製のマグボトル。子供用らしく、ボディには『ドラゴンボール』のイラストが描かれていた。まさか、これに自分用のお茶を注いできたのだろうか。

私は智さんに膝を崩すよう言おうとしたが、その前に、

「先生の『現代文化論』の授業、とてもためになります」

「え……あ、そう。手探りでやってるから、ほめてもらうと、何だか恥ずかしいわね」

なぜ今、そんな話をするのか、わからなかった。

「ただ、ＬＧＢＴ……と来て、その先の話を期待していましたが、結局、出てきませんでした」

「ＬＧＢＴの、先……ああ。それは確かに、あなたの言う通りね」

意外な話題を切り出してきた意図が、ほんの少しだけ呑み込めた気がした。

「にわか勉強だけど、そのあたりについても一応知ってはいたのよ。ただ、内容が詳しすぎると、聞く方で混乱すると思って。ＬＧＢＴＱとか、ＬＧＢＴＱＩＡとか……」

「あと、ＬＧＢＴＱＸというのもありますよね」

予想通りの展開だった。クエスチョニングとＸジェンダーは類似した概念だが、前者が『性自認や性的志向のどちらか、もしくは両方がわからない』状態であるのに対し、後者は『男女どちらでもない』または『男女の間で揺れている』と明確に自認しているという違いがある。

「チは……ええと、一人称で不自由な思いをしたので、自分のことを『チ』と呼ぶことにしました。先生にはなるべく早くお話しするつもりでしたが、チはＸジェンダーです」

「ああ、なるほど。そうだったのね」

保健室経由で情報を得ていたので、ごく冷静に受け止めることができた。

「悩んだ時期もあったでしょうけど、ジェンダーについて考え、自分なりに結論が出せたのはいいことだわ。ただ、あの……どうか気を悪くしないでね。なぜ今、その話なのかしら」

「あっ、すみません。説明の順序が逆でした。これじゃ、訳がわかりませんよね」

智さんが口元をゆるめる。告白を終えたせいか、屈託のない笑顔だった。

「実は、チは母にお金で売られて、この家へやってきたんです」

「あなたが、売られた……それは、実のお母さんに？」

「はい。豊さんと結婚するという条件で、母の判子が押してある婚姻届を持たされて。値段がいくらだったかは知りませんが、欲の深い人なので、かなりの額を受け取ったと思います」

「ええっ？　まさか……」

さすがに耳を疑った。百年前ならともかく、現代の日本にそんなことがあるなんて……。

「今のチなら抵抗したでしょうが、あの頃は完全な洗脳状態で、母さんに逆らうなんて、考えることさえできませんでした」

「……そうだったの。本当に、つらい体験をしたのねえ」

「母から無理やりチを押しつけられた義父は、婚姻届提出と同時に養子縁組を解消するつもりだったようですが、チがここへ来た直後、結婚は取りやめになりました。その原因がこれです」

孫悟空とフリーザの絵のあるマグボトルを取り上げ、私に示す。

「それが原因で、結婚が……意味がわからないけど」

「このボトルはチが小学生の時、母にねだって買ってもらったのですが、これを見た菱谷さんが『そういう物をほしがるのであれば、心が男性かもしれない』とおっしゃって」

「ああ、なるほど。そういう理由で取りやめになったのね」

「本来はこの家から出ていかなければならなかったのですが、菱谷さんのご厚意で居候を続け、高校にも通わせていただけることになりました。ただ、転入するためには保護者が必要なので、嫌がる義父に頼み込んで、書類に嘘を書いて……本当に申し訳ありませんでした」

「謝らなくていいのよ。あなたが悪いわけじゃないんだから。でも、よかったわ。一歩間違えば、智さんの人生が台なしになるところだった。正直に話してくれたから、このまま高校を続けられるよう、何かうまい方法を考えるわ。それにしても……菱谷さんて、本当にいい方なのね」

　事情を聞き、私は感動さえ覚えていた。なかなかできることではない。さらに、智さんが肉体関係を強要されていないことを知り、ほっと胸をなで下ろした。

（そうか。考えてみれば、高校を退学になったのも濡《ぬ》れ衣《ぎぬ》のせい。先入観で人を判断してはいけないわ。ただ……吉村校長の件、そして、前市長が大けがを負った事件には関わっていないのかしら）

「菱谷さんが人格者なのはもちろんですが、それだけじゃなくて、すごく博識なんです。私がXジェンダーだと自覚できたのも、菱谷さんのおかげです。じゃあ、そろそろ、会っていただきましょうか」

「え……？　ああ、わかりました。で、どこにいらっしゃるの？」

「隣の部屋でお待ちになっています」

　家に入って以降は人が動く気配を感じなかったから、おそらく、最前、智さんが片づけをしている間に移動を済ませたのだろう。

　立ち上がり、智さんに続いて、廊下へ出る。廊下の突きあたりにも部屋があるようだが、案内されたのはすぐ隣。智さんが無言で障子を開け、私に入るよう促す。

「……あ、はい。失礼します。あのう、はじめまし……」

語尾が消えたのは室内の様子が目に入ったから。次の瞬間、私は「あっ！」と叫んだ。

Ｍａｉｌ（２０１９年７月８日　19時09分）（６）

……私が美夏を含め、三人の人物の殺害を決意したのは半年前。直接のきっかけは、私が教壇から追放された事件の真相の一部をある関係者から教えられたこと。その人物は元同僚で、私と同じ学年を担任していた。偶然出会ったのは駅北口に古くからある飲み屋で、時刻は深夜。何かの飲み会の流れだったらしいが、彼は一人きりで、すでに泥酔状態だった。

しかし、話しかけてきたのがこの私だとわかると、ひどく驚き、また懐かしんで、さらに盃を重ね出した。私もしばらくは調子を合わせていたが、そのうちに、「例の事件について、何か知っていることはないか」ときいてみたところ、突然真顔になり、涙まで浮かべて、「あの時、先生の味方をしてあげられなかったのは申し訳なかったと思っています。実は」と語り出したのだ。

相手が酔っていたせいで聞き取りは困難を極め、つじつまの合わない点を何度も問いただささなくてはならなかったが、彼が言いたかったのは、私が高校を辞職させられた理由は身から出た錆などではなく、校内の複数の人間が関わった陰謀によるものだったということだ。

首謀者は同じ学年だった女性教諭で、こいつは本当にどうしようもないやつだった。性格はまさに陰険そのもので、教員として最も重要な資質である公正さや公平性などかけらもなかった。私とはさまざまな点で意見が合わなかったから、私が担任しているクラスの平常点を操作して、わざと評価を低くつけたり、生徒の質問に対してまともに答えなかったり。あげくの果てには、私のクラスだけ問題集の答えを試験前日まで配付しないなどという嫌がらせまでされた。

そのことを、私は何度も教頭に訴えたが、親身になるふりをして話は聞くものの、結局は「同じ学年なんだから、うまくやってくださいよ」などと言うだけで、まったく動こうとしない。

そんな中、私にとって信じられない事件が起きた。その主役は美夏だった。

ある日、帰りのショートホームルームを終え、教室から……

5

今度も和室で、右手に洋服箪笥、左手の壁には智さんの制服やブラウスがハンガーで吊されていた。ここまでは予想通り。

問題は正面奥で、六畳間には不釣り合いなほど立派な仏壇が置かれ、両脇に花が飾られていた。中央には位牌と写真立て。そして、その写真の顔に見覚えがあった。

(これは、生徒アルバムで見た……いや、そんなはずないわ。よく似た別の誰かに決まっている)

戸惑いながら振り返ると、智さんは笑みを浮かべ、こちらを見つめている。

「え、ええと、ご仏壇のお写真はどなたなの。もしかして、菱谷豊さんのお兄さん?」

「いいえ。豊さん本人です。一人っ子なので、兄弟はいません」

「そ、そんなわけないわ。だって、あれ、遺影でしょう」

「はい。お位牌にご命日が記されています。去年の七月二十七日だそうで、もうすぐ一周忌を迎えます」

「去年の、七月？　まさか……豆腐屋のご主人が、今でも引きこもっていると話してたわよ」

「亡くなったことを公表していないので、ご近所の人は知りません。自ら命を絶ったという事情があったものですから」

「じゃあ、自殺……一体、どこで？」

「具体的な場所は知りませんが、深い森の奥だと聞きました。何年も前から鬱で苦しんでいらしたそうで、残念なことに……」

　智さんの顔から笑みが消える。表情から推して、嘘をついているとは思えなかった。

「頭が混乱しちゃって、考えがまとまらないんだけど……さっきの話と矛盾してないかしら」

「矛盾……？　どこがですか」

「だって、あなたはその写真の方と結婚する条件で、去年の暮れに、お母さんにお金で売られたんでしょう」

「ああ、なるほど。疑問をお感じになったのはその点でしたか。申し訳ありません。説明不足でした。確かに婚姻届は持参させられましたが、その母にさえ知らされていない事実があったのです。美波先生、『死後婚』てご存じですか」

「シゴコン？　ええと、聞いたこと……あるわ。たしか呼び方がいろいろあって、『冥婚』に『幽婚』、あとは『鬼婚《きこん》』。要するに、生者と死者に立場が分かれた男女が結婚することよね」

　この奇妙な習慣の存在を、私が知っているのには訳があった。何もかも修矢からの受け売り。探偵という仕事柄、さまざまな不思議に出会い、その都度、得た知識を私へ吹き込んでくるのだ。

「未婚のまま亡くなった親族の霊を慰めるのが目的で、大昔には結婚相手の命を奪い、一緒に埋葬したと聞いたわ。でも、それは極端な例で、多くは男性の棺へ花嫁人形を入れるとか、結婚式の絵を描いて供養するとか……山形県とか青森県の一部には、そういう絵馬をお寺に奉納する習慣が、今でも残っているそうよ」

「すごい！　先生、よくご存じですねえ。びっくりしました」

　智さんが目を丸くする。ほめられたのは光栄だが、とても喜べるような状況ではなかった。

「じゃあ、お母さんはあなたが本当に結婚すると思い込んでいたけど、実際には故人を配偶者とした提出不可能な婚姻届を作成しただけだった……そういうこと？」

「その通りです。目的は慰霊なので、できれば豊さんが亡くなってすぐの方がよかったのでしょうが、そう簡単には相手が見つからず、四カ月以上経って、チがこの家へ来ました」

「どうも理解できないんだけど、死後婚の相手として智さんが選ばれた理由は何だったのかしら」

「そこはチにもよくわかりません。母が働いていたスナックのお客さんの紹介らしいですけど……そろそろ、座りませんか」

「あっ、ごめんなさい。つい話に夢中になっちゃった」

　仏壇から少し離れた位置に、向かい合って腰を下ろす。「膝を崩しましょう」と提案すると、私は横座りで、智さんはあぐら。足を組む仕種は、確かに性別不詳という感じがした。

「まあ、こんなことになるとは夢にも思っていませんでしたが、毒親からも解放され、高校にも通わせてもらって、今はとても幸せです。美波先生にも担任してもらえたし」

「私より立派な先生はいくらでもいるけど……でも本当によかったわねえ」

「毎月、生活費もちゃんと振り込まれますから、居候にしては贅沢すぎる暮らしができています。ただ、チは料理が大の苦手なんですよ。ほとんど、やったことがなくて」

　智さんが顔をしかめ、頭を抱える仕種をする。

「毎日、豊さんの分の夕食を供える約束なのですが、レパートリーが乏しいので大変です。菱谷さんに豊さんの好物は何かと聞いたりして、頑張ってはいるのですが――」

「あ、あの……ちょっと待って！」

　私は両手を挙げ、相手の言葉を遮った。

「亡くなった方の食事を作る……つまり、それは陰膳よね」

「その通りです。ただし、菱谷さんの指示で、ご仏壇に供えるのは一時間だけ。あとは冷蔵庫にしまって、私のお弁当とかに再利用させてもらっています。同じように、豊さんが好きだった鉄道雑誌が今でも送られてくるので、それもお供えしていますけど、古い号はもったいないから、私が読んでいます。おかげで、車体や路線に結構詳しくなりました」

「あの……たった今、気づいたんだけど、あなた、『菱谷さん』と『豊さん』を区別して使ってるみたいね。もしかして、別人なの？」

「もちろん、そうです」

　即答され、自分の迂闊《うかつ》さに腹が立った。振り返ってみれば、最初から明確に使い分けがされていたが、私は智さんが同一人物をその時の気分で二通りに呼んでいるものと、勝手に思い込んでいたのだ。

「だったら、『豊さん』はご仏壇のあの方でしょうけど……『菱谷さん』て、誰なの」

「豊さんのお父さんです。ＬＩＮＥが設定されたスマホをもらって、何もかもメッセージでやり取りしましたから、お会いしたことも声を聞いたこともありませんけど、前にお話しした通り、すごく博識で、しかも人格者なんです」

「あ……ああ、なるほど。そういうことだったのね」

（菱谷豊、さんは一年前に亡くなっていた……つまり、先週の金曜の昼に、高校の玄関で目撃されたのは別人だったんだ）

死者が校長に毒を盛れるはずなどないから、この件は完全に振り出しへ戻ってしまった。

「順序が逆になっちゃったけど、お線香をあげさせていただきたいわ。かまわないかしら」

「はい。ぜひお願いします。豊さんもお喜びになると思います」

ご仏壇の手前に置かれた座布団に正座し、蝋燭《ろうそく》をともして、お焼香する。煙の中で両手を合わせ、遺影に目をやると、小さな写真なのに、ひどく粒子が粗い気がした。天パーの髪、太い眉、厚い唇、何かに驚くように見開かれた眼……よく見ると、ネクタイも知水高校の指定品らしい。

「智さん、このご遺影……ひょっとして、高校の時のもの？」

「はい。引きこもりになって以降に撮影された写真は一枚もないし、それより前のものはすべてきちんとアルバムに整理されていたのですが、亡くなる直前、本人が焼き捨ててしまったそうで……仕方がないから、生徒手帳に貼られていた写真を引き伸ばしたと聞きました」

「それは、菱谷豊さんのお父様から聞いた……というか、ＬＩＮＥで教えてもらった話なのね」

「そうです。ここへ来た晩に夜中までかかってやり取りをして……その時、いただいたメッセージは、初心を忘れないようにと思って、今でもたまに読み返しています」

「なるほど。その気持ち、すごくわかるわ。あなたにとって、人生が大転換した記念のメ……」

途中で絶句してしまった理由は、またバイブの音が聞こえたからだ。

見ると、畳に置いたバッグのストラップが微かに揺れていた。そして、音はすぐ途絶える。

（また私のスマホらしいけど、まさか、さっきの返信じゃないわよね）

遺影を見た衝撃のせいで、大切なことが一時的に意識から抜け落ちてしまっていた。不安がどんどん増幅してくる。何しろ私は、例の怪メールの全貌をまだ知らないのだ。

（もし、あれよりもさらに恐ろしい事実を、突きつけられたとしたら……）

「あのう……すみません。美波先生」

前を向くと、智さんは眉を寄せ、私を見つめていた。

「先生、どうかされたのですか。急に黙り込んだりして」

「い、いえ、別に……ごめんなさいね。ぼんやりしちゃった。疲れてるのかしら」

何とかごまかし、ご仏壇に会釈をして退く。そして、再び智さんと向かい合ったのだが、

「実は、もう一つだけ、先生にお話ししたいことがあるのです」

「えっ、まだ……いや、何でもないわ。ああ、そうなの。もう一つね」

ついうっかり、『まだあるの？』と言いそうになった。不用意な一言で、生徒が心を閉ざしてしまった苦い経験が過去の教員生活に何度かあった。

「わかりました。聞きましょう。で、私に打ち明けたいというのは、どんなことかしら」

「では、単刀直入にお話ししますけど……生き別れになっていたチの実父は、先生もよくご存じの加藤大輔なんです」

6

「あなたが、加藤先生の？　そんな……」

『まさか』と言いかけて、ふと顔を見直し、思わず息を呑んだ。ほんの十数分前の記憶が蘇ってきたのだ。玄関先でたたずんでいた時、声をかけられ、振り返って見た智さんの顔……。

(直前に加藤先生のことを考えていたせいだと思ったけど、錯覚を起こす原因がちゃんとあったんだ)

改めて見直すと、智さんの風貌は完全に父親譲りだ。性別の違いはあるものの、少し気の弱そうな眼元のあたりなどが瓜二つ。

「驚かないんですね、先生」

「え……いや、驚いてるわよ。あたり前じゃない」

智さんの予想を裏切ってしまった理由は、ついさっき、私のスマホが受信したメールだ。あれが気になって、会話に集中できなかったから、そんなふうに見えたのだろう。

「実の父親について、母は何も話してくれなかったので、きっと一生知らないままで終わるのだろうと思っていました」

淡々とした口調で、智さんは自分の身の上を語る。

「ところが、この家へ来る途中、車の中で、突然母が父親の名前と職業を教えてくれたんです」

「そうだったの。じゃあ、知水高校に勤務していたことも、お母様から聞いたのね」

「いいえ。その情報は菱谷さんからです。どうやって調べたのかまでは知りませんけど」

これまた意外な事実だった。名字も名前も決して珍しくないので、仮に教員と限定したとしても、ネット検索くらいでは簡単に特定できないはず。まるで千里眼だ。

「転入先の学校選びをする中で、菱谷さんから『もしお父さんが通学可能な範囲の高校に勤務されていたら、そこにすればいいよ。捜してみるから』と言われました。やはり父さんには会ってみたかったし、なぜチが生まれたのか、そのいきさつも知りたかったので、お願いしたんです。すぐに見つかり、しかも同じ市内の高校にいると聞いて、本当にびっくりしました。

でも、いざ転入してみると、すでに退職していて……眼の前が真っ暗になりました。父が今どこにいるか、美波先生はご存じありませんか」

「それは……悪いけど、知らないわ。個人的なおつき合いはなかったのよ。とても真面目で有能な先生で、いろいろお世話にはなったんだけど」

「そうですか。困ったなあ。尋ねられる相手が美波先生しかいなくて……」

智さんが眉を曇らせ、がっくり肩を落とす。

「では、せめて退職したいきさつについて、お聞きになっていることはありませんか」

すがるように見つめられ、言葉に詰まってしまう。

(その件に関してなら、答えられることも少しはあるけど……いや、やっぱり無理だわ。すべては単なる私の推論だし、ここで話せる内容でもない)

そう思い、首を振ろうとしたのだが、

「もしかしたら、父と校長先生の間に何かトラブルがあったのではないでしょうか」

「えっ？　校長先生と……でも、あなたはなぜそう思ったの」

「校長室に入って、すぐ左手にパネルが飾られていますよね。チが見たのは女子テニス部の集合写真でした。何かの大会の記念みたいでしたけど」

「ああ、思い出したわ。去年の関東大会ね。加藤先生は監督だったから、引率されたはずよ」

「過去の卒業アルバムで顔は知っていたので、思わず見入っていたら、校長先生が近寄ってきて、いきなり『他人の空似のはずがないよな』って」

「ええっ？　まさか、そんなことを……」

「腕をつかまれ、怖い眼で睨まれました。『加藤さんの娘だったのか。それなら何か魂胆があって来たんだな』って……怖いので逃げようとした時、急に校長先生の様子がおかしくなって、床へ倒れたんです。刑事さんからの事情聴取でも、そのことだけは話す勇気がありませんでした」

「言わなくて正解だったかもしれないわ。まあ、普段なら生徒に対してそんな言動をとるはずないけど、体の異変のせいで精神がおかしくなっていたんでしょうね」

　部下として一応は弁護に努めたけれど、智さんの証言で疑惑はますます深まった。

（退職された加藤先生に対して、何かよほど後ろめたいことがあるんだろうな。詳しい事情はまだわからないけど、渡部秋穂さんの卒業問題が絡んでいる可能性が……ああ、思い出しちゃった）

　驚愕の新事実が次々に明かされるが、スマホに着信したメールがどうしても気になる。

（まだ話はつかないけど、とりあえず確認だけはしておこうか。別の誰かが送ってきたとわかれば、気持ちも落ち着くはずだ）

「智さん。申し訳ないんだけど、水を一杯もらえるかしら。緊張したら、喉が渇いちゃった」

「わかりました。お茶じゃなくて、水の方がいいんですね。少しお待ちください」

　智さんが立ち上がり、廊下へ出る。障子が閉まったとたん、私はスマホを手に取った。

　直近の受信は最前と同じアドレスからで、件名が『Ｒｅ：Ｒｅ：』。そして、本文の冒頭は『あなたは誰なの？　こんな嘘八百のメールを送ってくるなんて。ばかなまねはおよしなさい』。

（これは、私が送った文章の引用。じゃあ、あれをそのまま返信……いや、そうじゃない）

　よく見ると、受信日時『今日19：43』の脇に添付ファイルの存在を示すマークがあった。

（そんな……今度は、何を送りつけてきたというのよ）

　底の知れない深い淵を覗き込んでいるような恐怖を感じた。

（このファイルを開いてはいけない。智さんがもうすぐ戻ってくるから、取り乱した様子は見せ

られないもの）

しかし、こちらの文章の引用から始まっていても、その次に送信者からのメッセージが記されている可能性がある。そう思い、怖々開いてみたのだが、結局、本文はなし。安堵と落胆を両方味わいながら閉じようとして、画面の左下に、ふと目が留まった。

一番下に『添付ファイルを見る（1件）』とあり、右に『ダウンロード』『共有』のマーク。左にはほんの豆粒ほどの大きさで縦長の写真が表示されていた。つまり、返信に添付されていたのは画像ファイルだったのだ。

小さすぎてよくわからないが、誰かの顔らしい。背景に赤と、ほんの少し黒が見える。

（こ、この顔は、もしかして……いや、違う。そんなこと、絶対にあるはずないけど……）

自分の意識とは無関係に、右手が動き出す。ほとんどが数字のファイル名をダブルクリックすると、アプリが起動し、送られてきた写真が画面全体へ広がっていく。

次の瞬間、私は悲鳴を上げた。両眼を閉じてスマホを握りしめ、激しく首を振りながら、何度も何度も、恐怖の叫びを発し続けた。

7

廊下を駆けてくる足音、障子が開く音。どちらも暗闇の中で、私は聞いた。

「美波先生、どうされましたか？」

両方の肩をつかんで揺さぶられたが、眼を開けられなかったし、何も考えられない。

「先生、しっかりしてください。せんせ……ええっ⁉　それ、フルサジじゃないですか！」

（えっ、フルサ……一体、何のこと？）

智さんの声で正気に戻り、私は両眼を開いた。

「あなた、何をそんなに……あっ！」

しまったと思ったが、もう間に合わない。スマホのディスプレイがあらわになっていた。

「じゃあ……フルサというのは、渡部美夏さんのあだ名だったのね」

尋ねると、智さんは大きく眼を見開いたまま、微かにうなずく。

私はスマホを両手で自分の顔の前まで持ち上げ、智さんの視線から遮り、もう一度、画像を見直した。縦長の画面いっぱいに美夏さんの顔がとらえられている。間違いない。写っているのは顎の先から額のあたりまで。うつぶせの姿勢で、顔だけを不自然に左へ向けている。

両眼を閉じ、表情は静かに眠っているようだが、顔の手前にある赤は間違いなく血だ。

（喉は隠れていて見えないが、きっと、そこにナイフで切り裂いた傷が……ああ、何てことだ！）

怒りと悲しみで全身が震え出し、涙が込み上げてきた。もしそばに智さんがいなければ、床へ伏して号泣しただろう。

（一体誰が、何のために美夏さんを……あっ、そうか）

私ははっとなった。その疑問に対する答えはメールの後半にあるはずだ。

「ねえ、先生、さっきの写真、もう一度見せていただけませんか」

「えっ……い、いや、それは無理よ。あなたは見ちゃだめ」

私は懸命に首を振り、胸元へスマホを抱きかかえた。

「なぜですか。もう見てしまいましたから、何度見たって同じです」

「それは、そうかもしれないけど……」

「もしかしたら、美夏が監禁されている場所の手がかりがあるかもしれません。早く救い出さないと、命が危ないです」

　意味がわからず、絶句していると、智さんはじれったそうな表情で身を乗り出し、

「だって、美夏は誰かに誘拐されたんでしょう。犯人が画像を添付した脅迫状を送りつけてきた。五日も続けて休んで、ＬＩＮＥしても短い返信しかないから変だと思ってたんです。もし撮影された場所がわかれば、警察へ通報する際、そのことも伝えられます」

（……なるほど。そんなふうに考えていたのか）

　訴えの中身がようやく呑み込めた。確かにこの画像だけでは、眠っているか、死んでいるか判断がつかない。欠席期間には毎朝、母親から担任へ電話連絡があったそうだが、智さんはそんなことを知らないから、誘拐犯にずっとどこかに監禁されていたと思い込んでしまったわけだ。

（ただ、赤い血は……ほかに床が写ってないから、カーペットの色とでも勘違いしたのかな。それで、親友を救出しようと躍起になって……まずいぞ、これは）

　突然あることに気づき、私は愕然となった。

（メールの内容は真実で、美夏さんが殺害されていたことが確定してしまった。その犯人は誰かというと……今のところ、最も疑わしいのは加藤大輔先生で、智さんは彼のお嬢さん）

　全身から血の気がひくのを意識した。親友を殺害した犯人が、捜し求めていた実の父親。もしそうだとしたら、想像を絶する悲劇ではないか。

（警察の捜査が始まればとてもごまかしきれないけど、とりあえず今は智さんの勘違いを利用して、美夏さんがまだ生きているように演技するしかない。教え子が命を奪われたというのに、泣

くことさえ許されないのか。それでも、せめて智さんのショックを最小限にしないと……）

「わかったわ。じゃあ、見せますから、どうか心を落ち着けてね」

「ありがとうございます」

　智さんは唇を引き結んで会釈をし、私からにスマホを受け取る。そして、かなり長い間、じっと見入っていたが、

「この左の眼尻のほくろ……美夏に間違いないです」

「え……？　あ、そうなの。そこまでは気がつかなかったわ」

　智さんの冷静さに驚かされた。私が即座に断定したのはメールを読んでいたせいだが、人物の特定には確かに慎重さが必要だ。

「でも……これ、変です。こんなこと、あるはずがない」

「あるはずないって……一体、何が変なの」

「撮影された場所です。荻窪のマンションであることは間違いないんですけど」

「荻窪って……それは、美夏さんの自宅？」

「はい。高校から徒歩通学できる範囲にお祖母さんの家がありますが、そちらではなく、お母さんが借りているマンションなんです」

「えっ……？　あ、あのね、ちょっと待ってちょうだい」

　いきなり自信たっぷりに断言され、私は戸惑った。

「あなた、この写真だけで、なぜそんなことまでわかるの」

「だって、先生、ここに猫の体の一部が写っています」

　智さんが画面の一番右下を指差す。そこに黒い帯があるのは知っていたが、よく見ると、細い

毛までちゃんと写っていた。

「……その通りだわ。すると、そのマンションで、黒猫を飼っているのね」

「先週の月曜日、その猫に会いました。ベッドカバーの色からみて、場所は寝室だと思います」

「カバーの色……ああ、この赤い部分ね。なるほど。そう、かもしれないわ」

どうやら、ベッドにいる親友の寝姿を何者かがカメラに収めたと思っているようだ。確かに先入観さえ排除すれば、そんなふうに見えないこともない。

「それにしても、智さん、あなた、なかなかの名探偵ね。感心しちゃったわ」

「そんなわけないじゃありませんか。それよりも先生、すぐ警察に連絡なさるんですよね」

「え、ええ。それはもちろん、するけど……」

このままの状態で、警察の捜査が入るのは、智さんにとって残酷すぎる。それに、悲しいことだが、美夏さんの生命はすでに失われていて、一刻を争う状況でもなくなっていた。

「ただね、智さん、すぐにと言っても、実は私、送られてきた脅迫状をまだ読んでいないのよ」

「えっ？　脅迫状、ですか」

「だって、さっきの画像はそのメールに添付されていたんだもの」

「あっ、なるほど。そういうことでしたか」

もちろん嘘だが、うまい具合に信じてもらえたらしい。

「一一〇番通報するにしても、それに目を通してからの方がいいと思うのよ。悪いんだけど、あなたがそこにいると読みづらいから、席を外してくれる？　あとで呼ぶわ」

「わかりました。じゃあ、台所に……さっき持ってこられなかった水も用意します」

智さんは素直に立ち上がり、廊下へ出る。障子が閉められたのを確認してから、私はアプリを起動し、問題のメールの続きを読み始めた。

Mail（2019年7月8日　19時09分）（7）

……ある日、帰りのショートホームルームを終え、教室から出ると、美夏が私を追ってきた。

「先生、どうしても相談に乗っていただきたいことがあるのですが」

あとに職員会議の予定があったので、明日、聞こうかとも思ったが、深刻そうな表情を見て、少しでも早い方がいいだろうと考え、午後五時に職員室へ来るように言った。すると、首を振り、

「職員室はほかの先生もいらっしゃるので……教室ではまずいですか」

「いや、かまわないよ。じゃあ、午後五時に私が教室へ行くから」

自分のクラスを使い、放課後に生徒と面談するのは珍しくなかったから、私は気軽に承知したが、これが卑劣な罠だったのだ。

会議は長引き、午後五時を少し過ぎて終わったので、私は急いで教室へと向かった。

廊下も教室も人気がなく、薄暗い中、自分のクラスの明かりだけがともり、最前列の椅子にぽつんと美夏が座っているのが廊下から見えた。

引き戸を開けて入ると、美夏は立ち上がったが、その時、微かな違和感を覚えた。見たこともないほど険しい眼をしていたからだ。

待たせたせいで怒っているのかなと思い、とにかくそばまで歩み寄り、話しかけようとした時
……今でもはっきり思い出せる。いきなり美夏が抱きついてきたのだ。

意味がわからず、私は困惑した。これは何かよほど深刻な相談事で、それを切り出す前に、感極

まって泣き出したのだろう。私はそう解釈し、慰めの言葉を口にしようとした。

けれども、次の瞬間、美夏は私の背中に両手を回すと、唐突に甲高い悲鳴を上げた。

そして、「助けてぇ！」と何度も絶叫する。

「おい。一体どうしたんだ？　やめなさい」

私は懸命に相手の体を引き離そうとしたが、すごい力でしがみついてきて、まったく動かない。

すると、そこへ「何かあったんですか」などと言いながら、私と仲の悪い女性教諭が飛び込んできた……これ以上の説明は不要だろう。何もかも、くだらない三文芝居だった。

その後、教頭からの聞き取りに対して、美夏は「担任から言葉巧みに教室に誘い込まれ、突然、体を触られた」などと根も葉もないことを言うし、女性教諭は私が美夏を机の上に押し倒そうとしているのを目撃したと、これまたデタラメを証言した。

現場にはほかに誰もいなかったから、私にとって有利な証人を探すのは不可能だ。しかし、自分には何の落ち度もないのだから、あくまでも潔白を主張すれば懲戒などあり得ない。私はそう確信し、最後まで闘う覚悟だったのだが、予想外の敵が現れた。学年主任だ。

何と学年主任は、入学前に私が学力検査カードをすり替え、美夏を自分のクラスへ入れたことを知っていたのだ。

「編成作業の翌日、異変を察知したクラス担任から相談されましたが、表沙汰にすると学年内に亀裂が入ると思い、目をつぶることにしました。仲間なので、心情的には潔白を信じたいところですが、その事実を知っているだけに、味方はできません」

その噂はあっという間に校内中に広まり、私は完全に立場を失ってしまった。これでは、たとえ裁判に訴えたとしても、美夏や女性教諭の主張の方を裁判官は信じるだろう。

結局、校長からの脅迫と懐柔に屈し、私は自主退職という道を選ばざるを得なくなった。

しかし、今年一月に偶然出会った元同僚はこの事件の内幕を知っていた。実は校長と女性教諭は不倫の関係で、校長はかわいい愛人から自分が毛嫌いしている同僚を追放するよう懇願され、計略によって、私を排除したのだという。

美夏が計画に加わったいきさつは知らないが、たぶん、何かおいしい餌でも提示されたのだろう。

どこまで君に理解してもらえたかは不安だが、私が復讐を決意した経緯は以上の通りだ。

本来であれば、三人全員を殺害したいところだが、校長はすでに復讐する価値のない体になってしまったから、除外してやろう。

事件当時まだ未成年だった美夏を、今回真っ先に殺害した理由については補足説明が必要だと思うが、もう時間がない。すぐにも命を奪いたい人間があと一人いる。私が言いたいことは、これで終わりだ。

8

菱谷家の一室で、私は完全に途方に暮れていた。

（このメール……やっと読み終わったけど、ますます頭が混乱するばかりだわ）

ため息をつきながら画面をスクロールし、少し前へ戻る。

玄関前で読んだ部分の最後で、『君』は『美夏は殺されて当然だ』と言い放ったが、最後まで読んでも『君』の人物像は曖昧なままで、送信者と同様、誰なのかまるで見当がつかない。

（それに、猫を巡るエピソードが登場する意味もわからないな。担任を裏切った理由の一つがその時の感情のもつれだったとでも言いたいらしいが……普通に考えれば、男性との結婚の話題を振られ、不快に感じるのは心が男性であるＦｔＭだ。美夏さんが？　そんな印象はなかったけどなあ）

　また、今回読んだ中で、私が最も衝撃を受けたのは、送信者のターゲットが一人ではなく、三人だったという点だ。ただし、最後の部分で『校長はすでに復讐する価値のない体になってしまった』と述べている。これは『いまさら自分が手を下す必要はない』という意味だろう。

（もしそうだとしても、あと一人の命が危ない。一刻も早く警察に連絡しなければ）

　気は焦ったけれど、ここから警察へ電話するのはまずい。智さんに聞かれてしまう。メールや画像をそのまま提示した方が話は早いから、パトカーを呼ぶのではなく、自分の方から出向くことにしよう。私はそう心に決めた。

　メールの後半には新たな人物が何人も登場した。飲み屋で再会したという元同僚の男性教諭、同じく女性教諭、学年主任、教頭。それらを自分の高校、特に現在の二学年にあてはめることは可能だったが、私はあえて考えないように努めた。もしそれを行うと、必然的に渡部美夏さんを殺害した犯人は智さんの父親であることが確定してしまうからだ。

　とにかく警察署へ行こうと思い、腰を上げかけた時、廊下を足音が近づいてきた。

「美波先生、まだ入っちゃだめですか」

「いえ、大丈夫よ。ごめんなさいね。考え込んでたものだから」

　障子が開き、お盆を携えた智さんが部屋へ入ってくる。畳に座り、私の前に水の入ったコップを載せた盆を置いてくれたので、とりあえず喉を潤した。

「先生、脅迫状はどんな内容でした？　犯人の要求はやっぱりお金ですか」

「え……あ、ああ、そのことね。もちろんメールは読んだんだけど……」

私は答えに窮した。現段階では真相をぼかしておく必要があるが、できれば明らかな嘘はつきたくない。考えあぐねていると、智さんは私の沈黙を別な意味に受け取ったらしく、

「簡単には応じられない要求だったんですね。もし警察に知らせれば命はない、とか」

刑事ドラマの影響なのか、智さんはそんなことを言い出す。そして、

「先生、もし警察に通報できない場合には、白沢さんに相談してみたらどうでしょうか」

「えっ？　白沢さん……それ、誰なの」

「美森神社の神主さんです。その方は名探偵で、美夏のことも小さい頃からよく知っています」

「あ、そう。あそこの神主さんなら、初詣での時、挨拶くらいはしたことあるけど……」

「以前、お祖父さんが亡くなり、美夏が泣きながら『死ぬのが怖い』と言った時にも、白沢さんは『万一の場合には生き返らせてあげる』とおっしゃったそうです」

「生き返らせる？　いくら何でも、そんなこと……」

『できるはずがない』と言いかけ、絶句する。これまでに自分の教え子の死を経験したことはなかったし、まして、殺されたことなどあるはずがない。なぜこんなことに……一気に悲しみが込み上げてきて、私はとうとう両手で顔を覆い、泣き出してしまった。

「美波先生、どうされました？　大丈夫ですか」

智さんが私の肩を抱いてくれる。これではどっちが先生かわからない。

とにかく泣きやまなければと、唇を嚙み締めた時、突然玄関のチャイムが鳴った。

「えっ……？　誰が来たの」

「わかりません。夜の九時過ぎの来客なんて、今までに一度もありませんでしたから」

「まさか、さっき話に出た神主さんじゃないわよね」

「違うと思います。白沢さんはこの家を知らないはずだし……別の名探偵かもしれませんけど」

(別の名探偵……？　どういう意味だろう)

しかし、疑問を口に出す前に再びチャイムが鳴った。明かりがともっている以上、居留守は使えない。とにかく、二人で玄関まで出て、智さんが恐る恐る声をかけてみた。

「あのう……どなたですか？」

「夜分に申し訳ありません」

その声を聞き、仰天した。訪問者は私のよく知る人物だったのだ。

「藤代修矢と申しますが、こちらに知水学院高校の倉西美波……先生が来ていませんか」

9

謎の訪問者が私の名前を口にしたのを聞いて、智さんがぱっとこちらを向いた。一瞬、言葉に詰まったが、とにかく、「知り合いだから、大丈夫」と告げ、玄関のかぎを開けてもらう。

「……まだ家にも帰ってないぜ。帰国したとたん、面倒なことに巻き込まれちまった」

五カ月ぶりに再会した直後の台詞がこれだ。へそ曲がりな性格は二十年経っても変わらない。確かにたった今、空港から駆けつけてきたらしく、銀色のキャリーケースを引きずっていた。それとは別に、小さなリュックを背負っている。

細長い体に着けているのは、グリーンのTシャツにブラックジーンズ。ソンブレロ風の帽子を頭に載せていた。切れ長の眼、尖った顎、やや茶色がかった髪。普段は夏でも肌が白いままだが、長期滞在だったため、今回はきれいな小麦色に日焼けしていた。

「面倒なこと……と言うからには、私が転送したメールを読んでくれたのね」

「ああ。成田から来る途中、中央線の電車の中でね。三鷹《みたか》のあたりだったけど、ほっとくわけにはいかないと思って、駅前からタクシーに乗った」

「来てくれたのはうれしいけど……でも、なぜこの家にいるってわかったの」

神出鬼没さは経験済みだが、さすがに驚いてしまった。すると、修矢は呆れ顔になり、

「あのなあ、一昨年、スマホを買い換えた時、『なくしたら困る』とか言って、二人で位置検索サービスに加入しただろう。忘れちまったのか」

「あ……ああ、なるほど。そうだったわね」

メカに弱いので、私は一度も使っていないが、そんな契約をしたことは思い出した。

「近くまで来てみたら、この家の前に見覚えのあるラパンが路駐していた。まあ、車体の傷が一カ所増えてたけどな」

「あ、ああ、そうか。だったら、わかってあたり前よね。でも……」

ふと気づくと、脇で智さんが不審げな顔をしている。いきなり得体の知れない男性が飛び込んできて、自分の担任にため口を利けば混乱するのが当然だが、この二人の関係は説明が難しい。

「ええとね、実は……こちらというか、この人は藤代修矢といって、事実婚ではあるんだけど、まあ、私の配偶者なのよ」

何とも歯切れの悪い説明になってしまったが、それを聞き、智さんは眼を輝かせる。

「先生の旦那様……ああ、なるほど。知水高校二年Ｅ組の五十嵐智です。美波先生には大変お世話になっています」

「そうですか。あまり頼りになるとは思えないけど、皆さんで何とか面倒をみてやってください。さてと、じゃあ……」

修矢は早速憎まれ口を叩くと、キャリアケースを土間に置き、家へ上がろうとする。

「ちょっと待って。何をするつもりなの」

「はあ？　なぜ止めるんだよ。メールを転送してきたのは、俺に謎を解いてほしいからだろう」

「それはそうだけど……ごめんなさい。転送して十分後に同じ人物から、今度は画像が送られてきたの。単なるいたずらではないことがわかったので、これから私、警察署へ行くところなのよ」

「だったら、せめてその画像を見せてくれ」

「え……ああ、わかった。今、出すわ」

こんなことをしている間にも、殺人犯が次の動きに出るかもしれない。気が急《せ》くが、相手の要求は正当なもので、従わないわけにはいかなかった。

問題の画像を表示し、スマホを手渡す。修矢はそれを一目見るなり、

「手前の、この黒は猫……それとも、犬かな」

「ええ、そうよ。黒猫の体の一部。よくわかったわね」

実際にマンションで黒猫と対面した智さんが気づくのはわかるが、何も知らない状態で即座に指摘したのはさすがだと思った。

「それから、この赤はきっと……うーん」

うなりながら、こちらを見る。私が首を振ると、修矢は赤い色の正体を口にするのを避けた。

「なるほど。で、この眼を閉じている子も、知水高校の生徒なの」

「そう。私のクラスじゃないけど」

「名前は？」

「だから……この子が渡部美夏さんなのよ」

途中からささやき声になったのは死を悼む気持ちの表れだが、修矢は軽くうなずくと、

「そうか。わかった。だったら、すぐに警察へ行く必要はない。まずは俺が話を聞こう」

「ええっ？　そ、そんな、だって……」

戸惑っているうちに、修矢はスニーカーを脱ぎ、三和土へ上がってきてしまう。そして、スマホを私に返すと、

「お取り込み中のところ、申し訳ありません。こんな服装では信用されないでしょうが、これでも一応、職業は探偵です。呼ばれたからには、それなりに仕事をしますので」

何と大見得を切ってみせたのだ。これに対し、まだ事態の深刻さを充分に認識していない智さんは「さあ、どうぞ」と言って、修矢を庭に面した二部屋のうち、手前の方の部屋へ案内する。

私はその場にしばらく立ち尽くしていたが、やがて我に返って、二人のあとを追う。

部屋に入ると、左手の壁を背にして腰を下ろした修矢はメモ帳にボールペン、ペットボトルの水まで用意して、私を手招きした。

「時間をかけたくないんだろう。早くそこに座れ。ああ……そうか。申し訳ないけど、五十嵐さんは少しの間、外してもらえませんか。話がしづらいからね」

修矢に促され、智さんは再び台所の方へ去っていった。

こうなっては否も応もない。私は内心困惑しながら、探偵の向かいに腰を下ろした。

10

「……話は、それで、もうおしまい？」

メモを取っていた手を止め、修矢が言った。そうきかれると、不安になる。

「大切な点を落としている気もするけど、私が知っていることは一通り説明したつもりよ」

なるべく簡潔にと心がけたが、時刻は午後九時を過ぎてしまった。汗をかきながら、やっとの思いで、ここまで漕ぎ着けたのだ。

「質問があれば答えるけど……で、どうなの。謎が解けそう？」

せっかちすぎるとは思ったが、そう尋ねずにはいられなかった。

「まあ、渡部美夏さんの死という事実はもう覆せないでしょうけど……最大の関心事はメールの送信者が加藤大輔元教諭かどうか。もちろん、私はそうでないことを願っているわ」

「とにかく、現段階で明らかなのは、最も重要なパズルのピースが欠けているということだ」

「最も重要なピース……どんなものか教えてくれれば、もう一度考え直してみるけど」

「考えてもむださ。美波の手元にはないはずだから。それに、市長が大けがをした事件は海外へ出発する前だけど、それ以外の情報は全部初耳。一度に言われると、整理するのに骨が折れる」

「もちろん、私だって、その都度相談したかったのよ。でも、電話は通じないし、メールの返信も――」

「おい、よせよ。こっちにはこっちの事情があったんだぜ」

修矢は不満そうな顔をして、ペットボトルの水を口に含む。

「守秘義務があるから仕事の詳細は教えられないけど、日本よりも格段に治安の悪い地域にいたから、自分の身を守るので精一杯だった。別に言い訳する必要はないけど……ああ、思い出した。今回の事件の関係者にも、向こうで会ってたんだ」

「今回の関係者？　まさか……一体どこで、誰に会ったというの」

「場所はメキシコシティ。会った人物は、山際藍子さん……の配偶者だな」

「ヤマギワ、アイコ……えっ？　つまり、軽野伸治君のお父さんてことなの」

「そうさ。軽野泰彦《やすひこ》さんと言って、ローマ字で『Mogmog』という日本食レストランのオーナーシェフ。安くてうまいと評判で、現地では人気の店なんだ」

「……そんな偶然て、あるのかしら」

「偶然と言えば偶然だけど、いくら人口九百万人近い大都市でも、日本人が経営しているレストランはほんの数軒。四月半ばから三カ月以上滞在してたから、何度も行くうちに親しくなった」

「四月半ば……じゃあ、あなたが通い始めた時には、伸治君はもううちの高校へ転入してたのね」

「マスターが嘆いてたぜ。『何とか思いとどまらせようとしたけど、うちのせがれは頑固で、一度言い出したら聞かない』って。それにしても、通っている高校の名前を教えられた時にはびっくりしたよ。『その高校で知り合いが先生をしている』と伝えたら、『よろしく頼む』と拝まれちゃった。で、これは二人きりで飲んだ時、泰彦さんが漏らしたんだけど……実はさっき聞いた話、本当は少し違うらしいんだ」

「えっ……？　伸治君のお父様が、そうおっしゃってたの」

「ああ。藍子さんは死の直前まで、『申し訳ないことをした』と言い続けていたそうだよ」

「申し訳ないって……それは、誰に対して？」

尋ねると、修矢はボールペンの先で、左手に置かれた仏壇の遺影を指す。

「菱谷豊さんに……じゃあ、藍子さん自身は事件の真相にちゃんと気づいてたのね」

「乱暴されている最中に意識を失ったのは事実だろうけど、最後までずっと気絶したままというのは不自然だ。事件後、ショックで記憶が混乱している時、刑事時代の吉村に巧みに誘導され、真犯人である虎井諒にとって都合のいい証言をしてしまったらしい。何日か経ち、少し落ち着きを取り戻してから訂正しようとしたが、相手にされなかったそうだ」

「なるほど。まだ高校生だものね。うまく丸め込まれちゃったんだ」

「遺伝性の代謝疾患が原因で二年前に亡くなったそうだけど、死の直前に藍子さんが伸治君を呼び、二人きりで長い時間話をしていたと聞いた。内容はわからないけど、たぶん、その件じゃなかったのかなあ。泰彦さんも、奥さんが発病後に真相を打ち明けられたと言ってたから」

「そうか。だから、伸治君はバスケの有力校ではなくて、わざわざうちの高校に……」

　そこで絶句してしまったのは、ある恐ろしい考えが頭に浮かんできたせいだ。

（吉村校長に毒を盛ったのは、やはり伸治君なのかもしれないぞ。普段、校長室のドアは施錠されていないから、忍び込むことは可能だ。もし誰かに見とがめられても、『校長先生に話したいことがあって来ました』と言えば、生徒なら、あやしまれることはない。一週間分の薬がケースに入っているわけだから、事件の前日や前々日にだって、混入させることは可能だ）

「写真を見せてもらったけど、清楚な感じの美人だった。さっきの子によく似ていて……だから、てっきり藍子さんのお嬢さんだと思ったんだが、お前の話を聞くと、関係ないみたいだな」

「えっ、さっきの子って……智さんのこと？　へえ、そうなの。智さんが伸治君のお母さんにね。これは他人の空似に決まってるけど、何だか不思議な話……」

　急に会話がとぎれたのは、バイブの音がまた聞こえたからだ。スマホを取り上げてみると、前回と同じアドレスから私への返信メールで、やはり本文はなく、ファイルが添付されていた。

（ちょっと、今度は何なのよ。肝心の推理をまだ聞いてもいないのに……）

　無視するわけにもいかず、確認すると、送られてきたのは今回も人間の顔らしいが、その正体を見定める前に、指が勝手に動いてしまった。

　次の瞬間、ディスプレイに出現したのは山﨑先生の顔……しかし、それは明らかに生きた人間のものではなかった。仰向けに倒れているらしいが、喉仏のあたりが無惨に切り裂かれ、血があふれ出ている。

　私は左手で口元を押さえ、悲鳴を上げることだけは何とかこらえた。そして、震える手でスマホを差し出すと、画面に視線を落とした修矢はさすがに顔色を変えた。

「おい、美波。これ、誰なんだ？　お前の知ってる人か」

「だから、山﨑先生よ。山﨑……な、奈保子先生。私と同じ学年の、担任なの」

「えっ……？　さっきの説明の中に、その先生の名字は出てきたけど、名前までは聞かなかったぞ。どんな字なんだ」

「はあ？　名前の漢字なんか、今はどうでもいいと思うけど……」

　拒否しようとしたが、修矢の眼は真剣だった。仕方ないので、その説明をしてから、

「とにかく、あなたが止めたせいで、とんでもない事態を招いちゃったわ」

「俺のせいって……一体、何の話だ？」

「とぼけないでよ。私がもっと早く警察へ行き、捜査を依頼していれば、第二の殺人は起きなかったかもしれないのに」

　まさに最悪の事態だった。確かに、メールの中で『女性教諭』に対する殺意が明かされてはい

たが、そこで述べられている人物関係をそのまま自分の学年にあてはめる気にはなれなかった。

けれども、こうなった以上、事実関係は明白だ。二人を殺害した犯人は加藤大輔元教諭。それ以外の可能性はあり得ない。

「ああ、何だ。お前、そんなことを考えてたのか」

けれども、私の糾弾を、修矢は鼻の先でわらい飛ばす。

「あのなあ、こんなものはミステリーなら常套手段じゃないか。簡単に引っかかるなよ」

「ミステリーの、常套手段？　それ、どういう意味なの」

「昔はたいがい郵送だけど、Aという人物の死に様、Bの死に様と時間差をつけて写真が送られてくれば、事件もその順に起きたと無意識のうちに思い込んでしまう。しかし、実際の時系列はB、そしてAだったかもしれない」

「……ああ、なるほど。つまり、警察に相談しても間に合わなかったと言いたいのね。殺害されたのは山崎先生、美夏さんの順だった可能性もあると」

「そんなことは言ってないが、少なくとも、この写真の先生の方があとということはあり得ない」

自信満々な態度に気圧《けお》されてしまい、それ以上は反論できなかった。ただし、不思議なのはその自信の出所だった。なぜ突然、強気になったのだろう。

「とりあえず、これで重要なパズルのピースはすべて揃った。では、謎解きを始めよう」

右手の指先で開いたノートを叩きながら、修矢が言った。

「じゃあ、ええと……五十嵐さんか。待ちくたびれているだろうから、呼んできてくれ。そちらからの情報がないと検証できない。まあ、スマホのその写真は見せない方がいいと思うけどね」

11

「では、説明を始めるけど、その前に、僕から断っておきたいことが二つある」

肩を並べて座る私たち二人に向かって、修矢が言った。彼のすぐ前の畳に、私のスマホ。一人称が『俺』から『僕』に変わったのは、もちろん智さんが同席しているためだ。

「まず一点め。これは五十嵐さんに……ええと、山﨑奈保子先生を知ってるよね」

「はい。うちの高校の数学科の先生です」

「彼女は今日、亡くなられた」

「ええっ？　ま、まさか……嘘でしょう」

智さんが大きく眼を見開き、微かに首を横に振った。

「残念ながら事実だ。君に見せるつもりはないけど、美波へメールを送りつけた人物が殺害後の画像を送信してきた」

「そんな……あの、待ってください。美波先生が受信したのは、美夏を誘拐した犯人からの脅迫メールじゃなかったんですか」

今まで嘘を教えられていた智さんは狼狽し、私に詰め寄ってくる。

「じゃあ、ひょっとして、美夏も殺されてるんですか？　山﨑先生は誘拐事件に巻き込まれ、命を落としたとか……そんなはずありませんよね。美夏は生きてますよね！」

「あのね、智さん、だましたみたいで悪かったけど……とにかく、落ち着いてちょうだい」

私はただうろたえるばかりだったが、修矢は余裕たっぷりの表情で、

「五十嵐さん、友達を心配する気持ちはよくわかるけど、話には順序がある。君の疑問に対する

答えはすぐに出てくるから、少しの間、黙っていてくれないか」

「……はい。すみません。わかりました」

　智さんが我に返ったような表情でお辞儀をし、座り直す。以前からそう思っていたのだが、修矢には生来の不思議な威厳があり、それが何となく他人を従わせてしまうのだ。

「じゃあ、留意点の二つめ。僕の謎解きを聞いても、誰が犯人かはわからないよ」

「えっ？　それ……最後まで聞いても、不明のままってことなの」

　自信満々の態度との落差に、私は何だか拍子抜けしてしまった。

「ああ。最も重要な手がかりは揃ったけど、事件の全貌を解明するにはカードが不足しているから、これじゃ、どんな名探偵でもお手上げさ。もしこれがミステリーなら、それまでに登場した人物は全員が犯人ではなく、読者は真犯人の名前を知らないまま本を閉じることになる」

「情報が足りないのはわかるけど……犯人が特定できないのは困るわね」

「報酬なしでの依頼のわりには、ずうずうしいご発言だね。まあ、それは我慢しよう。その代わり、犯人像ははっきりしている。もし僕の手持ちの情報が警察に伝われば、短期間の捜査で全国に指名手配されるはずだ」

「そうか。つまり、この場では名前までは無理だけど、犯人の条件をごく限られた範囲まで絞ることは可能だと言いたいのね」

「その通り。では、いよいよ始めるけど、とりあえず、最初は僕の立場に立って説明するのが一番わかりやすいと思う」

　修矢は私のスマホを手に取り、画面をタップしながら、

「謎のメールが僕へ転送されてきたのが……十九時三十五分か。電車の中で受信して、何だろう

と思って開くと、『こんなものが送りつけられてきたの。この謎が解ける?』。添えられていた本文はたったこれだけだ」

「仕方なかったのよ。事情をちゃんと説明したかったけど、時間がなかったから」

「別に苦情は言ってない。もちろん、何かで切羽詰まってるんだろうなと理解した。あえて返信しなかったのも、それが理由だ。藪蛇《やぶへび》になってはまずいからね。で、添付されていたメールに目を通してみると……五十嵐さん、一つお願いがあるんだけど、僕の話を黙って、とにかく最後まで聞いてくれないかな。途中で泣いたり騒いだりされると、先へ進めなくなる」

冷酷な申し渡しだと思ったが、智さんは唇を噛み、無言でうなずく。

「ありがとう。問題のメールにはね、『美夏を殺した』と書かれていたんだ」

その瞬間、智さんの肩がビクンと動いたが、気丈にも声は出さなかった。修矢はメールの概要を紹介してから、

「正直言えば、読み終わって、途方に暮れたよ。何が何だかわからなかった。ただ、『こんなものが送りつけられてきた』と言ってるわけだから、舞台は知水高校……少なくとも、美波はそう考えているのだろうと推定した。ここまではいいな」

「ええ。まあ、そうでないことを祈ってはいたけどね」

「もしこれが事実なら一大事だ。そう思って、もう一度読み返してみると、明らかな矛盾が次々に見つかった。結論を先に言うけど、メールに記された事件は知水高校では起きていない」

「えっ……?　知水じゃない、ですって」

思わず隣にいた教え子と顔を見合わせる。絶望に打ちひしがれていた眼に、微かな希望の色が浮かんでくるのがわかった。

「じゃあ……どこか別の高校が舞台なのね」

「だって、知水学院は私立《わたくしりつ》だろう」

「もちろんそうよ。小中高を運営している学校法人が母体だもの」

「それなら、絶対に違う。メールに登場する高校とは無関係だ」

なぜ、そんなふうに言い切れるのか。根拠がわからず、戸惑っていると、

「根拠を示さないとまずいな。ええと……ここだ。上から三行でいいから、読み直してみろよ」

スマホを手渡されたので、画面に視線を落とす。一番上の三行は『司会役である私が〈では、向かって左端の方《かた》から受検番号、中学校名、氏名を言ってください〉と指……』。

12

（この中のどの部分が……一体、何が言いたいんだろう）

指定された三行を読み返しながら、さかんに首をひねっていると、

「気がつかないのか。困ったやつだなあ。今、勤めている高校の入試を思い出してみろ」

「思い出してるわよ。それでも、全然見当がつかないんだもの」

「じゃあ、教えるけど、メールに登場する高校は公立だ。別のところに『都内』とあるから、たぶん都立高校だろう」

「えっ？　だから、どんな根拠でそんなことが言えるの」

「『受検番号』という漢字だ。もっとわかりやすく言えば、『受検』の『検』の字」

「ジュケンノ、ケン？　ああ、たしか面接の指示の中に……あれえ。言われてみれば、うちの入

試では、試験の『験』だったような気がするわ」

「公立と私立で、漢字を使い分けているんだ。太平洋戦争後、新制高校が発足した当初は公立高校は希望者全入が建て前で、入学者選抜のための検査は行っても、私立高校のような入学試験は実施しない。その名残が今でもあるらしい」

「じゃあ、つまり、落とす目的ではなく、一定の基準に達しているかどうかを調べる検査だというわけね。設備の定期検査みたいに」

「そうさ。日本全国同じかどうかは知らないが、都立高校の場合は間違いなく検査の『検』だ。小耳に挟んだところでは、茨城県では両者が峻別されていて、入試、入試と言うのはマスコミや保護者だけで、学校関係者は『学力検査』、略して『ガッケン』と言わないと怒られるそうだ」

「ちょっと待って。それは論理の飛躍……とまでは言わないけど、根拠としては弱すぎるわよ。だって、私、講師時代を合わせれば十年近く教員をやってるけど、そんな区別があるなんて知らなかったもの」

「私立高校は『入学試験』で、そのままなんだから、知らなくてあたり前。公立高校に勤務していても、はっきり意識していない教員が多いらしい」

「でしょう。だったら、メールの送信者もそのうちの一人だったかもしれないわ」

「いや、それはあり得ない。メールの後半だけど、『大学受験』の時にはちゃんと試験の『験』の字を使っている。自分の眼で確認するかい」

「見なくてもいいわ。手書きならその理屈でわかるけど、一太郎で書いた文章でしょう。変換キーを叩いたら、たまたまその字が出た可能性だってある」

「ほう。粘るねえ。生徒さんが一緒だと、普段よりも頭の回転が速くなるな」

修矢が苦笑した。おそらく、これが彼としては目一杯の賛辞だろう。

「しかし、残念ながら的外れだ。送信者が高い知性の持ち主であることは明らかで、その上、日本語に関するこだわりが非常に強い。お前も読んだだろう。貯金と預金の違いとか、神父と牧師の違い。そんな細かい点にまでこだわる人物が、自分の仕事に関して、使い分けを間違うと思うかい」

「あ……そうか。確かに、あなたの言う通りだわ」

これ以上は粘りようがない。素直にカブトを脱ぐしかなかった。

「納得してもらえたのなら、その次。メールの舞台は明らかに過去だ。現在ではない」

「えっ、過去……？　なぜ、そう断定できるの」

「門外漢が口幅ったいことを言うようだけど、学校というところは実に旧態依然としていて、黒板にチョークの授業が大半だし、いまだにタイムカードさえなくて、先生方は毎日出勤簿に押印させられるんだろう」

「まあ、そうね。タイムカードを導入している学校もあるけど、ない方がむしろ普通。出勤簿も、建て前上は毎日判子を押すことになっているわ」

「だから気づきにくいんだろうけど、メールの事件が起きたのは最低でも今から十年……たぶん二十年以上は前じゃないかな」

「急いで読んだせいかもしれないけど、別に違和感は……そんな昔の話だとわかるのは、どの部分なの」

「クラス編成の方法さ」

「クラス編成？　ああ、合格発表のあとに行われた作業ね。でも、あれのどこが……」

「いくら学校現場が十年一日《いちじつ》といってもさ、今時、成績の書かれた紙のカードを一枚一枚振り分けてる学校はないだろう。カードゲームじゃあるまいし。変だと思わなかったのか」

「だって、私が学年に入る前のことだから……まあ、頭の隅っこで『へえ。そんな面倒なことをしたんだ』とは考えたけど」

「だったら尋ねるが、前に一年生の担任をした時、クラス編成の素案は誰が作った？」

「最初の学年会に行ったら、入試成績で振り分けた案がもうできてたのよ。学年主任がパソコンに堪能だったから、独りで作ってくれたみたい」

「合否判定で使用したエクセルファイルがあれば、並べ換え機能を使って一瞬で振り分けられるからな。たぶん前に誰かが組んだマクロがあって、データだけ入れ替えればいいようになっているんだと思う。それとも、昨年度の一学年担任はパソコンの初歩も知らない先生ばかりだったのかな」

「まさか。加藤先生なんて、校内でも一、二と言われるくらい詳しかったし……なるほど。これもあなたの言う通りだわ。紙のカードの振り分けでクラス編成作業をしている学校なんて、日本中探してもないでしょうね」

　今回は早々と降参。振り返ってみれば、いくらあわてていたとはいえ、この点は見逃すべきでなかった。そして、今気づいたのだが、知水高校は私立だから、入試の際に使用している各教科の点数や合計を記入するカードが『学力検査カード』であるはずがない。カードの上部に何らかの名称が記されていたはずだが、そんなもの、最初から見てもいなかった。

「言われてみれば、おかしなところはほかにもある。メールの登場人物を自分の学年の誰かにあてはめるのは控えてたんだけど……例えば、この『女性教諭』は校長の愛人ですものね。それは、まさかと思ったわ」

　そこで、あることに気づき、私ははっとなった。

（ということは……つまり、メールの送信者は智さんのお父さんではないはずだわ。加藤先生は四十歳だから、二十年以上前なら、まだ大学生だもの！）

　これは大発見だと喜んだのだが、私がその点を確認する前に、智さんが口を開いてしまう。

「……あの、本当に申し訳ありません！　舞台が二十年前だとすれば、必然的にメールに出てきた『美夏』も、私の友達の渡部美夏さんではないということになりますよね」

　顔に期待感がありありと浮かんでいたが、修矢はあっさりと首を横に振る。

「いや、メールの中の『美夏』は、君が知っている知水高校二年生の渡部美夏さんだ。それは間違いない」

「ええっ⁉　まさか、そんなはずは……ううっ」

　智さんが途中で絶句し、顔を伏せる。見る見るうちに、両眼から涙があふれ出てきた。

（あの写真の通り……やっぱり、美夏さんは亡くなっていたのか）

　それが動かしようのない事実だとしても、修矢の態度は冷たすぎると思った。

「何も、そんな言い方しなくたっていいでしょう。絶望させたいの」

　今度は私が智さんの肩を抱きかかえながら、そう抗議すると、

「別に絶望させようなんて思ってないさ。だから最初に断ったんだ。『黙って、最後まで聞いてくれ』って……わかったよ。だったら回りくどい説明はやめて、本当の核心を教えるから」

　修矢が苦しげに首を振りながら、そう宣言する。眼の前で泣かれるのはさすがに嫌らしい。

「本当の、核心……？」

「ああ。実は、殺害された被害者の人名がそのままメールに記されている。それを見れば、誰にだって真相が理解できるはずだ」

13

「被害者の人名が、そのまま出てくる、ですって……」

　またもや意味不明の言葉を聞かされ、頭が混乱してしまった。

「それは、『美夏』という名前のこと？　それ以外には誰も……山﨑先生がお亡くなりになったのは事実でしょうけど、彼女の名前なんてどこにも出てこないわよ」

「説明するより、見てもらえば一目瞭然だ。スマホをこっちに貸して。ええと……ああ、ここだ。一行めから四行めまで読んでくれ」

　さっきと同様の注意を受け、スマホが私の手元へ戻ってくる。智さんが顔を寄せてきたが、払いのけるのもかわいそうなので、ざっと眺めて『美夏』の二文字がないことを確認し、そのまま放置することにした。

（ええと……ああ、メールの最初の方ね。七夕について触れた直後のところだわ）

『襲撃に成功し、存在をこの世から消し去ることができて、本当にほっとしている。偽らざる本音だ。つけ加えれば、なお、死んでくれてありがとうと心から言いたい』

「これの、どこに……被害者の人名があるの」

　私と智さんは困惑ぎみに視線を合わせる。

「おいおい。指で差さないと、わからないのか。まいったなあ」

修矢が珍しくため息をつきながら覗き込み、画面の一点に指の先を置く。そこにあった文字は『つけ加えれば、なお、死んでくれてありがとうと心から言いたい』。

「ここならさっきも読んだけど、別に……でも、日本語としては少し変ね。『なお、つけ加えれば』なら問題ないけど。ええと、『つけ加えれば、なお、死んでくれて』……ええっ？　まさか」

さっと前を向くと、修矢が深くうなずく。

「じゃあ、これは変換ミスというか、変換の漏れで、『なお』というのが被害者の名前……」

「いつもこれくらいで正解に到達してくれると、こっちも楽でいいな」

また皮肉を言われてしまったが、ここは確かにあからさまで、最初に読んだ時、不自然さに気づいて当然だった。

「それとは無関係かもしれないけど、よく似た人名が少しあとに出てきたはずよ。読み方は知らないけど、美夏さんの従姉妹……ああ、あった。やっぱり『従姉妹同士』で、美夏さんが幼い頃から残酷な行為が好きだったと証言している。漢数字の『七』に『生きる』という字……『ナナオ』さんかしらね」

「いや、それで『ナオ』と読む。そうでないと、つじつまが合わない。要するに、殺人犯はメールを入力している段階では、『自分は七生を殺した』と思い込んでいたんだ」

「ちょっと、待って。亡くなった山﨑先生の名前は『奈保子』よ。『ナオ』と『ナオコ』……紛らわしいのは認めるけど、まさか犯人が二人の名前を逆に覚えていたなんて言うつもりじゃないでしょうね」

「そのまさかさ。犯人は明らかに二人の名前を取り違えていた。それが論理によって導き出された結論だ」

「ええっ？　でも、それは、いくら何でも非現実的だと思うわ。もちろん、名前を間違えるなんて日常茶飯事よ。私の場合、在籍している生徒に関してだってそうだから、卒業生に関してはもっとひどい。でも、殺意を抱くほど憎んでいた相手の名前を勘違いするなんて……」

「それは君がそう感じるだけで、推論の根拠にはならない。メールには『いったんは忘れていた恨み』と書かれているし、それに教壇を追放されたのが二十年以上前だとすると、犯人はすでに相当な年齢に達しているはずだ。高齢になれば、若い頃には考えられないような思い違いをしてしまう。似ている名前ならなおさらだ。

　話す順序が逆だったかもしれないが、犯人が自分が殺害した人物を『七生』だと思い込んでいたこと、そして、現実の被害者の名前が『奈保子』だったこと。この二点から推せば、それ以外の可能性は考えられない」

　これ以上反対しても水かけ論になるだけ。それよりも、早く推理の続きを聞きたかった。

「わかったわ。名前の取り違えがあり得るという主張は認めます。しかし、仮にそうだとしても、メールを書き終えたあとで気づくというのは不自然よ。なぜそんなことが起きたのかしら」

「そこは、現時点では僕もわからないが、犯人が被害者宅から何かを持ち出し、メールの入力が終了したあとで正しい名前を見たんだと思う。例えば、盗んだ財布の中に運転免許証か病院の診察券が入っていた、とかね」

「あ、あの……途中なのに口を挟んで、本当に申し訳ありません」

　ついに我慢が限界を超えたらしく、智さんが再び会話に加わってきた。

「藤代さんのお考えでは、つまり、美夏はとばっちりで殺されたということなんですね」

「とばっちりで、殺された？　意味不明だな」

「だって、さっき、そうおっしゃったでしょう。美夏が殺されたと」

「いや、違う。僕は単にメールの中の『美夏』が、君の友達の渡部美夏さんだと――」

「同じことじゃありませんか！　一体どこが違うんです」

「智さん、気持ちはわかるけど……あなたが今何を言っても、現実は変わらないんだから」

私は何とか慰めようとしたが、智さんは再び手で顔を覆い、声を上げて泣き出してしまった。

「まいったなあ。別にじらすつもりなんてないんだが……とにかく、話を先へ進めよう。おい、美波、送信されてきた写真に写っていた被害者は誰だ？　メールに名字は記されてないから、下だけでいいぜ」

「それは……奈保子先生よ」

「うん。犯人は彼女のことを、『七』に『生きる』の『七生』だと思っていた。犯人は一太郎ユーザーのようだが、Ｗｏｒｄでも理屈は同じだ。もし入力後に人名の取り違えに気づいたとしたら、お前なら、どうする？」

「その時は一括置換機能を使って名前を入れ替えるわ。文章を読みながら、一つ一つ変更するのは面倒だもの」

「それ以外の選択肢はないだろうな。だから犯人も、まずは『奈保子』を『七生』に置き換え、次に『七生』を『奈保子』に置き換える……つもりだったんだが、そこで問題が生じた。『七生』を『奈保子』にしようとしても、その段階では二人の名前はすべて『七生』になっているから、もし操作を行えば、今度はすべてが『奈保子』に変わってしまう」

「……ああ、なるほど。そうならざるを得ないわよね」

　頭がこんがらがってきたが、確かにその場合、一回または二回の操作で名前を交換するのは不可能だ。脇を見ると、いつの間にか、智さんも顔を上げ、修矢の説明に聞き入っていた。

「たぶん、犯人も弱っただろう。戻るボタンを押せば、最初の状態にするのは簡単だが、そこから先へ進めない。そこで、『奈保子』『七生』のどちらかを、いったん別の第三の人名に置き換えることにした」

(ええと、つまり、こういうことね。AとBの人名を逆にするためには、『A→C』『B→A』『C→B』の三つの操作が必要だと……なるほど。その通りだわ)

「そこで、犯人はまず、自分が殺害したと思い込んでいた『七生』を別の人名に置き換えることにした。もちろん何でもかまわない。聖子《せいこ》でも明菜《あきな》でも、あるいはタマでもポチでもいいが、ほんの数秒間で消えてしまうのだから、考えるのは面倒。そこで、すでに頭の中にあった事件関係者の名前を使うことにしたわけだ。

『七生』をすべて『美夏』に置き換え、次に被害者の従姉妹の名前だと勘違いしていた『奈保子』を、本来の『七生』に訂正する。そして、最後に『美夏』を『奈保子』にする操作が残っていたが……たぶん気がゆるんだんだろう。誤って、そのまま送信してしまった。それが美波が受信したメール本文の正体さ」

しばらくは反応できなかった。論理に矛盾は見あたらないが、あのメールを読んだだけで、こんなことを考えつくなんて……とても信じられない。頭の中を覗いてみたいくらいだった。

「あ、あの……藤代さん、一つ伺ってもよろしいですか」

沈黙を続ける私にじれたらしく、智さんが口を開く。

「どんな質問でも、遠慮なくどうぞ」

「今、事件関係者とおっしゃいましたけど……私の親友の渡部美夏はどう事件に関係していたのでしょう」

「ああ。今の説明で見当がついたと思うが、要するに、メールの中の『君』が美夏さんだよ」

「えっ……？　すると、美夏は殺されてはいないはずですよね」

「もちろんだ。彼女は生きている」

「ええっ!?　ほ、本当ですか。フルサが生きている……」

智さんの両眼が歓喜に輝いた。そして、大きく身を乗り出すと、

「あの……今度は、嘘じゃないでしょうね」

「今度は？　おいおい。他人聞《ひとぎ》きの悪いことを言わないでくれ」

必死の形相で詰め寄られ、さすがの修矢がたじろぐ。

「僕は渡部美夏さんが殺されたなどとは一言も言ってない。メールに登場する『美夏』は彼女に間違いないという事実を述べただけさ。そんなに心配なら、電話してみればいいだろう。向こうも連絡を待っていると思うよ」

「え……いえ……そんなはず、ないです」

今度はうれし泣きをしながら、とぎれとぎれに智さんが答えた。

「台所で待機している間に、もちろんＬＩＮＥも送ったし、電話もしましたけど、一切反応はありませんでした」

「そりゃ、そうだろう。でも、状況が変わったわけだから、まずこうＬＩＮＥしてごらん。『何もかも謎は解けた』ってね。そのあと電話をかければ出てくれるはずだ」

その言葉を聞き、智さんが眉をひそめながら私を見る。私も半信半疑ではあったが、

「とりあえず、言われた通りにしてみたらどう？」

「でも、それはちょっと……あのう、わがままなお願いで申し訳ありませんが、美波先生の電話を使わせていただけませんか」

「あ、ああ、もちろんいいわよ。その方が、あなたに電話代を負担させなくて済むわね。だけど、美夏さんの番号はわかるの」

「暗記しているから大丈夫です。『謎が解けた』という連絡にも、ＬＩＮＥではなく、ショートメッセージを使わせてもらいます」

　私が自分のスマホを手渡すと、智さんは早速操作を始める。

「……あの、ねえ、ちょっと教えて」

　修矢のそばへ行き、こっそり耳元でささやく。

「私にメールを送りつけてきたのは、結局誰だったの」

「おい、よせよ。くだらないことをきくな」

「……くだらない、かな」

「あたり前さ。そもそも可能性のある人物は二人しかいない。殺人を犯した本人、または、殺人犯からのメールを受け取った『君』が本文をコピペして送信してきた。そのどちらかだが、最初に殺人犯は特定できないと断ってある」

「あ……なるほど。つまり、名前不詳の殺人犯か美夏さん。そのどちらかに決まっていると言いたいのね」

　見ると、智さんはメッセージを送信し終え、今度は電話をかけようとしていた。

「でも、もし送信者が美夏さんだとして、なぜあんな画像をもっていたのかしら？」

「そこは本人に尋ねてみるしかないけど、ただ、撮影したのは間違いなく殺人犯だろうね。それをもらい、顔の部分だけをトリミングしたんだと思う」

「もしそうだとしても、美夏さんがそんなものを私に送りつけてきた理由がわからないわ」

「その点について考えはあるけど、口には出さないことにするよ。僕の想像が交じってるから」

「えっ？　別にいいじゃない。そんな意地悪を言わないで――」

「あっ、フルサ……！　い、生きてたんだ。大丈夫？」

両手でスマホを握ったまま、智さんが大声を上げる。電話が通じたらしい。

「あの、それで……そう。美波先生の旦那様が名探偵で、謎をあっという間に解いてくれたよ。すごかった。フルサにも聞かせたかったくらい……えっ？　ああ、わかった。美波先生と代わればいいんだね」

興奮の面持ちで、スマホをこちらへ差し出す。受け取った私がスマホを左耳にあてると、

『……先生、すみません。ご迷惑を……おかけしました』

「あっ、美夏さん。本当によかったわ、無事で。今、どこにいるの」

『祖母の、家……です』

「そうなの。体に、けがとかは……？」

すると、相手は押し黙り、低くすすり泣く声だけが聞こえてきた。

「あの、大丈夫なの？　もしけがでもしているのなら、一緒に病院に行くわよ」

『けがは、してませんけど……でも、先生、もし先生のご主人がこの謎を解いてくれない時には……私、今夜のうちに死ぬ、つもりでした』

14

「し、死ぬ、ですって？　そんな……じゃあ、あなた、自殺するつもりだったの」

安堵したのも束の間、私は美夏さんのその言葉を聞き、震え上がった。反射的に修矢の方を向くと、視線が合った瞬間、小さくうなずく。このような事態は予見済みだったらしい。

「とにかく、これからすぐそちらへ向かうから。短気を起こしちゃ絶対にだめよ。わかった？」

『死にません。約束したので、私からは真相を明かせなかったけど、自分独りで背負うのは絶対に無理。美波先生に読んでもらえば、そこからきっと、野々垣先生が名探偵だと言っていたご主人へ伝わる。そう思ったんです』

「ああ、なるほど。武熊……いや、学年主任は授業でそんなことまで、生徒に話してたのね」

『相談できる相手がほかに誰も思い浮かばなくて……ご心配をおかけしましたけど、もう大丈夫です。ご主人に心から感謝しています。事情は明日、先生にお話しします』

「でも、本当に、明日でいいのかしら」

『私が言うのも変ですが、うちより先に行くところがあるのではないでしょうか』

「あっ、それは、確かにそうよね。少しでも早く捜査を……わかった。じゃあ、あとで詳しい話は聞くから……あっ、待って。智さんと代わるわね」

スマホを受け取った智さんは『大丈夫？』と何度も念を押してから、『とにかく、ゆっくり休んで』と言い、通話を終えた。そして、修矢の方を向き、

「これから、やっぱり美夏のところへ行きます。お祖母さんの家の場所なら知ってますから」

「そうだね。今晩は一緒にいてあげた方がいい。ただ、もう夜遅いから、自転車じゃ危ないよ。

話に一区切りついたら、美波が車で君を家まで送り、その足で警察署へ行けばいい」

「あっ、それは名案だわ。私も美夏さんの顔を見れば安心だし。ぜひ、そうしましょうよ」

「ありがとうございます。そうしてもらえると、助かります」

　智さんは深々とお辞儀をしてから、

「でも……藤代さんて、正真正銘の名探偵なんですね。さっきの推理を伺って感動しました」

「いや、探偵には違いないが、『名』の字はつかないよ。今回だって、まぐれみたいなもんさ」

「それはご謙遜です。だって、美夏を本当に生き返らせてしまったんだから。まるで、白沢さんみたいです」

「えっ、シラサワ……？　それ、誰かが書いたミステリーに登場するホームズ役かな」

「いいえ。実は、学校のそばの神社の神主さんなんです。七十歳を少し超えたくらいのお年ですが、とても博識で洞察力があり、『名探偵だ』と、あの美夏がほめていました。以前、お祖父さんが亡くなり、美夏が『死ぬのが怖い』と言って泣いた時、『その時は自分が生き返らせてあげる』と慰めてくれたそうです」

「へえ。会ってみたいな、その神主さんに。神職というお仕事だからこそ、子供に対し、そこまでの説得力があったんだろうね」

「あの、お話し中だけど……私、いまだにあなたの推理が完全には理解できてないのよ。もしこの状態で警察へ行けば、しどろもどろになっちゃうから、もう一度説明してもらえないかしら」

「説明？　メールを読み返せばわかるじゃないか。もちろん、その際には『美夏』を全部『奈保子』に置き換えるんだぜ」

「理屈はそうだろうけど……私の頭じゃ無理なのよ。お願いだから教えて。まず山﨑先生が殺された現場に、なぜ美夏さんが居合わせたの」

「……何だか、全身の力が一気に抜けるような質問だなあ」

「えっ、どうして？」

「だって、殺害現場は美夏さんの自宅だろう。今はお祖母さんの家にいるとしてもさ。『自宅に居合わせる』なんて、日本語として意味不明だ」

　指摘されればまったくその通りで、あまりにも愚問すぎたと反省した。

「つまり……逆か。山﨑先生の方で居合わせたわけなのね。だったら、美夏さんが体調不良で欠席が続いたので、家庭訪問したところを、たまたま襲われたのかしら」

「だから、あとで、例のメールを自分のパソコンへ転送してＷｏｒｄにでも貼りつけ、すべての名前を正しく置き換えて、読み直してみろよ。ついでに『君』を『美夏』に置き換えると、もっとわかりやすいはずだ。犯人は『君』、つまり美夏さんに対して、『お互いに奈保子の被害者同士』だと言い、さらに、『美夏の恨みを晴らしてあげた』という意味のことまで言っている。犯人が過去に受けた被害は詳しく書かれているが、美夏さんの被害が何だかわかるか」

「美夏さんの……ええと、それは……」

「誘拐と監禁、そして、あまり口に出したくないが、性的な被害もあったと思う」

「ええっ？　何よ、それ。誘拐され、五日間も自宅に監禁されていたと言いたいの。そんなことあるわけないじゃない。だって、毎朝、お母さんから担任へ欠席連絡の電話が……」

　思わず息を呑む。私は、自分がとんでもない勘違いをしていたことに気づいたのだ。

（……そうか。母親から電話連絡があったというのは野々垣先生からの伝聞で、実際にそれを受けたのはクラス担任だ。担任が嘘をつけば、誰も疑わない）

「山崎先生が、マンションの一室に美夏さんを監禁していた……そんなこと、あるのかしら？　お母さんが気づかないはずないし、悲鳴とか異常な物音が聞こえれば、周囲の部屋の住人に警察へ通報されかねないわよ」

「それは……考えたくない可能性ですけど、あり得ると思います」

智さんが言った。沈んだ声音だったが、口調はしっかりしていた。

「美夏さんのお母さんはミュージシャンで、ツアーの仕事などが入ると、長期間、家を空けることが頻繁にあるそうですし、夜間でもピアノの練習ができるよう防音工事を施しているので、家の中の音が外へ漏れることもありません。それに、今思い出したのですが、マンションの廊下で山崎先生に会った時、少し違和感がありました。家庭訪問にしてはすごい大荷物で……まるで、自宅に戻ってきたみたいでした。駐車場に堂々と自分の車を駐めていましたが、古いマンションでしたし、来客用のスペースがあるかどうかは疑問です」

「うん。実に鋭い観察眼だね。感心したよ。それは違和感があって当然だ。君はまさに帰宅する光景を見たのだから。つまり、山崎奈保子は渡部美夏さんのお母さんと同棲していた。肉体的には女性同士だが、内縁の夫と呼ぶべきかもしれない」

15

（美夏さんのお母さんと同棲を……ああ、そういうことだったのか）

修矢の言葉は衝撃的だったが、それを前提にして考え直すと、すんなり理解できる点がいくつもあった。

　メールに登場するエピソードだが、高校時代の山﨑先生が、当時の担任だった殺人犯から『君を射止めるのはどんな男だろう』と問われ、激昂する場面が描かれている。殺人犯は『君』の話を聞き、その出来事が頭に浮かんだと述べているが、それはつまり、山﨑先生の心の性が男性であること、さらに、『彼』から『君』がどんな仕打ちを受けたのかもそこに暗示されていた。

「つまり、山﨑先生は『異性愛のＦｔＭ』だったのか。心の性が男性で、好きになる性は女性。学校の場合、普段は化粧をせず、スカートもはかない先生が多いから、全然気づかなかった」

「そうだろうね。学校現場でＭｔＦの教員がカミングアウトする際には服装や髪形を変える必要があるが、逆のケースではそのままでまったく問題なし。そんな話を聞いたことがある」

「でも、山﨑先生はいつもかかとの高い靴ばかり履いてたわよ」

「ハイヒールが女性専用というのは偏見だよ。男性でかかとが太くて高い靴を好む例も多いし、自分の背をさらに高く見せたいという願望があった可能性もある」

「じゃあ、山﨑先生は部員の保護者である京子さんと、特別な関係になっていたのね」

「うん。二人の関係がいつ始まったのかは知らないが、姉の秋穂さんが高校に入学し、ハンド部に所属して以降であることはまず間違いない。そして、どうも、山﨑奈保子が本当に狙っていた獲物は当初から美夏さんだった気がする。だからこそ、危険を察知した美夏さんはお祖母さんの家へ避難した。きっと、中等部の時から目をつけていたんだろうね。彼女が知水高ではなく、都立への進学を希望したと聞いたが、たぶん、それも同じ理由だ」

「美夏さんが身の危険を感じていたのは事実です」

　智さんが修矢の意見に賛成する。

「だからこそ、私に近づいてきて、無理やり友達にしたわけですから。きっと山﨑先生を糾弾する文書を準備していて、いざという時、それをＬＩＮＥメッセージとして送信するつもりだったのでしょう。今回は、それを実行する前にスマホを奪われてしまったみたいですけど」

「よほど心配だったんだろうね。君にあらかじめ電話番号を暗記するよう指示したくらいだから」

「え、ええ……まあ、そうですね」

『電話番号』と聞き、智さんはなぜか困った顔をしたが、やがて思い直したように、

「今、すごく後悔しています。先週の今日、美夏が私を自宅へ招いたのは、山﨑先生と対決するつもりだったからだと思います。月曜日はハンドの部活が休みなので、あれくらいの時刻に帰宅すると計算できた。私の父親が加藤大輔だと打ち明けたので、父が退職した件について、美夏は何らかの告発をするつもりだったのでしょう。それなのに……話も聞かず、逃げてしまいました。もし私が残っていれば、こんなことにはなっていなかったはずです」

「なるほど。せっかくの決意を察知されてしまったわけか。そして、翌日からお母さんが仕事で長期間自宅を留守にするのをいいことに、山﨑奈保子は美夏さんを監禁し、自分の思いを遂げ、同時に秘密を漏らさないよう懐柔しようとしたわけだ。これ以上は言いたくないが、死を選ぼうかと考えるくらいだから、よほどのことをされたんだろうね」

「悪いのは私です。本当にあの時、逃げ出したりしなければ……」

　智さんが声を詰まらせ、きつく唇を噛む。

「自分を責めないで。あなたは何も悪くない。それにしても、男性教諭と生徒の母親の不倫は聞いたことがあるけど、今回のはちょっと複雑ね。美夏さんのお母さんも山﨑先生も独身だから、恋愛も同棲も自由なはずだけど、現実は違う。部の顧問という立場を利用し、部員の保護者に関係を迫ったという事実が公になれば職を失いかねない。噂になっただけでも相当な痛手よね」

「懲戒免職されるかどうかは別にして、学校から去るような事態になるのは避けられないだろう。美夏さんのお姉さんの卒業問題が絡んでいることがわかればなおさらさ。女性同士ではあるものの、内規を無視して、恋人の娘を無理やり卒業させようとしたなんて事実が明るみに出ればね」

「……なるほど。それで、あくまでも筋を通そうとした加藤先生がじゃまになったのか。だけど、山﨑先生の悪巧みに、吉村校長が加わったのはなぜなのかしら」

「それは何か共通の利害があったとしか考えられない。自分に尻尾を振らず、ことあるごとに逆らう加藤教諭を校長は煙たがっていて、この機会に追い払おうとした。公立と違って、私立には転勤がないから、近い将来、理事長就任が決定的な校長に毛嫌いされれば、その学校に自分の未来はない。加藤先生の方でもそう考え、さっさと退職して、新たに出直すことにしたんだと思う」

「ああ、その気持ちはわかる。私も内心は、困った校長先生が来たなと……いや、療養中なんだから、口を慎むことにするわね。ところで、吉村校長の名前が出たから尋ねるけど、彼に毒を盛ったのは誰なのかしら」

「はあ……？　それくらい、とっくに見抜いてると思ってた。簡単すぎて、口に出す気にもなれないな」

　修矢の態度は相変わらずだ。そこまで言われれば、問いを重ねるわけにはいかない。

「まあ、いいわ。そろそろ警察へ行きましょうか。あなたも一緒に来てくれる？」

「関係者とは言えないかもしれないけど、まあ、ご要望とあらば」

「よかった。とにかく、絶妙のタイミングで帰国してくれて、本当に助かったわ」

　私は立ち上がり、バッグから車のキーを取り出した。

「あっ、言い忘れてたけど、美夏さんからの伝言。あなたに心から感謝してるそうよ。『相談できる相手がほかに誰も思い浮かばなかった』ですって」

「何……？　おい。とんでもないことをあっさり言うなよ。ちょっと、そこに座れ」

修矢が私の腕を引っ張る。理由は不明だが、見たこともないほど、あわてふためいていた。

「どうしたのよ。何をそんなに驚いてるの」

仕方なく、再び畳に腰を下ろすと、彼は睨むように私を見据え、

「さっきの台詞、間違いなく美夏さんの口から出たんだな」

「さっきの……？　細かい言い回しは多少違うかもしれないけど、内容はあの通りよ」

「……そうか。だったら、前言撤回だ」

「前言撤回って、どういうこと？」

「山﨑奈保子を殺害した犯人は不明だと言ったけど、たった今、誰かわかったよ」

「ええっ！　こんな時におかしな冗談言わないで。だったら、尋ねるけど、犯人は一体誰なの？」

「白沢さ」

「白沢さん？　ああ、神社のね。でも、まさか、そんなはずは……」

そこで、言葉に詰まってしまう。確かに一理あると思ったのだ。

「そもそも、メールを読んで、かなり知性の高い人物だろうとは思っていたし、二十年以上前の事件であることを考えれば、七十過ぎという年齢もぴったりだ。神主である彼は美夏さんからの信頼が厚かったそうじゃないか。だから、『相談する相手がいない』と彼女が言ったのなら、すでに相談して断られたとか連絡がつかないとか、さまざまな可能性があり得るが、『思い浮かばない』となると、事態は明白だ。殺人を犯した本人に相談したって始まらないからな」

「えっ？　すると……ですよ」

ここで、智さんが口を挟んだ。

「白沢さんは以前教員で、どこかの都立高校で山﨑先生を教えていたのですか」

「必然的にそうなるが……ただ、白沢は荻窪のマンションの場所や部屋番号を知っていたのかな。その点だけが気になっている」

「それは、どうだったか、私には……あっ！　もしかすると……」

智さんの両眼におびえの色が浮かんだ。

「先週の金曜に、美夏さんのマンションへ招かれた時のことを白沢さんに話しました。住所は知りませんが、荻窪のどのあたりかきかれたので、大体の場所を教えたし、それから部屋番号も……大変なことをしてしまった。あんなことを喋らなければ、殺人事件は起きなかったんだ」

「質問に答えただけだから、君に責任はないよ。それよりも、その時に山﨑奈保子の話は出たの」

「ええ。美夏さんが担任に睨まれていることが話題になりましたから。フルネームは言いませんでしたが、名字の漢字と年齢、ハンドボールの選手だったということくらいは……」

これ以上、智さんに重荷を背負わせないため、黙っていたが、ハンドボールという競技は比較的マイナーだし、『山﨑』の字体も珍しい。白沢さんが不審に思い、土曜か日曜にマンションを訪れた可能性がある。そして、顔を見た瞬間、過去の恨みが沸騰し、殺害を決意。準備を整え、今夜、それを実行した。そんな経緯が頭に浮かんできた。

「五十嵐さん、こんな時に申し訳ないけど、もう一つだけ、ききたいことがあるんだ」

「え……あ、はい。何でしょう」

「君にとっての名探偵は、一体誰なんだい？」

そう問われた瞬間、智さんが全身を強ばらせるのが、脇にいてわかった。

「ねえ、修矢、今度は何を言い出したのよ。意味がわからないけど」

「何だ。気づいてるんだと思った。さっき、美波のスマホを借りたけど、そのちょっと前に、『何度も美夏さんに電話した』と言っていた。そのあとで、急にスマホが故障したとも思えない」

「えっ？　つまり、私から借りた理由は……誰かに電話している最中だったから、か」

「たぶん、今も通話状態が続いていて、ここまでの会話はすべて誰かに聞かれたはずだ。そのつもりだったから別に問題はないが、名探偵がどんな人物かは知っておきたい」

しかし、智さんは唇を震わせたまま、答えようとしない。

「……ああ、そうか。私も事情は聞いていたんだ。菱谷さん、じゃないかしら」

「菱谷って、この家の……」

「説明した通り、菱谷豊さんはすでに亡くなられたけど、智さんはそのお父様とＬＩＮＥで連絡を取り合ってきたの。だから、ひょっとしたら『電話をかけてくれ』というメッセージを受信して、指示に従ったのかもしれない。ねえ、智さん、そういう事情じゃ……」

その時だった。玄関で誰かがロックを解除する音が聞こえてきた。

「やっぱり聞いてたのか。五十嵐さんを矢面《やおもて》に立てては気の毒だと思って、援軍に来たんだな」

玄関の戸を開け、靴を脱ぎ、廊下を歩く足音。やがて、部屋の障子が開いた。

16

「ええっ！　あなたは……でも、あなたがどうして、ここへ……」

部屋に入ってきたのはまったく予想もしていなかった人物だった。

「あの……だから、修矢、こちらは、さっきも話には出てきたけど、私の職場の同僚で……」

問いかけをしても微笑したまま答えないので、やむを得ず、私が紹介することになる。

「知水高校の養護助教諭、つまり臨時雇用の保健室の先生で、浅井真知子先生……いや、眞知子……別に同じか」

耳で聞く分にはまるで意味不明な言い直しで、口にした本人が恥ずかしくなってしまった。

「ですが……先生、なぜこの家へいらっしゃったのですか」

「驚かせてしまって、ごめんなさいね、美波先生。ただ、ここへ来るのに理由はいりません。ほら、玄関の鍵もちゃんと持っております。ここは私の生まれ育った家ですから」

「えっ、先生が？　ということは……」

「独身時代の名前は菱谷眞知子。結婚、離婚、そして再婚と、そこから名字が三回も変わり、今は浅井です。夫婦別姓を早く実施しないと、特に女性が不利益を被りますね。ところで、私も座らせていただいてかまわないかしら」

浅井先生が私たちの脇に正座する。そして、茫然自失の状態に陥っている智さんに向かって、

「もういいわよ。電話を切っても」

「えっ……？　あ、はい。わかりました」

智さんは言われた通り自分用のスマホを取り出し、操作を済ませてから、

「でも、ＬＩＮＥのやり取りでは、豊さんのお父さんだと……」

「嘘をついて、悪かったわ。正直に母親を名乗ってもよかったんだけど、女性同士の場合、顔を合わせないのは不自然かなと思って。父親なら、あなたも積極的に会いたがらないと思ったの」

「じゃあ、亡くなった豊さんは……」

「私のたった一人の息子です。あなたにはとても大切なことをお話ししなければなりませんが、それはあと回しにさせていただいて……」

浅井先生は姿勢を正し、修矢に改めてお辞儀をして、

「お初にお目にかかります。藤代様とおっしゃいましたね」

「はじめまして。美波がいつもお世話になっています」

「いいえ、世話をおかけしているのはこちらの方です。謎解きのお手並み、拝聴させていただきましたが、さすがのご炯眼《けいがん》。事件に関して、私がつけ加えることはもう何もございません」

「えっ？　そんな……先生、待ってください」

私はあわてて二人の会話へ割って入った。

「さっきのはあくまでも仮説で、検証はすべてこれからです。例えば、神主の白沢さんが殺人犯かどうかだって、本人の自供がなければ――」

「白沢は先ほど亡くなりました」

「え……な、亡くなった？　そうおっしゃったのですか」

「はい。この眼で確かめましたから、間違いありません」

普段は冷静な修矢もこれには驚きを隠さなかったが、さらに大きな反応をしたのが智さんだ。

「あの……本当に、お亡くなりになったのですか。だって、例のメールを送信したのは白沢さんご自身なのでしょう。送信時刻はたしか、午後七時過ぎのはず……」

「だから、亡くなったのはそのあとなのよ。死亡時間は不明だけど、八時半頃、私が家へ駆けつけた時には瞳孔の対光反射も絶えていたので、救急車は呼びませんでした。ひげがなかったか

ら、最初は別人かと思いましたが、あれは襲撃する際、あやしまれないためだったようですね。
　直接の死因はおそらく心臓でしょう。もともと持病があった上に、三年前から膵臓癌を患い、少し前からはいつ逝《い》ってもおかしくない状態でした。そこに殺人を犯したという異常な興奮が加わったため、心臓が限界を超えてしまったのだと思います」

「白沢さんの家へ、先生が……なぜ今夜、訪問されたのですか」

「向こうから電話をくれたから……ごめんなさい。過去にさかのぼって説明しないと、ちんぷんかんぷんよね。白沢充哉と私は以前、夫婦の関係でした。豊の父親は白沢です」

　苦笑しながら語られたのは、新たな驚愕の事実だった。

「彼は、私が短大卒業後、最初に赴任した世田谷区内の都立高校で社会科の教員をしていたんです。大学で歴史を学びましたから、専門科目は日本史。採用の翌年に交際を始め、妊娠、結婚、そして、出産。そこからしばらくは平穏な日々が続きましたが、そんな生活が一変したのは今から二十五年前のこと。白沢が生徒に対するセクハラ事件を起こしたのです」

「その件については、こちらの手元に顚末を記したメールがあります」

　ここで、再び修矢が会話の相手となる。

「浅井先生はそれをお読みになっていらっしゃいますか。まだであれば、お見せしますが」

「いえ、読みました。白沢の自宅のパソコンを見たら、文書が開いたままになっていましたから。内容が支離滅裂で戸惑いましたが、私はあそこで述べられている事件の中身を知っていたので……いや、それでも、この間、美波先生から一括置換機能の説明を聞いていなければ理解できなかったかもしれません。戻すボタンを使い、名前を置き換える前の状態にしたものを読み直してみて、自分の考えの正しさが確認できました。先生のおかげです」

私に会釈をした浅井先生は、一転して暗い表情になり、

「いまさら反省しても始まりませんが、うちの家族を崩壊させた張本人は、この私なのです。白沢が自分が担任していたクラスの山﨑奈保子から嘘の告発をされ、大問題となった時、せめて私だけでもあの人を信じてあげれば、その後の展開は変わっていたはずです。

白沢は『自分は指一本触れていない』と言い張ったのですが、生徒の演技が真に迫っていた上に、白沢が入学前から山﨑奈保子にご執心だったという事実が暴露され、校内はもちろん、近隣の学校まで噂が広がってしまいましたから。決定的だったのは、やはり学力検査カードのすり替えです。あれさえなければ何とか申し開きができたかもしれませんが、結局、わずかばかりの退職金と引き換えに辞職せざるを得なくなりました」

「なるほど。ただ、一つ疑問なのは、山﨑奈保子が悪事に荷担した理由は何なのでしょう。ジェンダーの絡みで担任に反発する場面がメールにありましたが、あれが動機だとは思えません」

「そもそもの原因は彼女の家の貧しさにあったようです。本人はハンドボールの有望選手で、将来教職に就き、部活の指導者になるという夢を思い描いていましたが、経済的に困難でした。そこで、白沢を嫌っていた同じ学年の女性教員や校長が大学の特待生への推薦などを餌に奈保子を仲間に引き込んだ。死の直前の電話で、白沢はそう申しておりました」

「なるほど。だとすると、山﨑奈保子は一応、自分の夢をかなえることができたわけですね」

「はい。ただ、白沢はそれがどうしても許せなかったそうです。自分は彼女のせいで教壇から追放されたわけですからね。末期の癌を抱えていたので、道連れにしてやろうと考えたのです」

白沢は、山﨑奈保子が自分の家のすぐ近所の高校に勤務していることなど知らなかったのだろう。死期が間近であることを悟った時点で、その事実を知り、二十年以上前の恨みが込み上げ、

抑えられなくなったのだ。メールで語られていなかった『真っ先に殺害した理由』がおそらくこれだ。

「メールには殺意を抱いた人物は三人だと書かれていました。山崎奈保子、勤務していた都立高校の校長、そして、同じ学年の女性教諭。残りの二人はどうなったのでしょう」

「当時の校長先生はまだご存命ですが、八十歳を超え、ほぼ寝たきりの状態らしいです。あと、女性の先生……お名前は存じていますが、ここで申し上げる必要はないと思います。その方については居所がわからず、捜している最中だと言っていました。彼女を見つける前に白沢の命が尽きたのは、まあ、天命でしょうね」

「話を戻させてください。浅井先生が白沢さんと離婚されたのは、冤罪とはいえ、例のセクハラ事件が原因なのですね」

「はい。もともと性格が合わず、夫婦の仲は険悪でしたから、仕事を辞めて自暴自棄になる白沢を支える気にはどうしてもなれませんでした。それで、菱谷の姓に戻り、当時、小一だった豊を連れ、この家へ戻ってきたのです」

「小学一年生……知水高校で山際藍子さんが被害に遭われたのは、その十一年後ですね」

「ご指摘の事件については、本当に悔やんでも悔やみきれない気持ちです」

浅井先生が表情を曇らせ、深いため息をつく。

「事件の概要はご存じと思いますが、豊は同級生だった虎井諒の脅迫に屈し、心ならずも罪を被るはめになったのです。さらに、父親の虎井勝平が真相を隠蔽するため、当時、地元の警察署に勤務していた吉村順也を抱き込み、被害者である藍子さんの証言までねじ曲げてしまいました。

だから、せめて私だけでも息子を信じるべきだったのです。『お前は無実なんだろう。正直に全部話してごらん』。私がそう強く促せば、真相を打ち明けてくれたかもしれないのですが……」

　そこで、浅井先生は言い淀み、悲しげな視線を仏壇の遺影へ向けると、

「この際なので申し上げますが、豊が女性、特に少女を凌辱したいという願望を抱いていたのは事実です。そういった漫画を山ほどベッドの下に隠していました。その事実を知っていた上に、父親の例の事件がありましたから……やっぱりカエルの子はカエルだと考えてしまったのです。ただ、もしもあの時、豊に父親がいれば、事態は変わっていたかもしれません」

「ああ、そうか。父親である白沢さんが高校や警察に強く抗議すればという意味ですね」

「今回の行動でもわかる通り、激しい気性のもち主ですから……いや、やはり難しかったでしょうね。もともと豊は父親を嫌っていて、特にセクハラの問題が起きてからは名前を口にするのも汚らわしいと言っていたので、白沢に事件の真相を打ち明けることはなかったと思います」

　何て不幸な父子《おやこ》の関係だと、私は思った。どちらも罪など犯していないのに、悪い方へ悪い方へと運命が転がってしまった。

「離婚後、白沢とは没交渉でしたが、十年ほど経ち、美森神社の神主になっていたのを知った時には驚きました。教員を辞めてから職を転々としていたらしいですが、大学時代に古文書解読を学んでいたため、神道の関係者とつながりができ、神社の入り婿になったのです。高校を退職したのが四十六歳の時で、再婚したのは五十一。まあ、私も五十近くなって再婚しましたから、他《ひ》人《と》のことは言えませんけどね」

　浅井先生が寂しそうに笑う。今年の春に亡くなられた元校長のご主人を思い出したのだろう。

「ただし、同じ市内で暮らすようにはなりましたが、結局、白沢と豊は一度も顔を合わすことがありませんでした。豊が退学した理由も自殺したことも、白沢には教えていません。私がこの家

を出たのは、身の危険を感じたためです。引きこもりになって以降、豊は部屋から出たがりませんでしたが、たまに私の顔を見ると、感情を爆発させ、暴力を振るい出すのです。あのまま同居していたら、たぶん大けがをしていたと思います」

「なるほど。それはさぞおつらかったでしょうね」

「祖母である久江の前では、豊も素直な態度を取ることができたので、私はお金だけ出して、完全に任せきりでした。ですから、母が急死した時には途方に暮れましたが、意外なことに、一人暮らしを始めたとたん、夜間に限ってのことですが、豊が自転車で買い物に行けるようになったのです。その事実を知り、これは自立のための第一歩だと喜んでおりましたが……去年の七月、私に長文のメッセージを送信した直後、豊は自ら命を絶ちました。それを読んで、すべての真相を知り、復讐を決意したのです。

　その時点で、夫も亡くなっていましたから、ためらう理由は何もありませんでした。そして、最善の方法を探っている時、知水高校の養護教諭が退職するという情報が入ってきたので、自ら手を挙げ、採用していただきました。保健室の仕事というのは身分にかかわらず一人でこなす必要があるので、給与が低く抑えられる養護助教諭は引く手あまたなのです。履歴書を持参したら二つ返事でした。豊の担任だった渋谷先生に顔を見られるのだけが不安でしたが、あれから長い時間が経っていますし、私の名字も変わりましたから、まったくお気づきにならない様子でした」

「もう伺うまでもない気もしますが、吉村校長に毒を盛ったのはあなたですね」

「はい。机上のケースにカプセルを混入させるだけなので、簡単でした。実は当日の午前中、吉村と顔を合わせた時、自分の正体を明かしておいたのです。復讐の意味を理解させる必要がありましたから」

（……じゃあ、やっぱり吉村校長は『菱谷にやられた』と言ったんだ）

「美波先生には申し訳ないことをしてしまいました。できれば吉村に罰を与えたのは豊自身ということにしたかった。それで、あんな嘘を……混乱させてごめんなさいね」

「えっ？　じゃあ、あの目撃情報は嘘だったのですか」

その瞬間、修矢がこの件について『簡単すぎる』と言っていた理由がわかった。菱谷豊さんと瓜二つの風貌の人物が、偶然、事件当日の昼に現場近くを徘徊したなんて不自然すぎる。したがって、豊さんがすでに死亡していたという事実が判明した時点で、浅井先生が嘘をついた可能性が高くなり、虚偽の証言をした人物こそが犯人だと推理できたわけだ。

「死亡するかどうかの予測は不可能でしたが、殺意があったことは否定しません。すでにお見通しでしょうが、わざとあの時間帯、保健室を留守にしたのは応急処置などしたくなかったから。エピペンを見つけたあと、救急車が来る直前まで捜すふりをし続けたのも同じ理由です」

「もっとほかのやり方があったと思いますが……いまさら言っても仕方ありません。では、虎井諒元市長が車にはねられた事件についてはいかがです？」

「その件に関してはノーコメント。罪を逃れようなどとは毛頭思いませんが、別の誰かに影響を及ぼすことは口外できません。さて、そろそろ智さんに大切なことをお伝えしないといけません。あまり遅い時刻に自首すると、警察も迷惑でしょう」

浅井先生が智さんの方へ向き直る。そして、やさしい微笑を浮かべ、

「あなたにはもう一つ、別の嘘もついていたの。豊と死後婚をさせるつもりだったと言ったけど……あれは、まるっきりのデタラメよ」

「えっ？　そうだったんですか。ＬＩＮＥには、はっきりそう書いてありましたけど」

「嘘も方便と言うでしょう。お母さんとの縁が切れない限り、あなたは幸せになれない。実の娘を引きこもりのロリコン男に金で売ったということにしておけば、さすがにもう、あなたの前へは出てこられないでしょう」

「それは、確かにそうですが……でも、なぜ私のためにそこまでしてくださるのですか」

「定時制高校に赴任した時、あなたはすでに休学に入っていたけど、仕事柄、気になるから少し調べてみたの。そうしたら、写真を一目見て、びっくり仰天。あなたはね、山際藍子さん……軽野大輔君のお母さんと言った方がいいかな。彼女に生き写しなの」

　私ははっとした。強姦事件の被害者の名前が判明したあとで、もう一度、生徒指導アルバムを見ようと思ったのだが、忙しさにかまけ、そのままになっていた。

「担任の佐々木先生から、お母さんのことも全部伺いました。そして、もし可能なら、何とか救ってあげたいと思った。豊は藍子さんに片思いをしていたから、あなたを幸せにできれば、豊への罪滅ぼしになると考えたの」

「だったら、私がＸジェンダーだというのは……」

「それも謝らなくちゃいけない。ＬＩＮＥでそういうやり取りはしたけど、最初は本気じゃなくて、あくまでも死後婚を取りやめる口実のつもりだった。瓢簞《ひょうたん》から駒になっちゃって、こっちが驚いたわ。今後、私はもうあなたのお世話ができないけど、あとのことは信頼できる方に頼んであるから、何も心配しなくて大丈夫。近日中に電話連絡が入るからね。

　あっ、そうそう。もう一つ、大事なことがあったんだ。加藤大輔先生の居場所も、ちゃんと見つけてありますよ」

「ええっ⁉　そ、それ、本当ですか。だけど、一体、どうやって……」

「餅は餅屋と言うでしょう。都内の理科の先生方には公立・私立を問わず、横の連携があるので、知り合いに片っ端からあたれば何とかなるものよ。智さんのお父様は宇都宮《うつのみや》市内の高校で講師をされています。勝手ながら、私が電話してあなたの名前を言ったら、『ぜひ会いたい』とおっしゃっていたわ」

　突然の吉報を聞いた智さんは絶句し、両手で顔を覆って、細かく肩を揺らす。私もついもらい泣きをしてしまい、「よかったね」と言うのが精一杯だった。

「ところで、美波先生、今日、先生のクラスの軽野伸治君、欠席したでしょう」

「え……ええ。珍しいなと思いましたけど」

「ごめんなさい。あれ、私のせいなのよ。藍子さんは亡くなる前、例の事件の真相をカルロス君に教えていて、転入した直後、私は彼からその件で相談を受けていました」

「……そんなことが、あったのですか」

「彼が来日した目的は吉村校長の罪を糾弾することと、豊に会うことでした。聞いて驚いたけど、愛子さんは亡くなる間際まで豊の名前を口にしていたそうなの。真実とは違う証言をした罪の意識をもち続けて、『一言お詫びがしたかった』と……本当に清らかな心をおもちだったのね。だから、昨日初めて豊が亡くなっていることを教えたら、ショックを受けてたわ。吉村校長は今の状態がずっと続きそうだし、つまり、日本に来た目的が二つとも果たせなくなったわけですものね」

　そこまで話した浅井先生が、なぜか急にいたずらっぽい眼になる。

「そうそう。藤代さん、どうでもいいことですが、一つだけ伺ってもよろしいですか」

「はい。何でしょう」

「あなた、先ほどの推理の中で、白沢が一太郎の機能を使い、名前を置き換えたことを説明する際、たしかこうおっしゃいましたよね。七生をいったん別の人名に置き換える必要があるが、その名前は『もちろん何でもかまわない。聖子でも明菜でも』と。あの時、何となく不思議な気がしたんです。松田《まつだ》聖子と中森《なかもり》明菜のことでしょうけど、誰でもいいと言っておきながら、なぜその二人なのかなと思って」

「それは……いやあ、驚いた。何気なく口から出たのですが、まさかそこを突かれるとは思いませんでした」

　修矢が癖毛の髪を手でかき回す。困惑した時に特有の仕種だが、見たのは久しぶりだ。

「明かすつもりはなかったのですが……やむを得ません。山﨑奈保子の従姉妹の七生さんは『八重歯に愛嬌があった』と書かれています。私はリアルタイムでは知りませんが、八重歯のアイドルと言えば聖子や明菜と同時代の河合《かわい》奈保子がすぐ頭に浮かびます。もしかしたら、白沢さんが名前を取り違えた原因の一つは、そこにあったのではないかと想像したもので」

「ははあ。つまり、八重歯のある方《ほう》が奈保子だと……なるほど。おっしゃる通りかもしれません。白沢はどちらかと言えば肉感的な女性が好みでしたから。私みたいなタイプは……ああ、これ以上は蛇足というものですね」

　苦笑した浅井先生が立ち上がる。

「では、美波先生、申し訳ありませんが、車を出していただけますか。渡部美夏さんの家経由で……警察署まで」

郵便はがき

料金受取人払郵便

新宿局承認

6848

差出有効期限
2023年9月
30日まで

切手をはら
ずにお出し
下さい

160-8791

343

（受取人）
東京都新宿区
新宿一－二五－一三

原書房

読者係 行

1608791343　　7

図書注文書（当社刊行物のご注文にご利用下さい）

書名	本体価格	申込数
		部
		部
		部

お名前　　注文日　　年　　月　　日

ご連絡先電話番号（必ずご記入ください）
□自宅　（　　）
□勤務先　（　　）

ご指定書店（地区　　）（お買つけの書店名をご記入下さい）

書店名　　書店（　　店）

帳合

5962
教え子殺し

愛読者カード　　谷原秋桜子・愛川晶 著

＊より良い出版の参考のために、以下のアンケートにご協力をお願いします。＊但し、今後あなたの個人情報(住所・氏名・電話・メールなど)を使って、原書房のご案内などを送って欲しくないという方は、右の□に×印を付けてください。　□

フリガナ
お名前　　男・女(　　歳)

ご住所　〒　　－

市　町
郡　村
TEL　(　　)
e-mail　@

ご職業　1会社員　2自営業　3公務員　4教育関係
5学生　6主婦　7その他(　　)

お買い求めのポイント
1テーマに興味があった　2内容がおもしろそうだった
3タイトル　4表紙デザイン　5著者　6帯の文句
7広告を見て(新聞名・雑誌名　　)
8書評を読んで(新聞名・雑誌名　　)
9その他(　　)

お好きな本のジャンル
1ミステリー・エンターテインメント
2その他の小説・エッセイ　3ノンフィクション
4人文・歴史　その他(5天声人語　6軍事　7　　)

ご購読新聞雑誌

本書への感想、また読んでみたい作家、テーマなどございましたらお聞かせください。

エピローグⅠ

「……来年のオリンピックって、七月の何日が開会式だったか、覚えてる？」

　長い沈黙のあとで、フルサが言った。

「えっ？　ええと、この間、テレビで二十四日だと言ってたな」

「つまり……来週の今日ってことか。その時、梅雨が明けているかしらね」

「そうか。予報でも、今年は例年よりも長いと言ってたね」

　突然オリンピックの開催日をきかれ、戸惑ったが、どうやら天気を話題にしたかったようだ。

「この分だと、今月の末くらいまで夏が来ないかもしれない」

　見上げた空はどんよりと曇っていたが、美森神社の境内では木々の緑が濃さを増していた。七月十六日、火曜日の放課後。殺人事件発生から今日で八日めだが、まだまだ余波が広がり続けている。

「去年なら、もう、とっくに夏が来ていたわ」

「去年は六月中に梅雨明けしただろう。東京であれほど早いのは前代未聞……と言うのは間違いなのか。夏の到来は悪いことじゃないから」

「そういう誤解が一部にあるみたいだけど、『梅雨明けの早さが前代未聞』は、日本語として正しいわよ」

いつものベンチに座ったフルサが、遠くの空を見ながら言った。

「漢文には古くからある表現で、日本でも鎌倉時代から使われていた。まあ、あまりいいイメージはないけどね。前代未聞の不祥事とか、前代未聞の大事件……」

フルサの蘊蓄がそこで止まった。脇に置いていたスポーツドリンクのペットボトルを取り上げ、中の液体を口に含む。

チもドラゴンボールのマグボトルから水を飲みながら、

（確かに、前代未聞の事件かもしれない。自分の教え子を殺した例はこれまでにもあったが、二十五年も前の恨みを晴らすためというのは……）

振り返ると、何もかもが悪い夢のように思えてくるが、そうでない証拠に、知水高校の校内はあれ以来、大荒れだ。学校長不在の中、まずは全校集会で教頭先生から経緯の説明があり、二学年集会やＰＴＡ向けの説明会が開催され、さらに、臨時のロングホームルームが二回。担任が亡くなった二年Ａ組の生徒たちの動揺は特に激しく、すぐに副担任だった中村ひとみ先生が新たにその役割を担ったけれど、ショックが癒えず、欠席している生徒が何人もいた。

フルサも一昨日までは入院生活を送っていて、やっと今日から登校できたのだ。

あの日……美波先生の車に便乗させてもらい、フルサのお祖母さんの家まで行った。車中での話し合いによって予定が変更され、美波先生もチと一緒にフルサを見守り、藤代さんが代わりに浅井先生を警察署まで送っていくことになった。

ＬＩＮＥで連絡しておいたので、家の中には入れてもらえたが、フルサは布団に潜り込んだきり口を開くこうとしない。体のことが心配なので、病院へ連れていきたかったのだが、無理やり引きずり出すわけにもいかず、困っていると、家の前に救急車が停まった。浅井先生から事情を聞いた刑事さんが手配してくれたのだ。フルサは搬送され、そのまま入院することになった。

目立ったけがはなかったものの、精神的なショックに加え、一週間近く、ほとんど食事を摂っていなかったため、体が衰弱していた。治療を受け、ようやく登校できるまでに快復したが、不幸中の幸いだったのは、フルサが今回の事件の関係者であることを知水高校の生徒が誰一人知らない点だ。万一漏れていれば、さらに悲惨な事態を招いていただろう。

「この神社……これからどうなるのかしら」

「ああ、そうか。神主さんがいなくなっちゃったわけだからね」

「お寺なら、その宗旨の本山から住職が派遣されるはずだけど、神社はほとんど組織化されていない。氏子さんが協力して維持する道はあるけど、それがうまくいかないと……」

「あとは、荒れ放題か。高校のすぐ近くだし、もしそうなったら寂しいなあ」

「……私ね、やっぱり、本物のハクタクだったんじゃないかと思うの」

社殿の屋根のあたりを見つめながら、フルサがつぶやいた。

「えっ？　本物って……もしかして、白沢さんがかい」

「そう。あのメールに書かれていたことは、きっと全部嘘なのよ」

「それ、どういう意味？」

「だって、もし今度の事件がなければ、私、近い将来、間違いなくあの女を殺していたわ。そんな自分の行動を正当化し、罪を犯す決意を固めるために、ピンカーの本を何度も何度も読み返していたんだもの。だから、私の殺意を見抜いた白沢《はくたく》が、天に昇る前に自ら手を汚して……」

フルサが言い淀み、深く息を吐いてから、こちらを向いた。

「ねえ、トム、そっちからは何もきかないんだね。私に質問したいことがあるんじゃないの」

「えっ……？　い、いや、別にないよ」

チはあわてて首を振った。本当は尋ねたいことだらけだったが、フルサをこれ以上傷つけるわけにはいかない。

「だって、入院中、何度も刑事さんが来たんだろう。とにかく、今は思い出さない方がいいよ」

フルサが被害者となった監禁・暴行事件は、犯人がすでに死亡しているため、今後どう処理されるかは不明だ。ちなみに、浅井先生もまだ逮捕はされず、警察による任意の取り調べが続いていた。

「お心遣いはありがたいけど、腫れ物に触るような扱いをされるのもつらいわ。嫌だと思ったら答えないから、遠慮なんかしないで」

「……だったら、一つだけ。実は、あの晩、車の中で藤代さんが不思議がってたんだ。名探偵でも見抜けないことがあるのかと思ったね。例のメールの本文を美波先生へ送った理由は聞いたし、その信憑性を高めるため、写真を送信したのも理解できる。だけど、そもそもなぜあんな写真が存在するのかがわからない。シャッターを切ったのは白沢さんなんだろう」

「そうよ。撮影された画像が一つしかなかったから、顔の部分だけトリミングして二回分に使った。美波先生の旦那様に見せたいと思って、白沢さんに送信してもらったの」

「なるほど。つまり、自分が殺害した獲物の画像を残そうとしたら、そこにたまたまフルサが写り込んだというわけか」

「いえ、違うわ。その逆ね」

「えっ、逆？　ということは、そもそもの被写体はフルサで、端の方に死体が写り込んでいたんだ。でも、白沢さんはなぜ……」

「理由なんて知らない。たぶん、私のどこかが気に入ったんでしょうね。縄を解いてもらったのはうれしかったけど、まさかリビングに死体が転がってるとは思わないから、気を失ってしまったのよ。半分夢の中で、シャッターの音を聞いた」

今の証言だけでも、大体の状況は推測できた。現場付近の防犯カメラの映像から、白沢充哉が宅配便の配達員風の服装をしていたことが判明している。犯行前日、理髪店へ行き、ひげをそり、髪を整えていたのだ。

チャイムが鳴り、玄関へ出た山﨑奈保子の喉元へナイフが突きつけられ、リビングまで後退したところで、彼女は殺害された。

その後、白沢充哉がフルサの存在に気づき、拘束を解いたが、無惨な死体を見た衝撃でフルサは気絶してしまう。撮影が行われたのはその直後だ。メールでも明かされている通り、白沢が少女に対してある種の願望を抱いていたのは確かで、寝姿を見た時、それが刺激されたのだろう。

「気を失う前に、私が見た死体はうつぶせの状態だったけど、送られてきた画像では仰向けに変わっていた。たぶん、蘇生すると困ると思って、傷口を確認したんでしょうね。私にカメラを向けたのはそのあとよ。だけど、ねえ、トム、そんなことよりも、加藤先生が退職されたいきさつを知りたいんじゃないの」

「え、ええと、まあ、知りたくないことはないけど……でも、それはもういいよ。結局、校長先生とトラブって、知水高校の将来に希望がもてなくなり、辞めたわけだから」

「そうなの。じゃあ、これだけは言っておくね。二十数年前、白沢さんを教壇から追放した事件に味を占めて、その時と同じ計画を立てたのが山﨑奈保子、そして、前回、奈保子が演じた役を割り振られたのがうちの姉だったのよ。たぶん加藤先生は、たとえ誰かにそそのかされたとはいえ、そんな行動に走るところまで追いつめられた姉を哀れんで、自ら悪者になってくれたんだと思う。もちろん、現在の体制の知水高校に絶望していたから、去る決心をしたんだろうけどね」

それだけ聞けば、もう充分だ。その点に負い目を感じていたフルサは、山崎奈保子も同席する場で真相をぶちまけようとしたが、肝心のチが逃げ出してしまった。謝らなくてはならないのは、こっちの方だ。

「ところで、実のお父さんとは、もう会ったの?」

「いや、電話で話をしただけ。実際に顔を合わせるのは来週か、再来週の週末になると思う。もし会えたら、まずは一体どういういきさつで、あんな母さん……実の子が言うのも変だけど、年上の性悪女《しょうわるおんな》とつき合うことになったのか、きいてみるつもりさ。

お互いに気恥ずかしいせいか、十分くらいしか話さなかったけど、うれしかったことが一つある。父さん……加藤先生がこう言ったんだ。『今までの人生で、死んでしまいたくなったことが何度かあった。でも、その度に赤ん坊の時のお前の写真を見て、思いとどまったんだよ。〈生きていれば、いつか会える〉と自分に言い聞かせて』」

「……加藤先生らしいわ。よかったね。いいお父さんで」

何度かうなずいてから、フルサは黙り込んだ。彼女にも別れて暮らす実父がいる。こんな時こそ娘を支えるべきだと思うが、離婚に至った事情を知らないので、迂闊に口には出せなかった。

「それはそうと、トムはこれからどうするつもりなの。もし今後、浅井先生が逮捕されたら、あの家に住み続けるのは難しいんじゃない」

「この間の日曜日、浅井先生の短大時代の同級生だという方に会ったんだ。もう退職されたけど、以前は都立高校で養護教諭をされていた。『今後のことは、浅井先生から頼まれているから心配しないで』と言ってくれたけど、何もかも甘えるわけにはいかないから、奨学金を借りたり、バイトをしたりして、なるべく自立しようと思ってる。
ただ、引っ越しする必要はあるだろうね。今はまだいいけど、近所で噂になったら、とても居られない。美波先生は『うちにおいで』で本気で誘ってくれるけど、何だか申し訳なくて……とにかく、その件についても、さっきの先生が考えてくださっているそうだから、しばらく待つことにするよ」

「なるほど。じゃあ、心配いらないのね。あと、これはよけいなお世話かもしれないけど、カルロス君の件はどうするつもり？」

「カルロス君……何の話か、わからないな」

「その返事、とぼけてないんだとしたら、相当な鈍感ね。事情は聞いたけど、カルロス君のお父さんが再婚されたのは六年前なんでしょう。その時、カルロス君は小学六年生で、藍子さんは二十六歳……義理のお母さんに異性としての愛情を抱いたとしても不思議じゃないわ。
藍子さんに代わって吉村校長に復讐しようと思ったのは事実でしょうし、伝言を菱谷豊さんに伝える目的があったのもわかるけど、一人きりで帰国する理由として少し弱い。たぶん彼は、藍子さんを失った悲しみを、自分が何か行動を起こすことで乗り越えようとしたのよ。そして、高校へ転入してみたら、そこに愛していた人とそっくりの風貌の同級生が――」

「ちょ、ちょっと待ってくれ。何を言ってるんだ」

たまらずに両手を掲げ、フルサの言葉を遮る。

「肝心なことを忘れてるんじゃないか。チはXジェンダーだぜ」

「お言葉ですけど、忘れてるのはトムの方よ。ＬＩＮＥで説明したでしょう。私の見立てによると、あなたは『ＦｔＸデミ』。デミセクシャルは、強い愛情や深い友情で結ばれた相手に対しては恋愛感情を抱くこともある」

「それは、覚えてるけど……」

「彼はああいう性格だから、ジェンダーに関しては寛容な気がする。気楽に会話ができるようになるためには、まずあなたがカミングアウトを……あら？　すごいタイミングねえ」

　フルサが眼を見開き、驚きの声を上げる。本殿の方を見ると、例によって首にタオルを巻いたカルロス君が軽快な走りで、こちらへ近づいてきた。

「噂をすれば影ね。まあ、愛情か友情かは知らないけど、とりあえず友達から始めてみたら？　もしおじゃまでなければ、私も仲間に入れてもらうわ」

　そう言って、フルサが白い歯を見せる。久しぶりに見る、きれいな笑顔だった。

エピローグⅡ

白い皿の上で、溶岩状の赤い物体が盛んに湯気を上げていた。

薄くスライスされているのはハチノス、つまり牛の二番めの胃だ。それを丁寧に処理して臭みを抜いて、ニンジン、タマネギ、セロリの細切れと一緒にトマトソースで煮込み、イタリアンパセリを散らしてある。

この料理の正式名は『トリッパ・アラ・トラストヴェリーナ』。トラストヴェリーナはローマの下町の地名で、内臓料理専門のレストランが集まっている一角らしいが、ここは喫茶店なので、茹でたパスタの上にかけ、『トリッパソースのスパゲティ』という名でメニューに載せている。

「それじゃ、いただきまーす」

フォークとスプーンを操って口へ入れると、味はまさに至福。牛の内臓の脂と濃厚なトマトソースの調和がたまらなかった。

昼休みにパンをかじって以降、午後八時過ぎまで何も食べずに働いたので、空腹はすでに限界。あっという間に半分平らげ、アイスティをすすっていると、

「すごく心配したのよ。新聞やテレビの情報では、何が起きてるのか、さっぱりわからないでしょう」

カウンターの隅にいる私に向かって、母さんが言った。

「だけど、騒動の渦中にいる美波に電話するのも迷惑かなと思って、ずっと我慢してたの」

「ごめんなさいね。連絡できなくて。例の事件については、まだ何も話せないのよ。捜査中……いや、たとえ捜査が終了したしても、報道されていないことまで、私が喋るわけにはいかない」

「そんなの、あたり前よ。私たちだって、別に極秘情報を聞きたいわけじゃないけど、先生方や生徒さんたちがさぞ動揺してらっしゃるだろうと思うと、居ても立ってもいられなかったわ」

　母さんは、きれいに結った髪を右手の指先で直す仕種をして、

「あれから今日で……八日めか。まだまだ落ち着かないわよね。あれほどの大事件の舞台になってしまったんだから」

　私の母・倉西美咲《みさき》は五十五歳だが、とてもそうは見えない。ほとんど化粧はしないが、ぴんと張った肌やしわのない眼元が若々しく、連れ立って歩いていて知人に会うと、よく姉妹に間違われた。小千谷縮《おぢやちぢみ》に白の割烹着《かっぽうぎ》という服装も喫茶店のママとしては異色だが、母さんの場合、何の違和感もない。美人は得だとしか言いようがなかった。

（確かに、まだ落ち着きを取り戻してはいない。校門前で生徒を狙うテレビカメラは姿を消したけど、週刊誌やネットニュースの怪しげな記者がまだ敷地の周囲をたむろしている）

　私は改めて、事件発生から今日までの激動の日々を振り返ってみた。

（今のところ、山﨑先生は単なる被害者で、元教員で神主の白沢充哉が過去の恨みから教え子を殺した……そういう単純な図式で報じられているから、本校にとってはまだ救いがある。渡部美夏さんに対する監禁・暴行事件は、加害者がすでに死亡したこともあり、表に出さない方向のようだけど、浅井先生の犯罪が立件されれば、報道の風向きも変わるはず。想像しただけでうんざりするけど、美夏さんが今日から登校してくれたのはよかった。せめてもの安心材料だわ）

店の場所は京王線の駅の東側で、五階建てのビルの地下。店内は山小屋風で、壁には砂漠や草原、山岳地帯など、世界のあらゆる地域の風景を撮影した写真パネルが飾られていた。

右手にフォークを持ったまま、それらをぼんやりと眺めていると、

「こんなこと言うと怒られるけど、学校の先生という仕事はあなたには少し荷が重すぎるのよ。小さい頃から泣き虫で人見知り、その上、引っ込み思案だったんだから」

あまりにも率直すぎる母の嘆きを聞き、さすがに反論しかけると、

「いくら何でも、それは言いすぎだよ」

奥の調理場から出てきた父さんが、私の気持ちを代弁してくれた。

「美波も、もう子供じゃない。教員を続けていけばいろいろな困難に遭うだろうが、自分の力で切り拓く力は備わっているさ」

「本当にそうだと、いいんですけど……」

ため息をついて、母さんが黙り込む。両親の関係はいつもこうで、心配性の母と楽天家の父。両方揃って、適度なバランスが取れていた。

私の父・倉西忠臣《ただおみ》は母よりも五歳年上。こちらは年相応の風貌で、短い髪も鼻の下に蓄えたひげも半分以上が白い。学生時代は器械体操の選手だったそうで、今でも胸板の厚みにその余韻が残っていた。褐色の肌にギョロ眼。ただし、笑顔が底抜けにやさしかった。

現在は喫茶店オーナーも兼ねているが、本来の職業は写真家で、壁に掲げられているパネルの写真もすべて父が撮影したものだ。風景写真の分野で評価が高く、刊行された写真集もすでに二十冊を超えた。

私が小学五年生の秋に、父さんは撮影のため訪れたスペインで突然失踪し、行方がわからなく

なったが、それから五年後の冬、地中海南岸の国・チュニジアのベルベル人の村に記憶を失った状態でいることが判明。その情報に基づいて、翌年二月に私が修矢と二人で現地へ赴き、苦労の末に何とか連れ戻すことができた。幸いなことに、帰国して以降、少しずつ過去の記憶を取り戻し、親子三人で元通りの暮らしができるようになったのだ。

私はスパゲティの残りに粉チーズを振りかけ、再び食べ始めたのだが、

「ああ、そうだ。美波、今回の事件、修矢君が謎を解いたんだって」

いきなり父にそう言われ、フォークの動きが止まってしまう。

「……な、何よ、それ。そんなこと、一体、誰から聞いたの？」

「地元署の刑事さんに決まってるじゃないか。うちの常連さんなんだ。別に口が軽いわけじゃないぞ。それ以外の捜査情報は一切漏らさないんだから」

「そうそう。『お宅のお嬢さんの旦那様だって。いやあ、立派なお婿さんだねえ』と言ってもらって、私たちまで鼻が高かったわ」

私は二の句が継げなくなった。うちの両親の感覚は常人とは少し違い、一人娘がずっと事実婚のままでも、まるで意に介さない。修矢のことはとても気に入っていて、彼が日本にいる時には頻繁に家へ呼び、ご飯を食べさせていたが、そのような席で、結婚の形が話題になることはなかった。

カウベルが鳴り、店内へ入ってきたのは和装をした背の高い女性。

「よお、美波、しばらく。お前《めえ》の身近で人死《ひとじ》にがあったてえのは聞いてたが、貧乏暇なしってやつで、無沙汰しちまった。悪く思わねえでくれよ」

現れたのは、私の親友・立花直海《たちばななおみ》。歯切れのいい江戸弁はその昔、深川《ふかがわ》一の売れっ子芸者だっ

たお祖母さん譲りだ。

　私とは中学・高校の六年間、ずっと同じクラスで、卒業後、直海は進学せず、三味線を抱え、音曲師《おんぎょくし》として寄席へ出た。縞《しま》の紅花紬《べにばなつむぎ》に緋色《ひいろ》の帯という今日の服装も、つまりは仕事着なのだ。百七十一センチの長身、彫りの深い超美形、その上、お祖母さん仕込みで芸も一流。これだけ揃えば人気が出るのがあたり前で、追っかけまでいるらしい。ちなみに、インターハイの百メートル競走で全国優勝したのがこの直海で、一時はオリンピック候補だと騒がれていた。

　直海は私の両親に挨拶してから、すぐ隣のスツールに腰を下ろし、

「例の事件に首を突っ込むつもりはないから、安心しな。それより、美波、メールを見たかい」

「メール……？　今日はバタバタしてチェックしなかったけど、何かあったの」

「かのこから、お前とあたしに連絡が入ってたぜ。今日の午後の便でブリュッセルを発つから、帰国したら早々に三人……いや、四人で会いたいってさ」

「あっ、そうなの！　へえ。それはいいニュースだわ」

　話題の主・西遠寺《さいおんじ》かのこは外部生として知水高校へ入学してきた同級生で、こちらは直海とは正反対のおっとりした性格。それもそのはず、先祖は京都のお公家様で、どう考えてもバランスの悪い三人組なのだが、なぜか大親友になり、高校時代には数々の難事件を一緒に経験した。

　大財閥のお嬢様でもあるかのこは大学卒業後にヨーロッパへ渡り、二十九歳の時、ベルギー人実業家の御曹司と結婚して、現在はブリュッセルに住んでいる。そして、二人の間には、今年で三歳になる息子さんがいた。

「ねえ、直海、四人と言ったのは息子さんと一緒という意味なんでしょう」

「そうそう。旦那は仕事が忙しくて来られないから……何だっけ、せがれの名前は。あっ、思い

出した。ベンジャミン君。雷の日に凧揚げした人と同《おんな》しだ」

「ええと、たぶん、そう呼ばない方がいいわね。『ベンジャミン』は英語読み。ブリュッセルはフランス語圏だから、正しい発音は『バンジャマン』で、愛称が『バンジー』」

「何でえ、偉そうに。そりゃ、美波は英語で飯を食ってるんだから、知っててあたり前《めえ》さ」

言い方が気に触ったらしく、直海が頬をふくらませる。

「あたしだって、端唄《はうた》か小唄の文句でもきかれりゃ、たちどころに答えるもの。そんな腰に縄つけて崖から飛び下りるような名前、たまに度忘れしたからって――」

直海がさらに言い募ろうとした時、またカウベルの音。今度はお客さんかと思ったのだが、

「あら、修矢さん。いらっしゃい。この間はメキシコとペルーのお土産をたくさん頂戴して、本当にありがとうございました」

「いえいえ。ほんの少しでお恥ずかしいです」

修矢の服装や髪形はいつも通り。右手にクリアファイルを携えていた。

「あら、どうしたの。今日は用事で遅くなると聞いたから、夕飯をここで済ませることにしたのよ。母さんからも声がかかったし」

「別に文句なんか言ってないよ。そんなことより、これを見てくれ」

そう言いながら、透明なクリアファイルを手渡してくる。

「えっ？　何かの書類みたいだけど、これは……」

見ると、それは戸籍謄本だった。一番上に見慣れぬ住所と『藤代修矢』という名前。

「ええと、この住所、たしかあなたの本籍よね。『戸籍に記載されている者』は『修矢』で、次が……えっ？　なぜ、ここに私がいるの」

思わず眼を見張った。修矢の下は『美波』で、出生日と出生地。その下の項目は『婚姻』となっていて、『婚姻日　令和元年七月十六日』『配偶者氏名　藤代修矢』。

「ちょ、ちょっと待って！　これ、どういうこと？」

「おいおい。何をそんなに驚いてるんだい」

あわてふためく私を見て、直海がいかにもうれしそうに笑った。

「驚くに決まってるじゃない。だって……」

「だっても明後日《あさって》もあるもんか。相変わらず、察しが悪いねえ。美波の親父さんにおふくろさん、あたしに修矢、その上、遠い異国にいるかのこまで飛行機でこっちへ向かってるんだ。これだけ、たまたま勢揃いするわけねえだろう」

「ええっ!?　でも、私、婚姻届にサインした覚えなんて……」

と、そこで絶句してしまう。ゆっくり修矢の方を向くと、彼は普段とは違い、どこか恥ずかしそうな眼で私を見ていた。

「預かっておきながら、待たせて悪かったな。あの時、すぐに市役所へ持っていきたかったけど、今回、中南米へ行ったのは相当危険な仕事で、万一の場合、お前を未亡人にしたくなかったんだ」

「それで……でも、そんなこと……」

クリアファイルを両手で握ったまま、とうとう私は涙ぐんでしまった。そんな様子を、私の両親も眼を細めて眺めている。

「いよっ、おめでとう、美波。よかったなあ」

直海が力を込めて、私の肩を抱く。それから、修矢を睨むように見ると、

「先代の林《はやし》家《や》正蔵《しょうぞう》師匠の『中村仲蔵《なかむらなかぞう》』じゃねえけれど、『夢でもいいからもちたいものは、金のなる木といい女房』。こんだけ一途で心根のやさしい伴侶には、もう二度と巡り会えねえぞ。わかってるんだろうな」

「別に念を押さなくてもいいよ」

「よし。今の一言を忘れるな。もし美波を不幸にしやがったら、かのこをけしかけて談判させるから」

「ええっ⁉　それは……困る。わかった、わかった。ちゃんと幸せにするよ」

　常に沈着冷静な修矢が取り乱したのは、激怒した時のかのこを大の苦手にしていたからだ。めったにそうはならないのだが、やはり高貴な血筋が醸し出す迫力には抗えないものらしい。

「とにかく、これで一安心。こんなめでてえことはないな。ベルギーという国は昔っから夫婦別姓だそうで、かのこはいつまで経っても西遠寺のままだが、お前は今日から藤代美波……ん？　ということは、だぞ」

　と、ここで、急に声の調子が変わった。

「そうか。早い話、今度の一件が、お前にとって、『倉西美波最後の事件』てえわけだ。だって、今日、届を出したんだからな」

「えっ？　まあ、そう言われれば、そんな気もするけど……」

「普通はそこに、探偵の名前が入るらしいが、なあに、かまうもんか。もしこれから先に何かあれば、『藤代美波の事件簿』と称すればいい。修矢と一緒になって、せいぜい気張って事件を解決しとくれよ！」

参考文献

『日本の貧困女子』中村淳彦（ＳＢ新書）

『ＬＧＢＴってなんだろう？　からだの性・こころの性・好きになる性』薬師実芳・笹原千奈未・古堂達也・小川奈津己（合同出版）

『Ｘジェンダーって何？　日本における多様な性のあり方』ＬａｂｅｌＸ編著（緑風出版）

『暴力の人類史』スティーブン・ピンカー、幾島幸子・塩原通緒訳（青土社）

谷原秋桜子（たにはら・しょうこ）

推理作家。2001年デビュー。主な作品に倉西美波の事件簿『天使が開けた密室』『龍の館の秘密』『砂の城の殺人』『手焼き煎餅の密室』など。

愛川晶（あいかわ・あきら）

1957年福島生まれ。筑波大学卒業後、94年に『化身』で第5回鮎川哲也賞を受賞しデビュー。「美少女代理探偵」シリーズなど大仕掛けのトリックが話題を呼ぶ。『道具屋殺人事件』からはじまる「本格落語」神田紅梅亭シリーズでは演芸関係者からも高く評価された。主な著書に『芝浜謎噺』『巫女の館の密室』『六月六日生まれの天使』『手がかりは「平林」』『高座のホームズ』『芝浜の天女』など多数。

教《おし》え子《ご》殺《ごろ》し

倉西《くらにし》美波《みなみ》最後《さいご》の事件《じけん》

●

2021年11月29日　第1刷

著者…………谷原《たにはら》秋桜子《しょうこ》・愛川《あいかわ》 晶《あきら》

装幀…………坂野公一（welle design）

発行者…………成瀬雅人
発行所…………株式会社原書房

〒160-0022 東京都新宿区新宿1-25-13
電話・代表03（3354）0685
http://www.harashobo.co.jp
振替・00150-6-151594

印刷…………新灯印刷株式会社
製本…………東京美術紙工協業組合

ISBN978-4-562-05962-1, Printed in Japan